刘晓航 著

风吹来，
满天都是白色的伞

我们能熬过苦难，但决不赞美苦难。

WUHAN UNIVERSITY PRESS
武汉大学出版社

图书在版编目(CIP)数据

风吹来,满天都是白色的伞/刘晓航著.—武汉:武汉大学出版社,
2012.3
黄土地之歌
ISBN 978-7-307-09410-9

Ⅰ.风… Ⅱ.刘… Ⅲ.随笔—作品集—中国—当代 Ⅳ.I267.1

中国版本图书馆 CIP 数据核字(2011)第 282898 号

责任编辑:聂勇军 责任校对:刘 欣 版式设计:马 佳

出版发行:**武汉大学出版社** (430072 武昌 珞珈山)
(电子邮件:cbs22@whu.edu.cn 网址:www.wdp.com.cn)
印刷:武汉中科兴业印务有限公司
开本:880×1230 1/32 印张:10.5 字数:239 千字
版次:2012 年 3 月第 1 版 2012 年 3 月第 1 次印刷
ISBN 978-7-307-09410-9/I·480 定价:22.00 元

编　委　会

总　序

叶　辛

　　40多年前，中国的大地上发生了一场波澜壮阔的知识青年上山下乡运动。"波澜壮阔"四个字，不是我特意选用的形容词，而是当年的习惯说法，广播里这么说，报纸的通栏大标题里这么写。知识青年上山下乡，当年还是毛泽东主席的伟大战略部署，是培养和造就千百万无产阶级革命事业接班人的百年大计，千年大计，万年大计。

　　这一说法，也不是我今天的特意强调，而是天天在我们耳边一再重复宣传的话，以至于老知青们今天聚在一起，讲起当年的话语，忆起当年的情形，唱起当年的歌，仍然会气氛热烈，情绪激烈，有说不完的话。

　　说"波澜壮阔"，还因为就是在"知识青年到农村去，接受贫下中农的再教育，很有必要"的指示和召唤之下，1600多万大中城市毕业的知识青年，上山下乡，奔赴农村，奔赴边疆，奔赴草原、渔村、山乡、海岛，在大山深处，在戈壁荒原，在兵团、北大荒和西双版纳，开始了这一代人艰辛、平凡而又非凡的人生。

　　讲完这一段话，我还要作一番解释。首先，我们习惯上讲，中国上山下乡的知识青年，有1700万，我为什么用了1600万这个数字。其实，1700万这个数字，是国务院知青办的权威统计，应该没有错。但是这个统计，是从1955年有知青下乡这件事开始算起的。研究中国知青史的中外专家都知道，从1955年到1966年"文革"初始，十多年的时间里，全国有 100 多万知青下乡，全国人民所熟知的一些知青先行者，都在这个阶段涌现出来，宣传开去。而发展到"文革"期间，特别是 1968 年 12 月 21 日夜间，毛主席的最新最高指示发表，知识青年上山下乡，掀起了一个前所未有的高潮。那个年头，毛主席的话，一句顶一万句；毛主席的指示，理解的要执行，不理解的也要执行，且落实毛主席的最新指示，要"不过夜"。于是乎全国城乡迅疾地行动起来，在随后的 10 年时间里，有 1600 万知青上山下乡。而在此之前，知识青年下乡去，习惯的说法是下乡上山。我最初到贵州山乡插队落户时，发给我们每个知青点集体户的那本小小的刊物，刊名也是《下乡上山》。在大规模的知青下乡形成波澜壮阔之势时，才逐渐规范成"上山下乡"的统一说法。

我还要说明的是，1700 万知青上山下乡的数字，是国务院知青办根据大中城市上山下乡的实际数字统计的，比较准确。但是这个数字仍然是有争议的。

为什么呢？

因为国务院知青办统计的是大中城市上山下乡知青的数字，没有统计千百万回乡知青的数字。回乡知青，也被叫作本乡本土的知青，他们在县城中学读书，或者在县城下面的区、城镇、公社的中学读书，如果没有文化大革命，他们读到初中毕业，照样可以考高中；他们读到高中毕业，照样可以报考全国各地所有的大学，就像今天的情形一样，不会因为他们毕业于区级中学、县级中学不允许他们报考北大、清华、复旦、交大、武大、南大。只要成绩好，名牌大学照样录取他们。但是在上山下乡"一片红"的大形势之下，大中城市的毕业生都要汇入上山下乡的洪流，本乡本土的毕业生理所当然地也要回到自己的乡村里去。他们的回归对政府和国家来说，比较简单，就是回到自己出生的村寨上去，回到父母身边去，那里本来就是他们的家。学校和政府不需要为他们支付安置费，也不需要为他们安排交通，只要对他们说，大学停办了，你们毕业以后回到乡村，也像你们的父母一样参加农业劳动，自食其力。千千万万本乡本土的知青就这样回到了他们生于斯、长于斯的乡村里。他们的名字叫"回乡知青"，也是名副其实的知青。

而大中城市的上山下乡知青，和他们就不一样了。他们要离开从小生活的城市，迁出城市户口，注销粮油关系，而学校、政府、国家还要负责把他们送到农村这一"广阔天地"中去。离开城市去往乡村，要坐火车，要坐长途公共汽车，要坐轮船，像北京、上海、天津、广州、武汉、长沙的知青，有的往北去到"反修前哨"的黑龙江、内蒙古、新疆，有的往南到海南、西双版纳，路途相当遥远，所有知青的交通费用，都由国家和政府负担。而每一个插队到村庄、寨子里去的知青，还要为他们拨付安置费，下乡第一年的粮食和生活补贴。所有这一切必须要核对准确，做出计划和安排，国务院知青办统计离开大中城市上山下乡知青的人数，还是有其依据的。

其实我郑重其事写下的这一切，每一个回乡知青当年都是十分明白的。在我插队落户的公社里，我就经常遇到县中、区中毕业的回乡知青，他们和远方来的贵阳知青、上海知青的关系也都很好。

但是现在他们有想法了，他们说：我们也是知青呀！回乡知青怎么就不能算知青呢？不少人觉得他们的想法有道理。于是乎，关于中国知青总人数的说法，又有了新的版本，有的说是2000万，有的说是2400万，也有说3000万的。

看看，对于我们这些过来人来说，一个十分简单的统计数字，就要结合当年的时代背景、具体政策，费好多笔墨才能讲明白。而知识青年上山下乡运动中，还有多多少少类似的情形啊，诸如兵团知青、国营农场知青、插队知青、病退、顶替、老三届、工农兵大学生，等等等等，对于这些显而易见的字眼，今天的年轻一代，已经看不甚明白了。我就经常会碰到今天的中学生向我提出的种种问题：凭啥你们上山下乡一代人要称"老三届"? 比你们早读书的人还多着呢，他们不是比你们更老吗? 嗳，你们怎么那样笨，让你们下乡，你们完全可以不去啊，还非要争着去，那是你们活该……

有的问题我还能解答，有的问题我除了苦笑，一时间都无从答起。

从这个意义上来说，武汉大学出版社推出反映知青生活的"黄土地之歌"、"红土地之歌"和"黑土地之歌"系列作品这一大型项目，实在是一件大好事。既利于经历过那一时代的知青们回顾以往，理清脉络；又利于今天的年轻一代，懂得和理解他们的上一代人经历了一段什么样的岁月；还给历史留下了一份真切的记忆。

对于知青来说，无论你当年下放在哪个地方，无论你在乡间待过多长时间，无论你如今是取得了很大业绩还是默默无闻，从那一时期起，我们就有了一个共同的称呼：知青。这是时代给我们留下的抹不去的印记。

历史的巨轮带着我们来到了 2012 年，转眼间，距离那段已逝的岁月已 40 多年了。40 多年啊，遗憾也好，感慨也罢，青春无悔也好，不堪回首也罢，我们已经无能为力了。

我们所拥有的只是我们人生的过程，40 多年里的某年、某月、某一天，或将永久地铭记在我们的心中。

风雨如磐见真情，

岁月蹉跎志犹存。

正如出版者所言：1700 万知青平凡而又非凡的人生，虽谈不上"感天动地"，但也是共和国同时代人的成长史。事是史之体，人是史之魂。1700 万知青的成长史也是新中国历史的一部分，不可遗忘，不可断裂，亟求正确定位，给生者或者死者以安慰，给昨天、今天和明天一个交待。

是为序。

序

一部自传体的知青文集

谢春池

一个多月前的一个晚上，晓航兄从武汉打来电话，言及他的一部文集欲请我负责出版事宜，并作序。我想都没想即答应了。还没有读书稿就允诺作序，这在我的写作生涯中，并不多见。我决不会推辞晓航兄之嘱咐，因为，凡知青的事，除了我实在办不到的，否则，我都会欣然接受。况且，这是一本知青文集，值得我为之付出心血与劳动。

上个月，晓航兄将书稿寄来，附言如是说："请你给我作序，因为你在校阅时对全书的通览，能写出真实感受，你是最有资格和水准来为我本书写序的人。"我当然不会客套地说"过奖，过奖"，对于友人的重托却一点也不敢怠慢。

眼下，这本知青文集的校样正摆在我的面前，20多万字。前后一星期，我仔细地读，甚至精读，并向对待自己的著作那样地对它每一篇作品进行细编。勘误改错是我读书的一个习惯，读这本文集我亦不例外，另则，我还未经晓航兄同意，即对其著作中重复的内容进行删减，我非常希望这本文集更为精粹。

每一次读友人的文字，都如同与友人促膝谈心那样，获益匪浅。读晓航兄这部知青文集，也有这样的感受，间或于推心置腹之际，还会掩卷沉思良久。阅读的时候，晓航兄的音容笑貌不时浮现眼前，我还真想伸出双手去握他双手。那一刻，我相信我厦门陋室的灯光，正穿过数千里夜色，洒在他武汉书房的案头。这是一种何等美妙的感觉，可遇而不可求。

与晓航兄的交往时间并不长，次数也不多，当然通电话、寄书信还较频繁，本文集的《谢春池的闽西情结》略有叙述。从 2001 年 12 月至今，我们也快六年没有见面了，时有想念。他给我的印象挺不错，而我对他的身世、经历，却了解不多，现在读了他这数十篇文章，则了解了很多很多。因为，诚如他自己所言：这部文集是他人生的一个总结。

晓航兄自己的这个说法很准确，在我看来，这部文集堪称"一个知青的自传"，换言之，是一部自传体的知青文集。我不必在这里重述晓航兄的人生往事，但是，我要提的是，我们绝大多数知青只下乡一回，而晓航兄下乡两回。他体验了"文革"前下乡的"惨"，又体验了"文革"中下乡的"悲"；他既有"文革"前下乡的老知青的苦难，又有"文革"中下乡的老三届的苦难，难怪他经常把自己错当成老三届。

这本自传体的知青文集，作者首先写的是作为知青的自己。他将自己知青生涯的生命之旅给予全程式的展示，《我的苦难，我的青春》就是一部长达两万多字的自传。从 1965 年自己因为所谓的家庭出身问题而落榜，一直写到 1977 年恢复高考，又差一点因那个所谓的家庭出身而落榜，最终"挤上最后一班车"——人生之坎坷，经历之曲折，虽非知青群体中之最，却也有许多揪人心肠的事件。当一个幸从无数个不幸中破土而出，读者心里才有了一份宽慰。如果说读了《我的苦难，我的青春》，晓航兄的其他文章就可以不读了，那就错了，这部文集最感人、最好的文章在后面。我发现作者一旦把自己置于知青群体之中，农民之中，同学之中，友人之中，亲人之中，他自己也被写活了，变得有血有肉，生动起来了，如《青弋江在述说》、《漳河上的〈三套车〉》等。《曾经同饮一江水》是一篇好散文，他的文笔让我想起著名作家何为的《第二次考试》，优美生动。"我"与一位偶然相遇的"她"在一段旅程中，居然发现两人当年分别插队在青弋江相望的两岸，又发现一些知青往事竟然与俩人相关，如此巧合令人惊叹，奇遇使"我"流露出一种柔情。《春酒》也十分有趣。"我"应邀到生产队长家喝春酒，由于带来两个邻村的知青，有混饭吃之嫌，不知趣的三个知青甚至"风卷残云"地吃喝，令主人夫妇自翻白眼。为了改变尴尬的局面，"我"掏出口琴，为这场家宴表演节目，独奏一曲《社员都是向阳花》，居然获得满堂喝彩。接着，这个邻村的知青也分别表演了笛子独奏《红星照我去战斗》和一人扮演三个角色的京剧《沙家浜》之《智斗》，使得队长家笑声满堂，欢乐的气氛达到高潮。于是队长婆娘将一碗碗好菜肴端上桌，乡亲们也纷纷过来向我们敬酒——最后主人的女婿说："要不是毛主席的号召，请都请不来你们哩！"最精彩的一笔是"我"在醉意朦胧中贴在主人耳根说的那句话："这席春酒我们没白喝吧？"一个极为贫困的知青在此刻显示了自身的聪明。

凡晓航兄笔下的人物，莫不注入作者个人的情感，而知青人物融入作者情感最多也最深。《雨中的荷》的同班女生荷，《山村的小马灯》的那位素不相识的女知青，《曾经同饮一江水》的"她"等。晓航兄似乎善于写女知青，这是否与他阴柔的性格有关？晓航兄时而也露出阳刚的一面，写得最好的知青人物是《上海知青老金》的男主人公老金，朴实，饱满，鲜明，给我留下深刻的印象。谁读了此文，谁都会为老金扼腕叹息。命运对于大多数知青，如此不公！而晓航兄的关切，又如此深挚！

即使在"我"之外的其他人身上，我也看到晓航兄个人的印痕。曾经有位名家这样论断：一个作家的所有作品，就是这个作家的自传。这当然是从最本质的精神走向与内涵来推论。而将晓航兄笔下的所有的人物整合起来肯定会丰富他生命的整体，从这个意义上说，把这部文集中非写他个人的那些文章，当作他自传的一部分，应不为过。

我最欣赏晓航兄的是他的知青情结。他也算是一个从知青群体中"浮"上来的教授学者了，却始终把自己当作一个普通的知青看待，由此而产生的关注弱势群体和底层百姓的情怀，那么真挚，令人感动。

当下的中国社会，物欲横流，拜金至上，而晓航兄却重情重义，在这部文集里，有不少动人事例，足以见证晓航兄的难能可贵。去探望穷困潦倒的李庆霖（《李庆霖：一位斗胆向毛主席告御状的小人物》），多次回到插队的地方探望老房东（《菱角菜与泡锅巴》），不弃地寻找当年插队的知青（《上海知青老金》）等，情义无价，正是这些散文表现的主题。

自传体的作品不仅要让读者分享主人公的人生经历，还应让读者领略主人公的精神历程。晓航兄的这部知青文集，也做到了这一点，这主要表现在他的几篇知青文学评论中。从《青春无悔的深情呼唤》，到《不要为苦难加冕》；从《天山下的武汉儿女》，到《爱情的放逐与忏悔》；从《我们能熬过苦难，但决不赞美苦难》，到《潮涨潮落：知青文化的历史与现状》——仅从标题我们就能够看出作者的思想的蜕变。为此，我为晓航兄叫好。

中国知青文学的著作难以计数，晓航兄的这部知青文集虽然非上乘之作，却值得一读。因为，它有自己的特点，加之真实，自身价值就体现出来了；在知青文学的草堂里，尽管它不显眼，不突出，但会有一席之地。

对于晓航兄的这部知青文集，我并没有给予过多溢美之词，但是，还是说了不少该说的好话，本想就此打住，再看他的信"能写出真实感受"，顿时觉得不道出其存在的问题，肯定会辜负他的信任，况且还真的有另一些"真实感受"未说出来。

通读这部知青文集，我以为最大不足是其思想深度——据我所知，依照晓航兄现在对知青乃至"文革"的认识和理解，其著作应该超过目前这个水准——批判意识的缺乏，自我反省的不力，让我觉得遗憾。我知道这绝非晓航兄一个人的问题，相比之下不少知青作家比晓航兄还逊色。是的，至今，历史依然捆绑着我们，现实又困扰着我们，最严重的是我们自己还束缚住自己。如何越过局限？至少越过一点点吧，这是我对知青文学的期待，虽然很难却要努力去做。知青一代人的苦难说也说不完，千篇一律的解读当然令人乏味，只有给出不同的解读，才会触动人们的心灵，才有丰富而且深刻的启示。

如果只读晓航兄的三两篇文章，我就不会对其文本有什么批评，但是，读完整部文集，我须指出，其文学性不足的原因在于写法的单一，少有变化。"文似看山不喜平"，此句老话对任何一个作者来说都堪称圭臬。文学如要进入更高层次，就必须达到个性化写作，这同样也很难，同样要努力去做。谁让我们是作家，是知青作家！

我这个有着浓烈知青情结的人，为同样有着浓烈知青情结的晓航兄作序，甚感荣幸。知青情结让我们相识，相交，相通，相知，而这部知青文集的问世，加深了我们的友情，此乃人生之收获也。

2007 年 9 月 5 日深夜完稿，17 日订正于见山居

目　录

第一辑——青春的岁月像条河

1. 我的苦难，我的青春　/　2

2. 青弋江在诉说　/　42

3. 村小流年　/　52

4. 八毛钱一条裤　/　57

5. 恼人的窃贼　/　59

6. 夜阑听雨　/　61

7. 知青年代的偷鸡摸狗　/　64

8. 且放眼那远方的朝霞　/　71

9. 难忘那个冬夜　/　82

10. 村里有个姑娘叫小芳　/　84

11. 漳河上的《三套车》　/　87

12. 山乡的"野电影"　/　90

13. 圩乡的水妹子　/　92

14. 山村的小马灯　/　95

15. 春酒　/　99

16. 菱角菜与泡锅巴　/　102

17. 褪色的工作服　/　104

18. 1977 年，中国，无雪的冬天　/　107

19. 曾经同饮一江水 / 111

20. 灯火阑珊处 / 115

第二辑——杜鹃声中多少山

1. 上海知青老金 / 120

2. 雨中的荷 / 128

3. 相拥秋风夕阳中 / 141

4. 蓝色的梦 / 154

5. 城市化冲击下的第二故乡 / 158

6. 为版纳知青刘先国送行 / 171

7. 风吹来，满天都是白色的伞 / 175

第三辑——歌声随风而逝

1. 李庆霖：一位斗胆向毛主席告御状的小人物 / 184

2. 京城寻访知青酒家 / 193

3. 我们曾经年轻 / 196

4. 青城邂逅张韧大姐 / 201

5. 寻找遗落在荒原上的碑——访知青作家陆星儿 / 204

6. 酒醉乌兰察布草原 / 207

7. 柴春泽重返玉田皋 / 210

8. 鹭岛访舒婷 / 217

9. 谢春池的闽西情结 / 220

10. 魂附于石的张宝贵 / 225

11. 2009年，在上海深秋寒雨中 / 233

12. 八宝山告别赵凡副部长 / 237

13. 回望大寨，情系农村 / 240

14. 从青州到南戴河——2011年夏，知青文化活动的盛会 / 245

第四辑——不要为苦难加冕

1. 青春无悔的深情呼唤 / 254

2. 不要为苦难加冕 / 262

3. 爱情的放逐与忏悔 / 264

4. 我们能熬过苦难，但决不赞美苦难 / 267

5. 从辉煌走向低谷的知青文学路在何方 / 272

6. 天山下的武汉儿女 / 287

7. 潮涨潮落：知青文化的历史与现状 / 295

8. 中国知青上山下乡多学科研究的里程碑 / 311

第一辑——青春的岁月像条河

我的苦难，我的青春

　　我是安徽芜湖市三中 1965 届高中毕业生，参加了"文革"前最后一次高考，那正是"血统论"令人窒息的年代。由于我的父母都是黄埔军校的毕业生，所以我对考大学没有一点信心。因为从 1962 年开始在大学招生中严格地贯彻阶级路线，我们前两届毕业生中，不少成绩拔尖，原以为非清华、北大莫属的高材生，因为他们的家庭出身不好，没有一个被录取，只得流入社会，连一份糊口的工作也找不到。这种阴影也痛苦地折磨着我们这些出身不好的学生，成绩再优秀也是白搭，大学的校门对我们是紧闭的。

　　那年高考的作文题是《给越南人民的一封信》，我写来得心应手。我是全班文科成绩最好的，英语、政治、历史都考得不错，接下来的日子是一天天焦灼等待。8 月 20 日是高校发录取通知书的日子，那天恰好下大暴雨，我们聚集在窦祖林同学家。下午，卜汶英同学的姐姐淋着雨来报喜讯，说他被安徽工学院录取了，他欣喜若狂地往家跑，我们也散了伙。我气喘吁吁地跑到家中，妈妈失望地告诉我，她几乎守在门口一天，看着邮差从门口走过去了，我是没戏了。我发狂地冲进暴雨中，跌跌撞撞往窦祖林家跑，他是我班理科成绩第一名，他填报的第一志愿是北京大学数力系，他应该收到录取通知书。谁知在半路上遇见他淋着大雨向我奔来，脸色苍白，一看就明白，他也没有收到录取通知书，因为他的父亲是前国民党省政府的一名职员。我俩在暴雨中伫立，任暴雨将我们浑身淋得透湿，我们的手紧紧握在一起，这一瞬间，30多年来一直定格在我的脑海里。

过了两个月，学校从没被录取的同学中推荐一批去芜湖师范培训，去当小学教师。我和祖林连被推荐的资格都没有，依旧是我们可怕的家庭出身。两年后，1967年在合肥两派的武斗中，设在安徽农学院的省招办成为武斗据点，机关被冲砸，历年的招生档案撒了一地，任人践踏。一位在安徽水电学院的同学从这些废纸堆中，居然发现了我们班不少同学的招生成绩卡片，我的总分是396分，完全是可以进入我填写的第一志愿武汉大学中文系，祖林的平均成绩是84分多，是全省前十名。但那位同学告诉我，其实我们没参加高考前，学校党支部已经在我们招生档案上填写了"建议该生不录取"，当然这已是后话。就这样，我成了一名失学待业的社会青年。1960年代中期，中国的经济在三年自然灾害后正在复苏，一些工业部门也向社会招工，但每次招工，身强力壮的我们仍因家庭出身不好而被拒之门外。我每天徘徊在区劳动力介绍所的门外，企求能寻到一份能糊口的工作，但我一次一次失望了，我们成了社会的弃儿，成了这个时代不可接触的"贱民"。

1966年的春天，在一场漫漫的风雪后姗姗来迟，新雪初霁，市中心镜湖畔柳枝儿绽开了鹅黄的嫩芽，可春天不是属于我们的，没有工作，没有爱情，更没有希望，在昏黄的路灯下，我徘徊在这个古城深巷的石板路上，不敢想象明天在哪儿？就在这个时候，安徽十八岗农垦学校的招生广告贴满了芜湖的大街小巷，从皖北来的两位招生人员住进全市最好的鸠江饭店的 104 号，将那儿作为招生办公室，一连几天，这里挤满了前来寻找希望的失学青年和他们的家长。在安徽地图上根本找不到十八岗这个地名，只知在临近凤阳的定远县境内，特别诱人的是这所学校的领导机构既不是地方政府也不是省教育厅，而是华东局社教工作总团，因为在 1965 年安徽省滁县地区被列为中共华东局社教试点地区，要把这所学校办成毛主席所倡导的江西共产主义大学那样的新型学校，但招生简章中写明只招初中毕业生，高中毕业生不收，这可急坏了我们这些已在家待业半年多的高中毕业生。在我们的再三要求下，两个招生人员中的一个还专程返回滁县向社教总团请示汇报，经社教总团负责人时任中共华东局组织部长罗毅的批准，同意在全省几个地市招收一部分高中毕业生，组建大专班。听到这个喜讯，我兴奋得一夜未睡着觉，终于可以上大学了。在不到半个月里，芜湖市共有 430 多名社会青年报名，他们绝大多数是因家庭出身不好而失去升学与就业机会的社会青年，其中有 46 名高中毕业生。

十八岗农垦学校是一所不经文化考试即被录取的学校，是新型半农半读教育制度的试验点。一年后我们才知道，全安徽省地、市、县三级都开办了这种半农半读学校，共 169 所，而十八岗农垦学校是其中最大的，共招生 4000 多人，其中还有一部分是上海郊区和江苏无锡市招来的。这类学校有一个共同的特点，即办学经费不是教育经费，而是省劳动力安置办公室按每人 300 元划拨的安置经费。我们报名时根本不知这个内情，个个都以为是去一座新型的大学上学。

1966 年 2 月 26 日，这是一个令人一辈子忘不了的日子。这一天我们告别了芜湖，告别了亲人，踏上北上的路程。芜湖市人民政府为我们这 400 多人在临江的吉和街小学举行了隆重的欢送仪式。那天欢送的人超过被欢送人的几倍，市政府不得不破例增开一艘轮渡去江北的裕溪口，那是淮南线的起点站，给人印象最刺激的是上火车前，在裕淮饭店吃的最后一顿晚餐，原只准备 400 多人的饭菜（四菜一汤），结果涌进近 1000 人去吃，连要饭的和附近的农民也混作来送行的人去大吃大喝了一顿，使招生单位大亏了一笔钱。

午夜时分，我们终于挤上一列轰隆北上的火车，漫漫黑夜中只有铁轨旁的红色信号灯一闪一闪的。第二天上午，列车在淮南线上的一个小站——炉桥停下来，我们又被塞进几辆卡车，颠簸了百余里，在苍茫的夜色中停在一片荒岗前。领队的说："这就是你们的学校!"——原来这是一片从未开垦过的处女地。我们成了这片处女地的第一批拓荒者。

到了十八岗的第二天早晨，起床后第一件事是洗漱，但没有水。一个农工将我们引到一个挖好的土坑前，里面积存着一些已发绿的雨水，农工告诉我们十八岗从来没有水，饮用水要到五里外一口土井用水车去拉。

1966 年 3 月是倒春寒，接连几天大雨滂沱，浑浊的雨水从屋角、门下涌进屋里来。我们只好撑着伞蜷缩在地铺上，接着又刮了三天暴雪，我们被困在这四处透风的茅屋里。为了烧饭、取暖，我们顶着风雪去三里外的管庄去背茅草，许多人的手脚冻僵了，但没有人退缩。定远县委、县政府知道了我们的困境，发动县直机关干部和红旗渔场的职工为我们送来了御寒的棉被、大衣，这真是雪中送炭啊，我们紧紧地拥抱在一起，感谢他们无私的救助。

我们在这里日出而作，日落荷锄归来，吃的是糙米杂粮，菜不是一勺煮南瓜，就是半勺炒洋葱。劳动极其繁重，十八岗是生粘土，晴时硬得像块铜，雨天烂成一摊泥，但生活是沸腾的，我们在农技员与农工的指导下把大片生荒地改造为田畦种麦子、花生、红薯、玉米。全校 4000 多人，除了四个大专班设在十八岗外，其余初中毕业生被安排在凌家湖、石塘湖、莲铺、望岗四个分校。总校的办公室也只是几间人字型的茅棚，条件简陋。华东局社教总团和安徽省委的负责人一次次来看望我们。

全国知青先进标兵董加耕和张韧同志还踏着风雪来大石塘水库为我们作报告，为我们题词："听毛主席的话，永远走与工农相结合的道路。"

当时正在定远参加社教的上海电影制片厂的张瑞芳、康泰、顾也鲁、曹雷等著名演员还来为我们作专场演出，康泰和顾也鲁还和我们睡在一条土炕上，在煤油灯下聊天。

十八岗最缺的是水，打一口井往往要往下掘 20 多米才能见到水。有一天一位上海姑娘为打水不幸失足掉在深井里窒息而死。1966 年恰又遇上百年未遇的大旱，赤地千里，连附近大石塘水库也干涸了，我们去那儿捉鱼，从来没有见过这么多这么大的鱼，有的足有七八十斤重。我们以鱼当饭，鱼腥也诱来夜间在荒岗上转悠的狼，它们一次次偷吃了我们伙房里的鱼，它们绿森森磷光般眼珠子惊吓了夏夜在露天下纳凉的我们，我们一片惊怵与恐惧。

大半年过去了，我们没有上过一天课，所谓的专业设置、课程安排、师资、教材、教学设施都是纸上谈兵，我们晴天里劳动、干活，雨天里学习毛选，斗私批修，最大的乐趣是星期天结伴去十八里外的县城看一场电影，去吃一角钱一碗的绿豆丸子糊辣汤。我们每个人都明白了，这里根本不是办学校，我们已成为吃商品粮的农业工人，我们都受骗了。

1966 年的 8 月，骄阳似火，我们栽下去的水稻还待收割时，文化大革命的烈火也蔓延到我们这片刚刚开垦的处女地。其实在 7 月份，我们不少人已收到在北京、上海、合肥等高校同学的来信，告诉我们外界时局的变化。北京揪出了彭罗陆杨，到处在抄家破四旧，各高校开始炮轰校党委、省委，北京成立了红卫兵组织，伟大领袖毛主席将在北京检阅首都红卫兵和外省革命师生。我们对这场伟大领袖发动的如火如荼的破旧立新的运动充满了向往，巴望着也能冲锋陷阵，但我们这里不是学校，也不是农场，依旧冷冷清清，大家都觉得成了井底之蛙。当年我们正十八九岁，是感情最易冲动、自我表现欲与破坏欲正旺盛的年龄，但我们被每日繁重的体力劳动，艰苦而单调的生活紧紧禁锢着，丝毫动弹不得，校党委三令五申严令我们不准外出，要抓革命促生产，甚至停止批假回家探亲，完成每天的劳动定额和抗旱才是当务之急。

直到 8 月初，合肥工大和安徽农学院几位大学生跑到我们这儿来串联，我们从田头涌向操场，他们向我们发表慷慨激昂的演讲，揭露省委的修正主义路线，并鼓动我们要发扬"舍得一身剐，敢把皇帝拉下马"的精神向校党委开火，揭露他们反党反社会主义的罪行。学校几位领导不敢得罪这几位从省城来的红卫兵，但却以组织纪律之名，把所有的同学赶到田里去割禾。但在七月烈火下，干旱的十八岗

再也放不下一张安静的桌子，我们强烈要求关心国家大事，要求拥有
参加文化大革命的权力。校党委经请示华东局社教工作总团党委后，
同意我们从 6 月 12 日起半天劳动，半天开展革命大批判。十八岗终
于沸腾了，我们那几栋土坯屋的山墙成了大批判专栏，不到两天便贴
满了大字报。

　　首先贴大字报炮轰校党委的是我班的樊惠谦，绰号"胖子"。他
是个哲学迷，2 月底来校时驮来整整两大箱哲学书，从亚里士多德、
柏拉图的古代希腊哲学，到启蒙运动的伏尔泰、卢梭，到黑格尔、费
尔巴哈、马克思的资本论等哲学书他都通读，所以他还有一个绰号叫
"费尔巴哈"。他善辩口才极好，逻辑推理严密，一班人都讲不赢他
一个人，也算是十八岗的一个奇才（可惜他以后并没有成为一个哲
学家，现在在无锡市经商）。校领导都是从省直机关临时抽调来的干
部，党委书记邓伟林曾任中共阜阳地委书记，是抗战时期参加革命的
大学生，很有理论水平，以他为首的校党委对樊惠谦一评二评三评的
大字报保持沉默，但暗示政工干部要到学生中去发动群众，保护校党
委。在他们的暗示下，几个班级同时贴出坚决捍卫校党委，不准右派
学生翻天的大字报。当年我刚 19 岁，天真幼稚，喜舞文弄墨，是全
校公认的"秀才"，首先贴出《樊惠谦的万言书居心何在?》的大字
报，文笔犀利，博得大家一致赞同，许多人在我写的大字报上添上自
己的名字，以表示对党的无限忠诚。一连几天全校矛头指向樊胖子，
批樊的大字报铺天盖地，有的人甚至在他的名字上打上红叉叉，将他
定为反党反社会主义分子。邓伟林带着校领导一班人来看学生们贴的
大字报，也不表态，一个个笑盈盈的。"费尔巴哈"这时成了死老
虎，有口难辩，被发配到几里地外的打井工地干重活，吃住在工棚里

不准回来，算是一种惩罚。受到冲击最大的另外一个同学是黄旭。他只有初中学历，但对文学历史很有研究，并对红楼梦的研究提出了与许多学者完全不一样的观点，认为它只是一部普通的市民文学。当时他就预言，邓小平将成为未来中国发展的领导人和决策者。他这些言行被视为异类，成为全校师生批判的重点，受到围攻，非常痛苦。2003年的6月中旬，我在老班长张乃宗的陪同下前往无锡和滁州寻访他俩。樊惠谦现在无锡创办了全国最大的一座模具制造厂，70%的产品出口，成为了一位地道的儒商。他仍然在钻研哲学，依旧滔滔不绝说个不停。多年哲学研究的功底使他在经济全球化的浪潮中能够站立在市场经济的潮头上，成为一位成功的企业家。回顾当年"文革"初期的学生斗学生现象，他只说了一句话：当年我们太幼稚了。黄旭现在滁州沙河镇医院退休，淡泊明志，在家钻研中国历史文化，与外界不联系，只躲进小楼成一统。他仍保留着当年的学生斗学生的每一天的日记，说出了许多我们当年不知的，今天听起来也感到震惊的学生斗学生的真相。成熟的他是这场恶斗的最后赢家。40多年来，他一直以行医为业，对我们的来访，他感到又惊又喜，一笑泯恩仇。

为了把握运动的大方向，不让学生们把批判矛头再指向校党委，校党委成员们自有锦囊妙计，事后才知道他们从学生档案中了解到四个大专班240余名学生中60%以上是家庭出身不好的，不少人的父母都有严重的政治历史问题，因此他们策划了一场学生斗学生、人人自危的揭发批判运动。我们几个自我表现欲强、"不安分守己"者首当其冲，成为全校批判的重点对象，于是出现了出卖朋友、出卖良心的可怕现象。平时聊天道听途说的"小道消息"被揭发出来，一些人的日记与亲友通信的内容也被曝光，成为反党反社会主义现行反革命言行。更令人可怕的是我为争取入团，向团组织反映家庭政治历史情况，表示与反动阶级划清界限的决心书也被团支部书记公布出来，暴露于光天化日之下，从此我再也抬不起头来，似乎成了革命的罪人。当时我们刚十八九岁，天真、幼稚、单纯，我们从未经历过如此残酷的政治运动，我们被吓坏了，于是一个个又贴出"认罪书"并拣最苦最累的活干，以乞求革命群众的宽恕。大多数同学都不理睬我们，同学间也很少说话。记得只有一个叫喻东生的同学曾与我说过话，劝慰我："少说话，多干活，这一切都会过去的。"我深感自作自受，我在等待惩罚与组织处理，终日忧心忡忡。

正当我处于绝望中，一件事改变了我们的处境：学校为发展，决定将我们大专661班抽调到九山畜牧场去开辟新校点，那儿离十八岗有20多里，与凤阳县接壤，是山区。那儿的自然条件比十八岗好，有山溪有草场，虽然睡的是潮湿的地铺，但可以吃到豆腐与山芋粉条，入秋满山遍野有酸枣、山楂，你尽可去采摘。每天干的活是砍牧草，堆成垛供牲畜过冬，另一任务是盖校舍，劳动强度很大，但不搞运动了。

不再贴大字报让学生斗学生，每天收工时已是晚霞满天，山泉叮咚，半个月亮爬上山脊，晚风中飘来熟透了的老玉米与高粱的香味，我们竟有一种置身世外桃源的感觉。我们每天只有从仅有的一份《安徽日报》上，了解到全国各地文化大革命正闹得烽火连天，大中学师生已开始大串联，都奔向首都北京，去接受伟大领袖的检阅。我们太羡慕他们了，但我们没有这个奢望，我们明白自己的处境，我们这里根本算不上学校，没有外出搞串联的资格。正当我们的生活像一潭死水泛不起半点涟漪时，10月底的一天，总校领导来九山畜牧场向我们宣布一项省委指示：我们的四个大专班学员享受普通高校大学生同等待遇，全部可以去北京接受伟大领袖毛主席的检阅，我们赴京的日子就定在 10 月 29 日。我们全部高兴得跳起来，临行前，畜牧场还宰了一头牛，大锅炖土豆烧牛肉，为我们送行，但以 662 班汪诗伟为首的一批同学发起组织的一支北上徒步长征队已在前几天出发了。我们全体同学在毛主席画像前宣誓后，校部派来一辆卡车送我们到炉桥站，然后再乘车奔赴蚌埠市，那是津浦线一个大站，我们从那儿换乘北上的列车，向我们心中向往的首都北京奔去。我们这趟车在蚌埠前面一个小站固镇的新马桥停车时，正好遇到前几天出发的我校北上长征队的同学们，我们打开车窗向他们大喊大叫，并把我们随身带的大饼和梨纷纷扔给他们。我们这趟车刚在徐州站停下来，就无法再往前开了，因为当时全国铁路大动脉都乱了，站台上黑压压的人群像潮水般涌上车，将每节车厢的空间都填满了，走道上，行李架，厕所里，甚至座椅底下都躺着人。列车超负荷缓缓向前运行，一路开开停停，到第三天凌晨，才停在北京的永定门车站，这时北京城已涌入近 150 万外地的大学生。当接待站的大客车载着我们经过壮丽、雄伟的天安门广场时，我们都欢呼起来："你好，北京！"我们被安排住在德胜门外苇子坑的北京航空学校。我们近百万革命师生被安排在 11 月 3 日这一天接受毛主席检阅，这已是毛主席第六次检阅红卫兵小将了。长安街、王府井、西单贴满了大标语："欢迎你们，毛主席请来的客人！"还有"誓死保卫毛主席，誓死保卫党中央！""谁反对毛主席就打倒谁！"充满了剑拔弩张的硝烟味，我们这些来自外地的学生如坠入云雾之中，当时我们安徽来京的学生有一个最明显的标志，人人身上斜背一个语录袋，里面装着"小红书"，一个个都是土老冒，北京市民稀奇地看着我们。

11月3日凌晨4时，我们就整队出发了，每人发了两个面包，一个苹果，一个煮鸡蛋，踏着北京深秋的晨霜步行20里，被安排在南池子大街等候接见。我们站的地方恰好是英国路透社驻北京记者站楼下，阳台上两位傲慢的英国人很有风度地朝我们微笑。终于等到10点钟，从天安门广场上传来气势磅礴的《东方红》乐曲声，大检阅开始了！我们盼望已久的最幸福的时刻终于到来了。"毛主席万岁"的口号声震天动地，轮到我们进入广场时已11点20分了，天安门广场成了红色的海洋，我们30个人一排向前挪，在金水桥前列队的是首都卫戍区的战士，他们筑成一道道人墙，挡住已经兴奋得发狂的红卫兵涌进天安门。我们热泪盈眶激动地挥舞着小红书，只知道一遍遍地高呼："毛主席万岁！"我们仰望天安门城楼，也许我们离得太远，也许天安门城楼太高，我们看见的毛主席，只是一个模糊的身影。毛主席也很兴奋，他一会儿走到东侧，一会儿走到西侧，不时地向广场上的人群挥手。忽然毛主席摘下军帽，手臂大挥画了一个弧线，用他浓厚的湖南口音高喊："红卫兵万岁！"上百万红卫兵像着了魔般，千言万语化成一句话："毛主席万岁！"每个人的脚步都想在天安门城楼下多停留一分钟，或几秒钟，但被后面的队伍像巨浪般往前推，我们手挽手的队伍一下子就被冲散了，一直到西单，人群才有秩序地散开，这时许多人才发现自己的鞋子被踩掉了，只好赤着脚狼狈地找商店买鞋。那天我穿的是一双高帮回力鞋，鞋带扎得很紧，安然无恙。听说这次检阅被踩掉的鞋多达数万只，小山似的堆在工人体育场，供人去认领。

我们差不多在北京住了20天，每天整队去北大、清华等高校看大字报，抄大字报，也去游北海、景山动物园，我们又去爬香山、登长城，也去前门逛老北京的大街、小胡同和王府井的东安市场。有钱的去吃烤鸭，我们没钱的买串冰糖葫芦解馋。我印象最深的是小饭店里的苕粉蛋花汤，五分钱一勺管够。几天串联下来，我们琢磨着应该为我们这个学校农场两不像的农垦学校的前途命运去抗争，于是我们四个大专班同学整队去西单大木仓的教育部造反，走在最前面扛着鲜红校旗的是亳县的邢克敏（现任安徽亳州市教委主任）。教育部一位姓马的女司长接待了我们，同时去的还有上海、湖南、广东的一些半工半读、半农半读的学校的学生。马司长说，半工（农）半读教育制度是修正主义教育路线的产物，刚刚兴办就开始文化大革命了，教育部诚恳接受师生的批判。这时我们才知道，这类学校全国只有安徽省办得最多，有169所，有几万学生，全部是用安置经费办的，根本不算学校。教育部管不了，况且当时教育部也瘫痪了，我们只能高喊一阵声讨口号，快快离去。

11月14日，我们全体师生去工人体育馆参加全国半工（农）半读学校联络总站和北京农大红卫兵主持召开的"全国半工（农）半读学校在京革命师生向资产阶级反动路线猛烈开火誓师大会"，会场足有5万人，在大会上发言的有四川宜宾机械工读学校、武汉中南汽修工读学校和广东劳动大学的学生代表，他们愤怒控诉反革命修正主义路线大肆宣扬两种教育制度，两种劳动制度，对抗毛主席无产阶级革命路线和毛主席教育思想的滔天罪行。在全国各地的农耕学校实际上是变相的上山下乡，用欺骗宣传把学生骗进来，只干活不上课，纯粹把学生当廉价劳动力，根本不突出无产阶级政治，并且在运动中挑动学生斗学生，转移"文革"大运动的斗争大方向，是可忍孰不可忍，大会最后通过了给敬爱的领袖毛主席和党中央的致敬电。

11 月底，京郊香山的枫叶红似烈火，但天气一天比一天冷了，我们这些南方来的学生衣着单薄，一出门就冻得发抖。来北京差不多 20 天了，该看的该游的都如愿了，一个个都萌生了归意。一些头脑活络的同学，几个合意的人凑成一帮，东南西北漫天下去继续搞大串联了，我和同班的李盈龙挤上南下的火车去了武汉，因为我姨妈一家在汉口。我们在武汉住了一个星期又乘大轮顺江而下去了南京，再从南京乘汽车返校。我没有忘记使命——要为我们学校的前程奔走呼号，我们又回到阔别一个多月的十八岗，它依旧荒凉、冷清，全校大部分学生都外出大串联未归，几个校领导都被原单位的造反派揪回去批斗了，上千亩开垦出来的生荒地，荒草没膝，早已无人耕种，拖拉机陷在烂泥中，只有几个干部守着这个烂摊子。在我们的勒令下，他们当面将运动中整学生的黑材料都烧了，他们的主要任务是给每个学生按时发每个月 8 元 5 角的生活费。

我们返校的几个同学一合计，成立了校革命造反委员会，把学校的大印夺过来。此时华东局社教工作总团早已撤消，滁县地区和定远县也管不了我们，只剩下一条路，找安徽省委解决问题，不能守着荒凉的十八岗喝西北风去。于是我们移师合肥，直接找省教育厅谈判，并将谈判指挥部设在合肥桐城路省军区的一个小招待所里，以后从各地串联回来的同学都集中住到那儿。这时已经是 1967 年 2 月，党中央国务院已下令全国大串联停止，大中学生全部返校复课闹革命。1967 年 3 月按照党中央指示由南京军区对安徽省委实行军管，我们直接向省军管会生产指挥组反映问题，这些军人很通情达理，责成教育厅处理我们这些农垦学校问题。这时，张乃忠、邢克敏和樊惠谦被众人推举为我校谈判代表，他们能说善辩，拿出当时十八岗农垦学校的招生广告与教育厅头头据理力争。对方逼急了，向我们说了实话：全省 169 所农垦学校可分为三类：

（1）有几所是农业厅和农垦厅办的算是中专。

（2）各地、市、县用安置经费办的，总计有 160 余所，绝大多数是县办的，挂在各县的良种示范农场，规模小，有的只招了一个班，几十个人，这类不算学校，实际是办小农场。

（3）十八岗农垦学校是华东局社教总团办的，在外省也招生，还办了几个大专班，但办学经费也是省安置办公室按每人 300 元划拨的。学校没有上一天课，就开始文化大革命了。现在华东局社教总团撤了，省安置办公室也被闹返城的上山下乡知青造反派砸烂了。根据省军管会的意见，业务上暂归省教育厅代管，学校是撤销还是继续办下去，谁也决定不了。

我们毫不退让，据理力争，提出了我们的要求。

（1）将我校办成江西共产主义劳动大学那样的新型学校，学校改名为安徽东方红劳动大学。学校要尽快制订教学计划，选调教师，增加办学经费，将各地市办的农垦学校作为我们学校的分校。

（2）要极力制止各地农垦学校学生中掀起的退学、退户口、撤校返城的风潮。

对我们提出的这两条建议，省教育厅那几个根本回答不了，只有拖着。

倒是省军管会的军人很同情我们的遭遇，这些军队干部大权在握，但显然不了解地方工作的复杂性，经不住我们这些人轮番的死搅蛮缠，大发善心，终于签发了一个非正式文件，同意我校改为安徽东方红劳动大学，恢复四个大专班学生的生活待遇，每月的生活费由 8 元 5 角提高到 13 元。我们为取得初步胜利欢欣鼓舞。省军管会文件下达后，学校立刻按每月 13 元标准给我们发生活费。具有戏剧性的是，1968 年学校解散后，4000 多名学生各奔东西，"文革"结束后，从 1979 年到 1984 年六年时间里，一些大专班学生为学籍问题与安徽省教育厅进行艰难的谈判，甚至上街游行，以讨回一个公道。省教育厅参与谈判的那些角儿，根本不理我们的茬，因为当年省军管会那个非正式的批文不见了，查无实据，大家都失望了。后来经过《光明日报》驻皖的记者把我们的情况书面反映给中共安徽省委负责人黄璜、王郁昭，经他们批示、干预，责成省教育厅限期解决。我们找到当年学校已封存 20 多年的行政和财务档案，为解决大专学历问题，找到了原始依据。这已经是 1986 年，我已经根本不需要这份大专文凭了。

省教育厅交底后，十八岗农垦学校何处去？在学校的师生中分化成两种截然不同的观点，双方各执一词，针锋相对。东方红兵团这一派认为要坚定地相信省军管会领导，要尽快制止当前无政府主义的状态（因为大多数同学两三个月回来一次，领了生活费和粮票就跑回家逍遥去了），全体师生应复课闹革命，等到运动后期"斗批改"阶段，学校问题自然会解决，一定要把十八岗办成毛泽东思想的大学校；而另一派"革造会"则认为省教育厅已经露出了底牌，证明我们这类农耕学校是用安置经费办的，根本不是学校，当时招生宣传是欺骗的，既然错了，就应该纠正，干脆将学校解散了，把户口关系再迁回原来的城市，另谋出路。绝大多数人赞同"革造会"的观点，"东方红"派成了少数派。我是坚定的东方红兵团派，坚信战无不胜的毛泽东思想和无产阶级革命路线决不会丢下全省 169 个农垦学校师生的前途命运不管，我相信道路是曲折的，前途是光明的。我自告奋勇担任一份油印小报《红缨枪》的主编，撰写关于学校前途大辩论的社论与双方观点交战的文章，并让我的好友庐江的喻东生做我的助手，他擅长丹青，铜板蜡纸刻得很好。这份十六开的油印小报，深受大家欢迎，不料办了两期就夭折了，是个短命鬼。

这已经是 1967 年的春天，漫山遍野盛开着五颜六色的野花，但此时嘹亮的歌声没有了，曾经热火朝天的劳动生活沉寂了。现在闹革命、大辩论、大批判是头等大事，人人精神苦闷，不少人靠读闲书，打扑克，东游西荡来消磨光阴，这些来自全省各地的青年男女开始谈情说爱，甚至闹出一些风流韵事的绯闻来。

到了 4 月底，省军管会对学校的前途仍没有一个明确的答复。这时从外地传来消息，去年年底停止的全国大串联又死灰复燃，但有一个明显的不同，即各地学生都是去北京上访告状的。凌家湖分校的100 多名中专班学生已经扒火车到了北京，并拍回"平安抵京""毛主席将在 5 月 1 日再次接见红卫兵"的电报。4 月 26 日，我们一行26 人冲破学校领导劝阻，意气风发地出发了，步行 90 华里，于半夜在淮南线上的一个小站炉桥，我们迅捷地爬上一列煤车，顶着凉飕飕的夜风北上、北上！黎明时分，这趟车在徐州停下卸煤，我们在徐州铁路员工的帮助下，又爬上一列载满三轮摩托的火车往济南去。北方的 4 月夜露凉人，我们没出济南站，又爬上了一列载满矿砂北行的列车，寒风刺骨，我们只有伏卧在矿砂上。第三天凌晨，这趟车在京郊丰台站停下，我们相互打量，满脸、两只手都是污垢，北京市民惊愕地打量我们这些散兵游勇的狼狈不堪模样。我们列队去府右街的国务院接待站，当即安排住进位于东城区的国务院左家庄接待站，这里的伙食很差，每天的伙食费仅2角2分，每人每天发四个粗面馒头和几块咸菜萝卜。此时的北京城已汇集了来自全国各地的20多万大中学生，都是来中央告状，反映并要求解决问题的。我们向中央"文革"接待室华东组反映学校何去何从的问题，他们把我们推到教育部和农垦部。5月5日，我和淮南的许汝沛同学作为代表去教育部上访，教育部中专司的一位干部接待我们，他言辞躲闪，一味推脱，连自己的观点都不敢表明。我们提出要见部级领导，他说部长们早都靠边站了，现在只有刘皑丰部长还在工作，他就住在教育部机关对面。根据此人的指点，我们去敲刘部长家的门。这是一座很讲究的老北京四合院，年届六旬的刘部长亲自来开门，让我们去他客厅里谈。我们知道他是一位在教育界很有威望的老领导。我们向他反映了安徽省农垦学校的情况，特别是文化大革命已经两年了，这类学校将何去何从？中央有什么解决的办法？他耐心地听我们的介绍，对如何解决农垦学校的问题，他一时也无法回答，却详尽地向我们介绍了党的安置工作、方针与政策，这给我的印象太深刻了。他说："半工（农）半读教育制度现在正在批判。用安置经费来办学校是不对的，但安置工作是毛主席亲自提出来的，从1962年起开始从中央到地方均设有安置办公室，因为安置工作是一项长期的工作，由于粮食与就业的困难，城市人口只能减少不能增加。新中国成立后，我国的教育事业有了很大的发展，但至今连初中教育都没有普及，每年必然有许多城镇学生不能升学和就业，因此必须向农村和边疆地区转移。开始是动员到国营农场，但国营农场是国家投资建设的，经济效益普遍不好，国营农场也安排不了这么多人。以后又提出插队、插社的办法，但这样做也有缺点，就是城市青年不习惯农村的环境，往往连自己最起码的生活也解决不了，以后又发展到组织城市青年集体下乡，还安排十万青年去新疆支边。北京、天津动员青年去内蒙古、宁夏，可问题也不少。现在看来最成功的经验是江西共大，将大批城市青年安置到下面创建垦殖场，一个省是一个总校，各个地区是办分校。前几年建校条件很艰苦，如国家向江西省投资了700多万元，现在他们的粮食全部自给自足，减轻了国家的负担，这些青年学生也不存在毕业后的出路问题，因为都是就地务农，或从事农村工作，所以毛主席也很赞同这个办法，并建议各省都试办一些，这是解决城市青年出路问题的一个百年大计。所以你们安徽省一下子办了169所农垦学校，就是在这种大背景下开办的。你们现在要依靠省军管会，抓革命、促生产，相信到运动后期，也会按江西共大的模式办，但你们学校招生没说清是安置，说成是上学是不对的。"

刘部长的话像一盆冷水浇在我的心里，我感到一股彻骨的寒气，但他的话又是一种难得的清醒剂：这就是半耕半读教育制度的实质！我们一直被蒙在鼓里，老部长的话把一切都戳穿了，这已是不可改变的现实。我们还追究谁的责任，还谈什么学校的前途?! 我们一下子被震醒了！刘部长的话还没讲完，又进来三位客人，他们是"文革"前选派到民主德国、捷克斯洛伐克和匈牙利的留学生，是向刘部长汇报留学生如何在驻外使馆开展文化大革命情况的。我们来找刘部长是为生存，是为一份能糊口的饭碗，而他们三位是事关世界革命的大事，高贵与卑贱，何等泾渭分明！我们陷入一种难言的尴尬，只能向刘部长告辞了。我们离去时的脚步是那么沉重，我们仰望北京5月湛蓝的天空，满街飘飞的柳絮，我觉得这里的春天是不属于我们的，我愤愤地对许汝沛说："我们明天就离开北京，把刘部长讲的事情告诉大家。"5月6日我们就离京南下，由于首都接待站的证明，我们返城的火车票是免费的，凭证明上车。车过泰安，我一个人下车，随几个南下的北大学生去登临泰山，从山脚下的岱庙差不多花了五个钟头攀登上南天门，在天街一家小旅馆住下，第二天凌晨我租了件棉大衣在极顶观茫茫云海，一轮红彤彤的太阳金灿灿地跃出浩瀚的海面，在赞叹大千世界无穷面前，我觉得人生与人世间是那么渺小，微不足道。我在泰山极顶的"一览众山小"和"齐鲁青未了"的碑刻前留影，遥望苍茫大地，深感人生道路艰辛，路却又在自己的脚下，顿有一种任其风浪大只能往前走的大彻大悟。我用口袋仅剩的一点钱，中午花了2角钱买了两张煎饼裹着腌香椿果腹，匆匆下山，赶上下午津浦线南下的火车。

5月9日，我们又回到十八岗，这时学校何去何从两派之争还在继续，我和许汝沛把访教育部刘恺丰部长的谈话的全部内容，用大字报张贴出来，在全校师生中引起极大的不满和愤怒，更多的是悲观，失望的阴影几乎笼罩在每一个人的心头。

种种迹象表明我们有亡校的可能，中央的态度是明朗的：半耕半读教育制度的最终目的就是把大批城镇知识青年培养成社会主义新式农民，这是安置工作的实质，这个大方向是不容改变的，我们的前途只可能是就地成为农场工人。但荒凉的十八岗连水都没有，怎么能办农场？我的眼前是一片云雾。

经过两派组织协商，决定派几个代表和两个校领导再去合肥的省军管会反映问题。在我们殷切的期待中，两天以后（5月15日）他们就回来了，省军管会的答复是将派安徽支左的60军来校军管，完成斗批改。第三天，一辆军用吉普开进十八岗的岗头，几位军队干部找我们两派组织头头了解我校文化大革命开展情况及两派组织观点的分歧，并告知即将对我校实行军管。

时间又过去三天，在瓢泼大雨中，从炉桥驰来的班车上冲下来一个同学，他刚从合肥回来，他是赶来报信的。5月19日安徽省军管会做出一个决定，全省农垦学校下属四种情况之一均可以退户口返城：（1）身体有残疾者；（2）患有传染病者；（3）年龄大文化不及高小者；（4）真正不愿上学者。真是天有不测风云，这个消息使局势发生峰回路转的突变，这是谁也没有料到的，尤其是最后一条几乎为每一个人退户口敞开了大门。开始不少人还不相信这是真的，第二天校领导接到定远县委的电话，他们正式向学校下达了省军管会的上述指示。

荒凉沉寂的十八岗又再次沸腾了，留在学校里的大多数人急于要退户口，打回老家去，但一些比我们年龄大有点社会阅历的同学觉得这是戏中有戏。他们分析，既然什么人都可以退户口，说明下乡插队和办农场的可能性没有了，大浪淘沙，坚持留下来的都是意志坚定的不当逃兵、经得住考验的学生，办成学校的可能性加大了。

当年，我刚19岁，单纯天真，决没有他们这些复杂的想法，我可不愿在这个鬼地方待下去，你们愿意留下来各自请便吧。我只有一个想法，三十六计走为上，以免夜长梦多，上面的政策说变就变。我立刻做了两件事，一是写信给妈妈，征求她的意见；二是给那些长期滞留在芜湖等地的同学写信，让他们赶快回来，以决定是否退户口。我很快收到母亲来信，她让我退户口，越快越好。6月下旬，各地同学陆续返校，几天之内，全校大中专4000多学生中几乎有三分之二的人办理了户口迁移手续，并领取了一点路费。

6月2日，我们背着行李搭乘一辆拖拉机去炉桥。掐指一算，我们在这片土地上总共只劳动生活了16个月，可就好像过了漫长的好几个年头。再见了十八岗！我们青年时代的生活起点！再见了十八岗，我们青春的风雨驿站！时隔多年之后我们才知道十八岗的真实状况：在三年自然灾害时，定远县100万人口，饿死了54万人。十八岗村有600多户人口只剩下了60多户，在我们居住的校园内有许多大土堆，下面就埋着很多饿死的人，当时我们并不知道。坚持到最后才离开的同学回忆说，1968年十八岗下了一个多月的雨，从房子地下泛起一股恶臭。当地农民说，那就是多年前的尸臭，当年饿死一个人，谁把尸体背到大坑里掩埋，就奖给谁一碗玉米糊糊。1965年华东社教工作组打算按计划把定远建成第一个农业机械化县，所以办了这所农垦学校，以培养农技人才，谁知"文革"一开始这个计划就泡汤了。

我们像劫后余生的幸存者一样重返江城芜湖。母亲见我归来笑逐颜开："儿子终于回来了。"派出所根据上面的政策立马给我们上了户口。

新的苦恼与烦愁又接踵而来，我没有工作，又成了一名待业的社会青年，苍茫世界竟没有我混一口饭吃的碗，如果不退学，每月还有13元的生活费，现在是身无分文。1967年夏天全国各地陷入武斗，学校停办，工厂停办，连农民都进城参加武斗了，而且是为一个崇高的革命信念——为保卫毛主席革命路线浴血奋战，谁来关心我们是否有口饭吃？

我和施大光、陶淮生、汪诗伟等每天去芜湖市军管会磨嘴皮，像是上班一样，几个军管干部，特别是郭处长和那个山西人牛替生股长，见我们一个个风华正茂、知书达理，很同情我们的处境，我们软磨硬泡了一个多月，他们终于为我们六个人找了一份工作。1967 年冬天，芜湖两派武斗激烈，几乎所有工厂都停办，连生产蜂窝煤的小厂也停工了，居民买不到煤，煮饭烧水取暖都成了问题，市煤建公司将这个棘手的问题反映到市军管会，牛股长说你们六个人和那几个天天要工作的民办幼儿园的阿姨去打蜂窝煤吧。虽然又脏又累，但好歹能挣点钱糊口，我们高兴得跳起来，于是和那几个阿姨在已关闭的吉和街半亩园办起了一个小煤厂。施大光能说会道当了头头，只管进煤，检查蜂窝煤的质量；陶淮生身材魁梧力气大，负责用一把大锹，在煤粉中掺水与黄土搅拌。我们一人一个蜂窝煤铁模子，一把木锤，用最原始的方法砸制蜂窝煤，劳动强度大，又脏又累，一天干下来手脚酸痛，连鼻孔里都是煤渣，但我们很满足，终于靠卖苦力，能有一口饭吃了！与此同时，我们借来几辆板车，冒着大街上两派武斗的枪林弹雨，将蜂窝煤送到一户户人家。他们说，你们真是雪中送炭呀！

　　1968 年春节后，芜湖两派武斗在调停下逐渐平息，全市几家煤厂都要复工了，我们又失业了。军管会的牛股长特批我们成立一个生产自救的街办小厂，专门为农民修抗旱排涝的电机、水泵。为联系业务，我和施大光、陶淮生乘船去铜陵市揽活，在市中心黑沙洲租赁一间民房开了一个修理电机的小门市部，待了两个月，其实也没联系到什么业务，恰巧这时芜湖发生了震惊全国的"6·26 事件"。两大派"三筹处"和"芜湖联总"为了酝酿更大的武斗，在 6 月 26 日抢了芜湖驻军的武器弹药库，案惊中央，上级缉捕了一些参与抢武器者，逃离芜湖的人，则在全省缉拿。与芜湖毗邻的铜陵更是戒备森严，大街上凡是芜湖口音的都被专政队抓去审讯。6 月 28 日晚，我们三人在睡梦中被撞门声惊醒，一开门，一群全副武装的专政队员把我们抓住，施大光头脑灵光，趁着夜色夺门逃走。这伙人将我和陶淮生用麻绳五花大绑起来，他们怀疑我们是"芜湖联总"的地下联络站，抓到专政大队关押起来。我和陶淮生急忙为自己的身份辩护，遭到这帮人的拳打脚踢，浑身均是伤痕。关了几个小时，麻绳捆得太紧，时间又长，双手都发乌了。天快亮了，几个头头开始审讯我们，好在我们身上有芜湖军管会生产组批文介绍信是可证明我们的身份的，况且我的两个舅舅，一个在市物资局，一个在冶炼厂，有名有姓可查到的。查清事实后，第二天下午我们被释放了，但我们必须在第二天离开铜陵，滚回芜湖去。时隔 30 多年，我和陶淮生手腕上至今还留着那次被捆绑留下的疤痕，这就是那个年代给我留下的抹不去的纪念。

1968 年底，全国开始清理阶级队伍，江城芜湖所有机关、学校、商店、居委会门口每天早上都站着一排胸前挂着各种反动称谓纸牌子的被清理批斗对象，与此同时，全市各中学已经动员全部毕业生上山下乡插队落户，高潮在 12 月份，市体育场上每天停满欢送去芜湖地区八个县上山下乡插队知青的车辆，锣鼓声与亲人分别哭喊声交织在一起。我们这批已经下放过一次的社会青年，成为各街道首批动员对象，我们别无选择只有再次上山下乡。我和同班的刘虹泽、张家建、徐积山选择去条件稍好一些的南陵县弋江公社插队落户，所不同的是我们去十八岗农垦学校，国家拨的安置经费是 300 元，这第二次下乡插队拨的安置经费只有 185 元。

这时，十八岗农垦学校已经被撤消了，改为省民政厅的五七干校。坚持留校的那一批同学原存侥幸心理，等待学校有个好安排的，也被全部强行安排在当地或返回原动员城市。十八岗农垦学校仅仅存在不到三年就解体了，作为两种教育制度的试验点宣告失败了，十八岗又恢复了往日的荒凉与冷清。

1968年12月5日，母亲和妹妹挥泪为我送行，我又一次踏上告别青春岁月的新征途，去了另一片偏僻陌生的土地，我没有流一滴眼泪。以后我在南陵插队近七年，那是另一段可以写成知青小说的历史，和许多知青不同的是，我第一天去农村时想到的不是要扎根在农村干一辈子革命，而是想着总有一天我要离开这片土地，我不属于它。因为经历过十八岗风风雨雨的摔打磨练，我已经成熟了，有十八岗这杯苦酒垫底，天下所有的酒都能对付。那一年，我已经22岁。

我第二次下放的南陵县弋江公社是一个富饶的水稻产区，濒临美丽、清澈的青弋江，它发源于黄山，流经泾县、宣城、南陵，在芜湖市的宝塔根汇入长江。这里物产丰富，乡风淳朴。20年后当我成为作家后，我写的许多散文、小说大多是以1970年代的青弋江时的知青生活为背景的，因为我在这里插队七年，而且正是青春热血沸腾的年代，我们辉煌的青春梦都陨落在这片土地上，至今我仍对这个第二故乡魂牵梦萦，和那里的老乡和青年时代的朋友保持着密切的联系。

和大多数知青一样，初下乡轮流在每个农户吃一天派饭后，就开始自己煮饭了，没有菜，只有吃从镇上小店买来的咸萝卜。由于我们不会农活，只给我们评了个六分工，和妇女们在一起干活。为了多挣工分，为了吃大灶，生产队所有外出的派工都让我们去了，如组建大队毛泽东思想文艺宣传队，编快报，写大批判稿等。两年里，我先后去泾县的孤峰河修水利，去修筑芜湖到铜陵的铁路，挑土石方，搅拌混凝土，在水利工地上与农民打架，偷鸡摸狗，抢小贩的甘蔗，也谈情说爱。农闲时则东游西荡，走村串户，生活单调而不安定。一直到1971 年 9 月，农村开始普及教育，大队书记知道我是老高三的，肚子有点文墨，便抽调我到大队小学当民办教师，教五年级的语文和英语。当时的小学语文教材基本上是毛主席语录，英语课除了教 26 个字母，课文也就那么几句："Long live chairman mao, I am a red gard of chairman mao！"两年后我又被抽到公社中学教高一的语文，成了一名代课教师，月薪 29 元，令其他知青羡慕不已。我的住处成了全公社知青的接待站，来人了总要管一顿饭，这样下来每月开销大，一直积攒不了钱。

在我七年的知青生涯中最难忘的是三件事：一是乡村雪夜读禁书；二是 1970 年 7 月与志趣相投的知青扒车游历了秀丽的泾县的山山水水，拜访众多同命运的知青，是一次中国社会底层的田野调查；三是 1972 年开始文学创作活动。

在我几十年的读书生涯中，最令人难忘的是在南陵当知青时，我在一盏如豆的油灯下，如饥似渴地捧读一本本"禁书"，就像饿汉扑向水和面包一样。除了雄文四卷，其他所有的文史类书籍，几乎都被贬为"封资修"毒草，属于查禁之列。1968 年冬天我下乡时，仅有的一只旧木箱里，除了几件衣裳，其余的全是书：《鲁迅小说选》《红与黑》《钢铁是怎样炼成的》《普希金抒情诗选》《俄国文学史》，还有一本薄薄的《金蔷薇》，它们是我最亲切的朋友，成了我的精神食粮。

周而复始的日出而作、日落而息，在鸡鸣犬吠中，每一天的日子单调而漫长。每天黄昏荷锄归来，饥肠辘辘，在烟熏火燎的灶间好不容易把饭扒到口中，有线广播已响起中央人民广播电台"新闻联播"

结束时的雄浑歌声，即便如此，我仍不忘在油灯下读一会儿书，往往看了几页就沉沉地睡着了，书跌落在地上。

白天我们陪老乡一边在村路边水田里薅草，一边对路上的往来行人评头论足，尤其是后生见到那些穿红戴绿由娘陪着去相亲的姑娘，就像馋猫嗅腥，放肆地唱起当地那首古老的情歌："青弋江水清又清/姑娘嫂子分不清/我的小妹子哟/什么时候过河来/亲哥哥巴望着你……"这歌声肉麻，油腔滑调，羞得姑娘的脸红到耳根，恼得当娘的跺脚破口大骂："砍脑壳的，让你一辈子讨不到烧锅的（即婆娘）！"后生们却乐得前仰后合，田里干活的人，不分男女一齐哈哈大笑。在这一瞬间，淤积在他们心头缺衣少食、柴米油盐的烦恼似乎一下子烟消云散，这是一种多么卑微的满足，旁观的我却感到一种莫大的悲哀，我想起鲁迅先生笔下的阿Q、王胡、小D，他们繁衍的子孙香火不断。我由衷佩服这位文学巨匠，对社会的剖析批判如此透彻，物质的贫困必然导致精神的贫困。我难以融合到他们的群体中去，落落寡欢。

于是我盼望雨天，盼望冬闲，那样我可以不出工，整天待在低檐的茅屋里读书。日子是清苦的，咸菜糙米饭，但有书读的日子却是充实的。那段时间我特别爱读政治理论书籍。我读了《西方哲学史》、《政治经济学史》，马迪厄的《法国大革命史》、《什么是赫鲁晓夫主义》、《巴枯宁传》，还有毛泽东关于农业合作化运动的按语等，它们伴我度过风雪蔽天的漫长冬夜。在灯花摇曳下读书，我觉得浑身发烫，思想游弋在知识与历史的远海，感到一种难言的充实。现实与历史如此相似，政治风云扑朔迷离，这些书开启了我的眼界，拨去迷雾和混沌，反思势头正劲的"文革"风云，我对这场史无前例的革命产生了怀疑，因为我在历史中找到了答案。当时我们并没有意识到这种独立思考是在探索中国的前途和命运。1970年冬，大队抽我去参加人口普查，普查结束后，我将全大队3000多人口的性别、年龄、文化程度、阶级成分的构成，每个生产队历年工分值作了一个认真的统计分析，写了一份调查报告，投寄给当时的中国农业科学院农业经济研究所，居然很快收到该所的回信，他们鼓励我坚持这种社会调查，并寄来几本农业经济与发展的小册子，不久我被抽去当民办教师，将此事半途而废了。

和缺粮断炊一样，没有书读的日子是痛苦的。从城里带来的书很快就读完了，要去开辟新书源。我曾从大队代销店包盐巴的旧书报里救出《宋词选》，还有一本梁启超的《饮冰室文集》，居然还是民国初年的版本，由于年代久远，书页泛黄。梁任公不愧为一代大师，他博大精深的思想以半文半白的生花妙笔来纵横评说中外古今，表述他的宪政主张，是对"五四"前青年的资产阶级民主主义的启蒙教育。我读后心中翻卷起血与火的浪涛，很可惜这本书被人借去了，再也没还我，令我至今懊恼不已。

交换书看，为此不惜跋涉几十里，这差不多是当时知青读书圈中的一种风气。我那本司汤达的《红与黑》不知经过多少人传阅，甚至被巧妙地包装邮寄到几千里以外北大荒军垦农场上海知青朋友处，几年后它转回我手中，已面目全非，痛惜之余，我又感到宽慰。出身贫贱的于连，以个人奋斗向权贵挑战的精神，曾给多少知青朋友增添与逆境和命运抗争的勇气。在外国小说中，有几本是被我们津津乐道的，那就是罗曼·罗兰的《约翰·克里斯朵夫》和杰克·伦敦的《马丁·伊登》，海明威的《老人与海》，它们所产生的震撼人心的力量，是许多人的精神支柱，并激励我们在即将到来的时代大变革中去当弄潮儿！

交换读书，以书会友，使我们不少人在患难岁月中成为志同道合的朋友，这种友谊一直延续到今天。我们交流读书心得，进行精神世界的"会餐"，化解了眼前的艰苦与前途渺茫的惆怅。读这些"禁书"使我们目光远大，我们坚信诗人雪莱的那句话：冬天到了，春天还会远吗？在农村的七年，我坚持每天写日记，并记满了六本读书笔记，上面用各种颜色的墨水写满了诗文摘录和我的读后感，这些日记与笔记我一直珍藏着，今天抚读，我惊讶在那些充满饥饿和悲愁的日子里，我们怎么会有如此旺盛的精力和无法扼杀的激情，这是我值得骄傲的精神财富。在我1970年一本读书笔记上还抄录着当时在全国知青中广为流传的郭路生写的《相信未来》和那首《南京知青之歌》，30年后我在南京见到这首歌的作者任毅，他为这歌坐了十年牢，1998年他的回忆录《生死悲歌》出版了，他赠送我一本，并在扉页上题词："人类思想的进程是不可阻挡的。"当年在一起交换书读的知青朋友，在"文革"后大多参加了1977年冬天恢复的高考，挤上了最后一列班车，他们中许多人成了专家学者，有的甚至成了新一代的思想家。他们曾经是被丢弃在乱草荒冢中的洁白石子，时代大变革又将他们镶嵌在共和国大厦的廊柱上，苦难磨练造就了他们，他们可以自豪地说："我们曾经是茅屋中读书的那一群。"

前几年，我在《读书》杂志上读到朱学勤写的《思想史上的失踪者》一文，非常激动。他写道："早在获得知识分子身份以前，他们已经在思考通常是知识分子思考的问题。"我们为自己曾经是"民间思想村落"的一员而欣慰。

在农村每天干活，我非常羡慕村旁那条乡间小道上的行人、邮差、挑货郎担的、推独轮车的，因为这条村路连接外面广阔的世界，而我们却被禁锢在落后的小生产藩篱中动弹不得。我多么渴望踏上这条小路走向外面那个广阔的天地，我由此萌生要去外面世界闯荡的念头。于是在1970年7月的"双抢"后，趁有一段农闲，我与陶象权、刘洪泽、张存玉、尹厚坤相约，一路扒货车去被称为世外桃源的泾县"旅游"。第一天赶到南陵城，恰好这一天县城里正在召开首届知青先代会，我们不是代表，也跑到县城大礼堂去看热闹，这哪里像先代会，县委书记在主席台上作报告，会场像一锅沸腾的粥，台下的知青代表们没有几个在听，一个个在谈笑风生，甚至开怀大笑。县委书记只好装聋作哑，照发言稿读下去，不时还跑进一些不知哪里来的知青，放肆地吹着口哨，唱着小调儿。时近中午，应该午餐了，还没散会，代表们住宿就餐的县党校已乱成一团，几十桌饭菜刚刚被端上桌子，被一百多号从泾县、繁昌"流窜"来的芜湖知青抢吃一空，代表们回到驻地反倒没有饭吃了，桌上地上盘碗满地。这些人饱餐一顿后，迅速撤离溜得无影无踪，县革委会领导们气得暴跳如雷，却也无可奈何。

我们几个看到这种混乱状况，觉得这里不可久留，立刻离去。下午步行十余里，在葛林桥爬上一辆开往泾县的煤车。傍晚投宿在县招待所，睡地铺，每人交1角5分钱。我们五个人来自不同的学校，在泾县所有的公社都有插队的知青同学。在当时的知青中有个不成文的规矩，不管到了哪个村庄，不管认识的或是不认识的知青来了，那个村里的知青都要管一顿饭，熟悉的老同学、邻里街坊还可多住两天，这有点像全世界的无产阶级只要听到《国际歌》，就等于找到自己的同志和战友一样。

　　地处皖南的泾县背依黄山，西临佛教圣地九华山，秀丽、澄碧的青弋江在群山峡谷中迂回流淌，绿荫丛中露出一个个古代村落徽派民居的粉墙黛瓦，氤氲起缕缕炊烟，形成一幅幅"山上层层桃李花，云间烟花是人家"的山水画卷。受灿烂丰厚的徽州"新安文化"的浸染，自古以来形成泾县"十里不废诵读"的乡风，从深山古村里走出一代代学子和儒商。泾县水东是唐代"李白乘舟将欲行，忽闻岸上踏歌声"赠诗汪伦的桃花潭。泾县的乌溪镇是中国宣纸的故乡。泾县也是革命老区，云集八省抗日健儿的新四军的军部就设在云岭，1941年元月震惊中外的"皖南事变"就发生在茂林。我们一行五人足迹差不多遍及大半个泾县，特别是泾县西南部的水东、章渡、茂林、南容、后岸乡，明清古民居、祠堂、书院、石桥都留下了我们的身影。这里古建筑保存得很好，许多知青住的就是雕花门窗的古宅，依山傍水，山溪淙淙，竹影婆娑，要不是村口的墙壁上刷着"无产阶级文化大革命就是好""农业学大寨""千万不要忘记阶级斗争"大红标语，真像到了"只知有秦，无论魏晋"的世外桃源。30年后我撰写《中国民居旅游》一书，最初的创意应该是从这里开始的。以后我们又去了榔桥、黄田、西阳、苏红、汀溪、爱民几个公社，这里是全省著名的产茶区和林区，是经济作物区，农民的生活较富裕一些。泾县有句民谚："汀溪的茶叶，榔桥的伞，黄田的姑娘不用捡（即挑选）。"这倒不是黄田的姑娘格外俏丽水灵，而是家道殷实。黄田是明清徽商故里，这里的人们在大江南北各地做木材、茶叶生意，赚了钱回家盖大宅子，所以黄田的姑娘是不愁嫁不出去的。我们在汀溪的大坑村住了大约一个星期，我们十八岗农校有十几个同学集中在这里插队。我们去时正赶上采摘夏茶的时节，当地劳动力不够，从山外雇请不少临时工来采茶。我就住在老同学周泽亚处，每天天未亮，结队上山腰的茶园采茶，用一个大布兜盛着，新鲜的茶叶枝条上沾满露水，太阳一出山就不能采了，下山把茶叶送到生产队的小茶厂去揉揉杀青，用炭火烘炒。几乎每一个小村庄都有一个小茶厂，这里还没通电，只能以山溪水流推动水碓做动力，到处漫溢着新茗的醇厚的清香，这是我知青生涯中一段富有诗意的生活。我们每采一斤鲜叶有八分钱和一两粮票的补助，我一个上午能采 20 斤，收入不菲。下午不出工，我就和周泽亚（现在芜湖市新华书店工作）、韩贤强（现任安徽工业大学宣传部长、教授）临溪品茶，谈论国家大事和指点江山，泛谈中外古典名著的体会。他俩博览群书，特别是哲学与历史，都具有独立思考的精神，往往语出惊人，极为尖刻、犀利，锋芒毕露。他们读书治学勤于反思，尤其逆反的思维方式给我很大影响，他们可称为我的学长，可惜他们"文革"后忙于学业与生计，长期坐谈论道，述而不作，在治学上没有什么建树，他俩正是朱学勤先生称谓的"1968 年人——思想界的失踪者"，但在我青年时代的读书经历中，他俩是给我影响较大的两个朋友。

8 月初，我告别了他俩，步行百余里，一天之内赶回我插队的村庄，没隔几天，大队书记安排我去大队中心小学当民办教师，每月工资 18 元，口粮从生产队分。我当了四年半民办教师，一直到 1975 年 3 月被招工返城。

1972 年春天，我在农村入了团（当时我已经 25 岁），入团介绍人之一竟还是我的一个学生吴小水（比我小六岁，五年级学生，是个烈属的孤儿）。当时的政治口号是"无产阶级占领文化阵地"，全国各地开始抓工农兵文艺创作活动，南陵县是当时全省坚持工农兵业余创作最出色的一个县。在第一期创作学习班上，我抓住 1971 年联合国恢复中华人民共和国合法席位这一时代背景，虚构了一个乡邮递员帮助侨居美国西海岸的华侨寻找在大陆失散 30 多年亲骨肉的小说《信》。这部小说送到省出版局审查，居然一炮打响，第一个被定稿，今天读起来索然无味，流露出当时中央"文革"小组提出的坚持"三突出"的僵化的写作模式，纯系我幼稚的涂鸦之作，但它毕竟是我文学创作的起点。南陵县十几位业余作者 14 篇小说结集为《青弋江畔》，1973 年由安徽人民出版社出版，轰动一时，这应该是当代南陵群众文化的硕果，不知以后是否编进《南陵文史资料》？

在我长达七年的知青生涯中，感到最痛苦的是前程的黯淡无望，由于我的家庭出身不好，每一次招工和大学招生都没有我的份，没有被大队干部和贫下中农推荐过一次，因为我的父母是国民党政府的军政人员，属于出身最坏的一类，当时的政策是"有成分论，不唯成分论，重在政治表现"，其实是逻辑不清的悖论，是彻头彻尾的唯心主义、专制主义！什么"重在政治表现"？一句强奸道义的戏言而已。1972 年，由于我在农村文化和教育普及工作中的突出贡献，我被评选为芜湖地区的上山下乡知青标兵，这时我的短篇小说《信》已经发表。1973 年李庆霖向毛主席告御状，反映知青的困境，揭露在知青中招工招生走后门的不正之风，惊动了毛主席。他给这位乡村小学教师汇去 300 元，并写了一封信："寄上三百元，聊补无米之炊。全国此类事甚多，容当统筹解决。"此后在全国范围内调整知青政策，改善他们政治、生活条件，打击惩治了一批罪大恶极的迫害知青的坏人。全省各地开始进行知青工作大检查，县知青办从全县知青中抽调八个人参加地区革委会的检查团，我也是其中之一，负责对九连公社近 400 名知青政策落实的检查，但我的突出表现与作为都不能改变我的命运，招工招生的大门对我紧闭着，精神上的压抑和痛苦我只能暗藏心里。

1974 年为了落实知青政策，国家新出台了独生子女、父母身边无一个子女的可以抽调返城的政策。当时我妹妹已在芜湖市第一塑料厂转为正式工人并已结婚，为了让我能抽调回城，母亲和妹妹商量好，让妹妹调到她爱人所在的铜陵市工作，这是不合算的，但能让我回来，妹妹和妹夫做出了巨大的牺牲，这样我就具备了"父母身边无一个子女"的资格，可以名正言顺地招工返城了。

1975 年 3 月我终于结束了长达七年的知青生活，这一年我已经 28 岁了。

1975 年 3 月，一个春寒料峭的早晨，在南陵县政府大院里，早早地聚集着百十个男女青年，地上堆放着他们的行李，他们中年龄最大的怕有 30 来岁，满脸沧桑，一言不发地立在寒风中。路过的市民一看便知，又一批知青要招工返城了，他们是全县落实"独生子女"和"父母身边无一个子女"政策的知青们。时近中午，三辆敞篷卡车风尘仆仆地开进大院，一片欢呼声，我们争先恐后地将行李扔上车，然后爬上车，几声喇叭响，汽车发动了，穿越过这座小县城唯一的一条大街，我们情不自禁地欢呼："再见吧，南陵！我们终于回家了！"我们还唱起俄罗斯歌曲《共青团之歌》。

卡车疾驰在与长江平行的沥青公路上，我们归心似箭，无兴致去欣赏眼前江南三月杏花春雨的景色。车开得很快，寒风像刀子般割着我们的脸，我不得不将棉衣的衣领竖起来，又冷又饥，刚才还在唱歌的几个知青也蜷缩着身子沉默不言了，沉默像流行感冒传染了车上的每一个人，怎能叫人不伤感。这一批招工几乎全是因家庭出身不好在农村插队近七年的知青，苦煞了3000多个日日夜夜，人生能有几个七年，抗日战争也才八年。今天我们终于回城了！这时只听见一个小伙子嚷道："大伙把衣服口袋扎紧，莫让户口和粮油迁移证让大风刮跑了！"这一言使全体人员一片惊栗，人人裹紧上衣，接着相视仰天大笑起来，这是辛酸、苦涩的笑，无穷酸涩尽在这一笑中。我们的命运竟被户口和粮证这两张薄薄的纸片控制着，它们肘掣着我们生存的时间与空间，我们无可奈何，别无选择，只能听任其摆布。

这一句不经意的风中戏言，是一代人命运的沉重叹息，一辈子忘记不了！

我们这一批人全部被分配在芜湖市的手工业系统，我当时根本无门路去开"后门"，被稀里糊涂地分配到一家日用化工厂。这批进了十个人，都是在农村待了七八年的老知青。这是家简陋的手工作坊式的集体企业，生产的都是蚊香、蛤蜊油这类小商品，机械化程度很低，我们进厂那年上了一个新产品——油漆刷。我被分配去干最累最危险的工种——开盘锯。师傅是一个未摘帽的四类分子，姓赵。车间里锯末飞舞，粉尘大，噪音大，飞速的盘锯几乎没有什么保护设备，稍不小心就会出事故。我穿着防护服，每天八小时将两米高、40公分宽、2厘米厚的松板，扛上工作台，然后小心翼翼地推向飞速旋转的电锯，切割成一块块油漆刷柄的木坯。不少同学来看我，见我干这份令人提心吊胆的活，都为我惋惜："真是大材小用了。"可我已经知足了，28岁每月18元的学徒工资，还发2元钱澡票，我好歹是工人阶级一员了，发工作服那天，我还特意去照相馆拍了一张照片，以示纪念。

因为我干活卖力，在厂里人缘好，又为厂里写了几篇为社会主义坚持小商品生产的通讯报道，市报与市电台都刊播了，在这个小厂还是第一次。1975年10月，我第一年学徒还未满师，厂党支部马书记找我谈话，说经过组织研究，决定派我去当"工人毛泽东思想宣传队员"，进驻一所小学。我受宠若惊，忙向马书记表示："我家庭出身不好，已经接受贫下中农再教育七年，一年学徒未满，我够资格担负如此重任吗？"马书记说："组织上对你已进行考察，工宣队员都是工人大老粗，占领上层建筑没有文化怎么行？区工宣队急需一个能写文章的秀才，你去好好干。"

我和另一位能干的姓董的女师傅进驻一所原来的教会小学，这里几乎清一色的女教师，许多是教学经验丰富的老教师，都在"文革"中挨够了整，对我们工宣队非常敬畏，因为我们的任务就是要用战无不胜的毛泽东思想改造这些"臭老九"。但我很快与他们相处得很融洽，尊敬他们每一个人，获得他们的信任。小学经费少，每个月靠卖旧报纸和学生砸碎的玻璃渣来买粉笔和墨水。我们主动将厂里一个淘汰的小产品——糊精拿到小学生产，因为当时贴大字报都少不了浆糊，我亲自动手用最土的办法生产，派人送到各单位去，还领两个老师去南京、合肥的日用化工厂学习先进的配方和操作工艺，还向工商部门申报"白兔牌"糊精的商标，由百货批发站包销，这样学校经费多了，条件改善了。20多年过去了，一直到今天，"白兔牌"糊精仍旧是芜湖市校办工业的一个品牌。

我当工宣队员那三年是"文革"的最后一段日子，中国政治舞台上变幻莫测，批邓、反击右倾翻案风，唐山大地震，批水浒，评宋江，我们工宣队战斗在阶级斗争的风口浪尖上，工宣队员大多是阶级感情朴实、爱憎分明的老工人，其中也有政治嗅觉灵、善于钻营往上爬的人。1976 年 1 月 8 日周恩来总理逝世，巨星陨落，我和老师们伫立在严冬的寒风中放声痛哭，我们不顾上级的"不准送花圈、不准开追悼会"的禁令，自发组织老师们扎花圈，佩戴黑纱，设立灵堂祭奠，我的越轨行为被上面知道了，在区工宣队员会议上让我作检讨，但我不后悔此次行为。

1976 年的春夏之交是一个多事之秋，1976 年 9 月 9 日下午 2 时，我们突然接到指示，下午 4 时全体师生集中收听中央人民广播电台的重要新闻，我进驻的小学有位青年教师的父亲恰是地委书记，她当即给父亲打电话询问后，我试探地问："是不是毛主席去世了？"她流着眼泪点了点头。果然，下午 4 时整中央人民广播电台开始播放哀乐和毛主席逝世的讣告，几乎每个人都放声痛哭，特别是有些老工人哭晕倒地。我一边流泪，一边在心中说，一个时代结束了，另一个新时代即将开始了，我们工宣队离撤离学校的日子也不远了。

我的预测果然灵验了。1977 年 5 月，工宣队全部撤离学校，工厂安排我到车间当统计员，等于是以工代干了。那年 10 月市文化馆组织一批工农兵业余作者去黄山参加一个笔会，并重游了泾县云岭新四军军部和茂林皖南事变旧址，这对我来说是故地重游，颇有些感慨。当时黄山的门票只要 5 角钱，我们住在慈光阁僧舍改的招待所里。那天，上午听到中央人民广播电台的广播：大学要恢复招生考试了。同行的几个年轻人高兴得跳起来！回到芜湖后，我发现绝大部分老三届把丢了十年的数理化课本找出来开始复习功课了。

1977 年 12 月，我参加了"文革"后恢复的高校招生考试，考点就设在我读高中的芜湖市三中，我那个考场就是当年我们高三（1）班教室。12年了，历史和我们开了一个残酷的玩笑，尤其是像我这样既参加了"文革"前最后一次高考，又参加了"文革"后第一次高考的能有几人？那一年是各省命题，由于被时代耽误了的这一代人学业荒得太久，所以试卷都不难。我是65届毕业的，基础扎实，又在农村当了四年多民办教师，所以各门课程都考得很好，是第一批通知参加体检的，那一段日子沉浸在期待的兴奋中。1978年春节后，一些人陆续收到了高校录取通知书，而我望眼欲穿"过尽千帆皆不是"，我再一次绝望了，我知道依旧是在家庭出身问题上卡了壳，粉碎"四人帮"已经两年了，反动的血统论依旧阴魂不散！到了1978年3月部分高校扩招也结束了，我的通知书依旧石沉大海。这时，在市招办工作的一个朋友刘延业悄悄告诉我，我的考试成绩是327分，是全市文科成绩前10名（当时满分是400分），因为我的家庭出身问题，我厂的主管部门市二轻局政工组在我的政审意见上签署了"不予录取"的意见，我的考生档案一直锁在打入另册的柜子里。

我愤怒了！我要理直气壮地抗争！我慷慨激昂地给时任中共安徽省委第一书记的万里同志上书，我守候在中共芜湖市委会议室门外，堵住出来上厕所的分管招生的市委副书记程介一同志，递上我的陈述信，倾诉我心中的愤懑，我还给远在武汉的未婚妻写信告诉她"我们结婚吧"。

她和我曾在同一个公社插队，是一位北京知青，并且同在公社中学代课，同教一个班级，我教语文，她教英语，都因家庭出身不好，一直不能招工返城。"同是天涯沦落人"的命运使我们深深相爱了。1975年春，我们均以落实"父母身边无一个子女"政策返城，她回到武汉父母身边，分到汉阳废品回收站当电焊工，在这几年里，浸透着泪水思念之情的两地书维系着我们的苦恋，魂牵梦萦。我们终于谈婚论嫁，但遭到她父母的坚决反对，因为历次政治运动使这两个从海外归来的老知识分子惊魂未定，他们不愿将好不容易回到身边的女儿再推向无边的苦海。她很快回了信，诉说正在忍受的双重折磨：单位领导以超龄为由不让她参加高考，父母逼她尽快与我断绝关系，她无比痛苦，经常彻夜失眠。她做出决断："你快来吧！现在什么力量也不能将我们分开，哪怕是父母的爱。"

1978 年 4 月 24 日，我溯江而上来到武汉，早已等候在大轮码头的她，显得格外憔悴，只有同单位的两个女伴来送她。她含泪给父母亲留了一封信，随我登上一艘生火待发的大轮，去南京旅行结婚，开始了中国古典戏剧中演绎的痴情男女的"私奔"。

"东方红 7 号"轮一声声汽笛长鸣驰离武汉港，我们相依在甲板上，看长江大桥、武汉关在眼前渐渐远逝。黄昏，一轮血红的太阳倒映在波光粼粼的江面上，残阳斑驳地洒在我们身上，船上不少是一对对去苏杭作"蜜月旅行"的新婚夫妇，他们耳鬓厮磨是那样亲昵、甜蜜，而我们在欢乐中却饱含着沉重的忧愁。在大江的涛声中，观长江一泻千里而去，我们在思虑，前面的路该怎么走？我们不知道，只有一个信念，一直往前走，就像大江狂涛中的小舟与风浪相搏，决不后退！

与我们同舱的是湖北美术学院的刘依闻教授和他的学生，他们去上海观摩"法国十九世纪农村风景画展"，他们高兴地为我俩画炭条肖像速写，谈笑冲淡了我们的烦恼和忧愁。

第二天船停泊南京港，我们的新婚之夜是在夫子庙一家小旅店度过的，没有花烛、婚宴，也没有亲友，只有秦淮河清凉的月色透过窗户倾泻在我们身上，我紧紧地把她搂在怀中。

时代的大变迁，使我们的命运陡地发生了戏剧性的变化，就在我们去南京旅行结婚时，由于中共安徽省委领导的干预，我和芜湖市14个受家庭出身牵连的考生被安徽师范大学的芜湖市专科班录取，搭上了最后一班车。我把新婚仅十天的妻子送回武汉（她第二年考上了湖北财经学院工业会计专业），赶回学校报到，这时大学已经开学快两个月了。

我的人生翻开了崭新的一页，我感激邓小平这位伟大的历史建筑师改变了我们这一代人的命运，尊重知识、尊重人才这是中国改革开放的先声。

1997年，《长江日报》开辟了"20年前我参加高考"征文，许多77、78、79届的学生纷纷撰文回忆、评价中国当代史上这一划时代的大事。许多高校的老教授们众口一词地说，在他们一生从教生涯中，77、78、79届学生是最坚强、成熟，学习最勤奋、用功，敢于独立思考的。今天他们中的大多数人已成为力擎大任的社会栋梁，活跃在中国改革开放、走向世界的大舞台。我也应征写了篇文章《1977年，一个无雪的冬天》并且获了奖。

1998年元月中旬，长江日报社在汉口的亚洲大酒店举行隆重的征文颁奖大会，当年向党中央和邓小平同志进言恢复大学招生考试的武汉大学教授、中科院院士查全性，当时负责恢复高考工作的教育部部长刘西尧也参加了这次盛会。那一天刚担任武汉市副市长的武汉大学的辜胜阻带领我们全体与会者向查老、刘老三鞠躬，以表示一代人的感激之情。

有位哲人说："苦难是一所学校。"不能否认上山下乡的苦难经历磨炼造就了这一代人中的不少人，这是一种"种豆得瓜"的历史反刍现象，但决不能因此而美化苦难，我们决不为苦难加冕，所谓的"青春无悔"完全是一种自欺欺人的高调，苍白而虚伪，社会的发展难道非得以牺牲整整一代人的青春为代价吗？

我选择知青文学为一代人立言作为自己毕生奋斗的事业，这是使命，也是责任，我希望已经逐渐淡出社会舞台的知青朋友们，能够让生命的激情依旧在心中燃烧，因为我们已经跨过漫长苦难的昨天，今天我们手挽手伟岸地站在新世纪的门槛上！

祝福你们，普天下的知青兄弟姐妹们！（2003 年）

青弋江在诉说

青弋江是长江流经皖南的支流，发源于黄山。
我曾经在青弋江畔一个村庄插队长达七年之久，至
今，我仍然珍藏着这十几页发黄的信纸，这两封信
诉说着 30 多年前，我们的风雨人生。

——题记

晓航：

刚读完高尔基的短篇小说《老板》，我的心好像随
大地一样飘在群星之中，而地上夜生活的蟋蟀声响，使
世界和我们的心灵奇妙地融合为一体时，日常生活的琐
细和可怕，从脑海里被冲洗得干干净净。

自全县工农兵文艺调演以来，我们已经三个多月未
见面了。这次调演，你们弋江公社代表队人才济济
（几乎全部是由知青组成的）出尽了风头，尤其是那个
在"洗衣舞"中扮西藏姑娘的范卉，在台上翩翩起舞，
像是黑色的精灵，又像是星空中的一弯新月。但是，在

台下，她是那么高傲、冷漠，我忘不了她那一对忧郁的大眼睛。我们几个被称为秀才的评论组成员，白天和大家在一起看演出，晚上挤在稻草垫的地铺上，为你写的小戏《卖猪》中的公与私的戏剧冲突争得面红耳赤。

一言不发的品越最后说："那社员不就是让猪吃饱喝足，再牵到食品收购站去，乡下谁家卖猪不这样？这算戏吗？"他的话惹得大家哈哈大笑，都不言语了。还有调演期间的伙食特别好，八人一桌，六菜一汤，那"虎皮扣肉"肥而不腻，霉干菜特别香，我盼望这种调演一年能办几回。

再说说我的近况，这三个月我成了大忙人，大队成立了毛泽东思想宣传队，每个生产队抽调一人，我作为"笔杆子"被点名抽去，每天记十分工。如果是文艺宣传队也好，男男女女在一起，满耳是歌，满堂是笑，岂不热闹，可我们是"以批修整风为纲，促进春耕生产"。现在，学习和批评两个阶段已经过去，眼下已经进入整风阶段。我的差事自然是"遵命提笔"，我自嘲已成为鲁迅笔下的绍兴师爷，每天忙于处理民事纠纷。每天忙于办简报，写报道，还有计划啦，报告啦，红夜校啦。另外还兼个跑腿的差事，隔三差五去公社取文件，这村那庄地跑，找人谈话的时候，人们脸上都挂着尊敬和亲热的表情，我也就摆出一副一本正经的面孔，甚至挂上一丝微笑，逢上饭头，人们客气地邀请我入座，有时还能灌上一杯水酒。这里的沟沟坎坎印满了我的脚印，从白发苍苍的老汉到十来岁的放牛娃都一律用"大施"这两个字称呼我，这称呼里既有一个"大"字，我便心安理得地应了。

生活是丰富的，精彩极了。一个20多岁的小伙子被他嫂子打伤了，闹了十几天，还在闹，要大队干部给他做主，捂着肚子赖在合作医疗所里要这药、那药的。我认为他是无病呻吟，故意装的，令人讨厌。

昨天，我去李村布置红夜校，生产队长下地去了，在家的妇人泡了一杯茶，生怕我这个城里人喝不惯乡下的东西（其实我白开水也能将就的），细声细语地对我说："这是谷雨尖子，好茶哩。"我照例说声谢谢，她没有说这茶是多少钱一斤买来的，我想它一定是个吓人的数字。许是谷雨尖子的诱惑，或是怕拂了那妇人的好意，也是真有点渴，我端起茶杯呷了两口，觉得它跟其他茶没有什么不同。那妇人见我喝了，便满意地到灶边去了。屋里剩下我一个人，我便开始认真构思起来，几个栏目划分好了，"学习园地"下画本书，加两个墨水瓶，再插上一支笔，觉得还差一点什么，又在背景上添一张大格格的稿纸。"竞赛栏"里画什么哩？画个火炬必不可少，底下画台拖拉机，远景画山，近景画座高压铁塔。画罢，我为自己笨拙的画技直摇头，可是，当家的回来了，还夸我画得好。吃饭时他将桌上的调色板、颜料、纸笔一股脑儿挪到一边，妇人端上一碗香喷喷的蒸腊肉，一碗嫩黄的水蒸蛋，碗面上一小块猪油还没有化开，蔬菜正青黄不接，桌面上却摆着炒韭菜、辣椒酱、蒜苗儿、腌香菜，盘盘碟碟将一个饭桌都挤满了。妇人并不上桌，当家的还歉意地说："就便饭了，上街没有搞到酒。"

你看，我都说了些啥，生活五光十色，有时也觉得挺无聊的。

大队党支部狠抓"阶级斗争，一抓就灵"运动，成立革命大批评小分队，先让我整理出几个批斗对象的材料，然后由民兵营长领着，我们几个押着他们去 21 个生产队巡回批斗。我们将写着"千万不要忘记阶级斗争"、"敌人不打，他就不倒"的语录牌插在田头，正在干活的社员们就歇工围拢来，那四个挂着牌子的坏人在我们的押解下被推到田头，然后——宣读他们的罪行，念完一个，我领着大伙儿喊一阵口号，再念下一个。

一个姓张的地主分子将自家的阴沟里的污泥混杂在猪粪里，交到生产队里记工分，被人发现，在群众愤怒的"不许地主分子反攻倒算"口号声中，他被按下头，腰躬成90度。

另一个是姓汪的富农子弟，他精明能干，农闲时从山里拖柴火卖，倒也不错，但是一顶富农子弟的帽子压得他抬不起头来，连入团的资格都没有。去年冬天全公社会战孤峰河水利工地，他拖着板车参加了运输队。一天大早，人们发现所有的板车内胎都瘪了，眼看影响工程进展，大家一筹莫展，他自告奋勇去补胎，忙碌了两个多小时，他将20多架板车全部修理好了，他一身油污，大汗淋漓。公社书记非常高兴，表扬他是可以教育好的子女，为水利会战立了功。不料，当天晚上，公社专政队来了几个人将他押走了。有人揭发，半夜出来小解，看见他在车棚里捣腾，那些车胎都是他用钉子扎破的，第二天又做好人去修，图个立功好表现。真相大白，顺理成章给他定了个"破坏农业学大寨"的罪名。我望着他那副自作自受的可怜样，觉得既令人同情，又愚昧无知可笑。

另一个是坏分子，姓章，这人是一个孤儿，还当过三年兵，因为小偷小摸，被部队开除回家。其恶习不改，平时游手好闲，依旧小偷小摸，连"窝边草"也不放过，成为当地一害，批斗他，无人不拍手称快。

第四个是姓万的下放居民，罪名是不安心生产，到处上访告状，仇恨贫下中农。

　　每批斗一场，照例由这个生产队管一顿饭，一般落在队长家。伙食不错，四碗四碟，有鱼有肉。在此时批斗人的与被批斗的同坐一桌，不分彼此，吃个痛快，尤其是那个惯偷狼吞虎咽，像过节一般。

　　只有那个姓张的地主趁我上茅房时，偷偷地向我诉苦，他说他是无罪的，将阴沟泥混在猪粪里的不是他，而是他婆子。这人有点文化，懂点中医，原先靠当游方郎中糊口，"文革"时不准他行医。我知道全大队的四类分子每月要训一回话，每年还要出一定的义务工，缴一定的粮食，上面没有这个政策，却是沿袭的乡规。

　　那个姓万的一直不服，也不肯低头，他向我诉苦："我们都是下放的，你知道我为什么要上访，大队长见我老婆漂亮，趁我上水利工地时，半夜敲门去调戏她，我上哪儿去评理？我们是外来户，全村人都是他本家，还不许我上访。"

　　我木然地听着他们的申诉，似乎自己做错了什么事，但毛主席的教导"千万不要忘记阶级斗争"又在耳边响起，情况是复杂的，我不能听他们的。

　　写得太拉杂，到此打住，我想有时间去看看你和品越——他是否还在研究他的数学和哲学？

　　五月柳絮纷飞，青弋江畔一定很美丽，多么想和你们在一起。

　　致以无产阶级文化大革命的敬礼！

大施

1973 年 5 月 11 日于沙滩脚

大施：

桃花谢了，李花也谢了，只有荠菜花盛开在田头水边，烟雨蒙蒙，蛙鼓声声。

中午邮递员送来你寄自沙滩脚的信，我兴奋地读完它，简直像在读一本有趣的书。

近两个月来，我们弋江公社的知青都陷在一种悲痛和压抑中。我要告诉你的是：范卉，她死了。就是你信中说的那个跳"洗衣舞"的范卉，那个高傲，冷漠，有着一双忧郁大眼睛的姑娘，她才22岁。

她在离我们八里路的邱村教民办小学，20多个学生。学校是新盖的三间草房，她住一间，另两间是教室。那天，上学的孩子们都来了，教室的门紧闭着，他们敲了半天门喊范老师，无人答应。路过这里的生产队长觉得奇怪，因为平时这会儿已经上课了，他敲碎玻璃，扯下窗帘，吓得直往后退：只见范卉颈上系着一根塑料电线吊死在屋梁上，脚下是她踢翻的一张方凳。全村的人都来了，撬开门将她从梁上放下，用一块白布盖上。那20多个孩子哭成泪人儿，几个大妈哭着说："昨天下午和我们还有说有笑的，好好的，这就走了？"

等我们闻讯赶去，公社书记和治保干事已经赶来了，他们将现场隔离起来，我们作为她的知青同学，获准留在教室里等候她的父母亲友。清点她的遗物时，在学生花名册里发现了一封简单的遗书，交代了三件事：抽屉里的34元是孩子们交的学杂费的结余，口琴和《外国民歌200首》送她弟弟，枕头下的上海牌手表只留给这所民办小学的继任老师，不能把孩子们的时间耽误了。听了这三条，全村的人都哭了。

她的死因不详，她为什么要自杀？令人费解，有什么不顺心的事非死不可？范卉下放五年来，一直表现很好，连年被评为上山下乡先进。她的艺术才华是公认的，她文静的气质和清纯的外貌成了许多知青（包括一些农村青年）心中的偶像，近年三次招工，她都被推荐上了，最后一次是全村社员联合署名和按手印报上去的，结果都被刷下来了。理由只有一个，她父亲曾是国民党少校军医，在淮海战役中随部队起义，新中国成立后一直在县医院工作，是外科一把刀。但在"文革"中被揪出来，戴上了一顶"历史反革命"的帽子，当然株连其子女。为此她整天愁眉不展，但全公社知青中像她这样出身不好的很多，她为什么要死呢？

傍晚时分，她的父母和弟弟从县城失魂落魄地赶来，人们立刻闪开一条路，在他们哭天嚎地中，我苦苦思索。人求生本能是强烈的，包括那些绝望的癌症患者，只要有一点点希望，就要挣扎着活下去，她为什么连一丁点活下去的勇气都没有了，我百思不得其解。

她的丧事三天后才办完，她的父母一下子衰老了许多，默默无言，我们任何劝慰也无法使他们从悲痛中恢复过来。根据她父母的意见，范卉的骨灰就葬在青弋江边，她的青春，她的灵与肉都殒落在这块土地上。

葬礼空前隆重，她的亲人，甚至她读中学时的老师都来了，公社和大队干部，全公社一百多知青，全村男女都去了。弟弟捧着她的骨灰盒，紧跟其后的是她的学生娃娃们，一个个都哭红了眼泡。我们在江滩上选了一块地，掘好坑，安放妥她的骨灰盒。在纷飞的鞭炮纸屑和纸钱的灰烬中，我们环立在这新土前泣不成声，来年清明扫祭时，她的亲人将为她立一块石碑。

这事已经过去两个多月了，它仍然像一块沉重的铅压在我们的心头难以化解。近来，关于范卉的死因有各种各样的猜测，根据有关人士透露，那天她父母俯尸痛哭时，她当医生的父母发现女儿已经有了身孕，她和蠕动在胎中的小生命都去了另一个世界，但男的是谁？这也许将成为一个永远的秘密被埋葬了。

生活就像坎坷不平的土路上的独轮车向前滚动，平凡而平淡。我任教的大队小学附设了一个初中班，有24个学生，我和一位姓胡的下放干部包教了这个班的全部课程。我同时教语文、政治、化学三门课程，负担够重的。老胡快50岁了，原先是地区林业局的技术员，除了他和他大哥外，全家人都去了台湾，因此"台属"的帽子一直扣在他头上。他妻子是一位小学教员，有三个女儿，夫妻因性格不合感情不好，由争吵发展到互相伤害。"文革"中，他老婆为了和他划清界限，多次提出离婚，他就是不答应。他每一次回城看女儿，老婆就是不让他进门，有一次他老婆的两个弟弟将他打得头破血流，因为是家务事，别人也不好多干预。他害怕孤独，将远在昆明的侄儿小康接来同住。他大哥是云南大学的讲师，因为家人在台湾被定为"特嫌"，关在牛棚，他大哥想不开，吞咽玻璃渣自杀了，留下妻子和两个儿女。当时云南教育质量很差，小康读初二了仍错别字连篇，有一次将妈字的女写到右边去了，我们经常以此笑他。叔侄相依为命，我们三个人同住在一个屋顶下，在一个锅里吃饭。

我们这里是沙地，是棉区，池塘和水井很少，每天的饮用水必须到二里外的青弋江去挑，春夏江水奔流，到了秋冬枯水季节，江水成了一束溪流，要踩在河床上的鹅卵石前行100多米，弯腰用葫芦瓢一勺勺舀在桶里再一步步地挑回去。夏天江流湍急，我们三人去江边挑水，顺便将衣被拿去洗了，然后再铺在河滩上，一会儿就晒干了。我们像鱼一样在江中游泳，然后躺在河滩上晒太阳，听江水哗哗流淌，这是我们最愉快的时光。老胡的兴趣来了，还用俄语唱起《喀秋莎》、《山楂树》，平日的忧愁和烦恼无影无踪。

品越这学期调到弋江中学教高中数学，我每次上街都去他那儿坐坐。前天我去时，他正在煤油炉上烧菜，一个萝卜几根大葱，过得很清苦。桌上杂乱地堆放着书和稿纸，他明显地瘦了，正陷于双重痛苦中。他告诉我，半年前，他给北京刚复刊的《数学导报》寄去一份关于"质数"的研究论文，一万多字，这是他两年的心血，然而泥牛入海、杳无信息。前几天县教育局长来校检查工作，让校长唤他去谈话，要他安心本职工作，不要胡思乱想，少写那些异想天开的论文。当时投稿，刊物的编辑还要审查作者的政治表现，这样，刊物的一封公函寄到县教育局，惹来局长大人的一顿训斥。也难怪局长发火，他写稿经常写到半夜，难免有时起不了床耽误指导学生的早读。

他的第二件烦恼是，他的女朋友最近与他吹了。他们青梅竹马，她在市里一所小学当音乐教师，人很漂亮，两人几年来鱼雁传书，感情已经很深。现在她父母坚决反对他们谈下去，因为他还是一个知青，谁知道他何年何月能够返城？

我把这位老夫子从学校里拖出来，陪他在青弋江边散步。我劝慰他，书依旧读，文章依旧写，女友的事要顺其自然，你还有过女友，我和大施至今依旧是孤家寡人，一切慢慢来，就像电影《列宁在十月》中瓦西里说的："牛奶会有的，面包也会有的。"

我和品越盼望你早一点来青弋江做客，再过半个月就是毛主席关于大办民兵师的指示发表五周年纪念，我们公社将举行民兵篮球赛，现在各个大队都抽调一些知青在练球，那时你来一定很热闹。

致以无产阶级文化大革命的敬礼！

晓航

1973 年 6 月 27 日

后记：

30 多年过去了，这两封信中的人都发生了太大的变化：大施在1980 年代多次返回那个叫沙滩脚的小山村，他是去招工的，他已经从这个县向上海的浦东开发区输送了几千名民工，县政府将他视为座上宾。这与当年知青下放是两种完全不同的劳动力与人口的逆向转移。今年他已经从上海金山区工商局退休。

品越在"文革"后，成为第一批未经大学学习，直接考取中国人民大学的研究生，因为著作多多，在 1990 年代初即被评为教授，现在为上海财经大学博导。

老胡在 1975 年返城后，终于与老婆离婚，1980 年代移居美国，与海外亲人团聚，以后没有了消息。他的侄儿胡康在 1990 年代也去了美国，后来听说他为婚变殉情而死，令人感叹。

前几年我重返阔别 20 多年的青弋江，特地去江滩上寻觅范卉的坟，它早已淹没在深深的荒草中，只有青弋江的涛声陪伴着她。不知何年何月，一粒香椿树的种子飘落在坟前，已长成一棵大树。关于范卉的死因，至今仍被当地人偶尔提及，它仍然是一个令人难解的谜。（1996 年）

村 小 流 年

前些年读刘醒龙的小说《凤凰琴》，我深为所动，顿生不少忧伤：为那几位贫困山区民办教师的献身精神，为他们与命运的抗争。因为在 30 年前，我也曾经是一名民办教师，也如他们一样喜怒哀乐着。

1970 年代初，我在皖南青弋江畔的一个村庄插队，因为家庭出身不好，一直不能"上调"。大队书记知道我是老高三，肚里有些文墨，便让我在大队中心小学当民办教师，月薪 18 元，口粮从生产队出，我挺心满意足。于是我守着那 20 多个憨厚而不失机灵的孩子开始我的教书生涯。校舍是一排砖瓦平房，从西头接出半间茅屋，成了我的宿舍。门口挺立着一株大槐树，每年春天粉紫色的槐花开时，远近一片幽香。灌溉万亩良田的柏山渠水从我窗前流过，一年四季潺潺有声。

大路口是一个小小的代销店，卖油盐酱醋，也收购鸡蛋。年代久远的柜台前总不断人，有村里有头有脸的爷们，也有闲汉、村妇，或蹲或站。他们夏天在此纳凉，冬天在此晒太阳，说东道西，飞短流长，从国家大事到乡野趣闻。

全校仅七个教师，只有我一个是民办教师。校长姓徐，是前几年从县师范毕业分配来的。年长的老师姓王，出身富农，在"文革"中因为某种原因，从县完小被下放到这所乡村小学。他在地方上人缘好，他的家就在王村。村小的日子平淡无奇，每天早晨，校长将老师们集合起来"天天读"，先唱《东方红》，然后读几段毛主席语录或两报一刊社论，最后唱《国际歌》。这时农家大多已经吃过早饭，王老师去敲槐树上那截钢轨，开始上课了。琅琅读书声中，不时夹杂着教鞭敲桌的"啪啪"声，老师们对学生挺严格，家长们也通情达理："先生，伢们不听话，请您狠狠管教，不打不成人的。"我们白天上课，晚上分三个组去生产队辅导红夜校和扫盲识字班。逢年过节，有些家长还送些鱼虾、咸蛋来犒劳我们。每学期放假，我随王老师去几个村子送成绩单，顺便家访，家长们将我们奉为"上宾"，无论到谁家，都是一碗挂面三个鸡蛋。这是敦厚的尊师的乡俗。

每学期一次的校际教育革命检查在村小是件大事，这种检查是在全公社各大队之间交叉互查。各大队都特别重视，提前几天就忙碌开了，校长派人去镇上买肉、买鱼、买菜。年长的王老师则被派往县城，凭关系去弄几瓶好酒和一条好烟。检查那一天，对口的大队中心小学和所属的自然村的民办小学的老师们步行十多里，一大早就赶来了，共有 20 多位。他们分到几个班级听课，然后分年级开座谈会，抽烟喝茶，不到一个小时，就日头顶中了，该开饭了。几位女教师早已经在厨房里忙着煮饭烧菜，将学生早早地放学，几张课桌一拼就成饭桌，四碗八盘，大鱼大肉气派地摆上桌。两个大队的干部和老师正好四桌，满堂的喝彩碰杯声，谈笑声，平日里清苦惯了的乡村教师们，此时无拘无束，开怀畅饮。双方校长的祝酒词当然少不了教育革命形势大好的高调。这一顿饭吃到下午两三点，酒醉饭饱，双方人马才依依不舍分手。照例下个星期的某天，我们将去对方交流检查，那将又是美好的一天。

王老师家大口阔，老婆有病，三个孩子又小，靠他每月40多元的工资勉强度日。他只好种菜喂鸡，从鸡屁股下弄几个蛋钱补贴。有一天，他家的鸡在学校的操场上被农药毒死了，这些鸡并没有去田里吃稻，这是哪个缺德鬼干的？他老婆的癫痫病顿时发作，口吐泡沫，吓得三个孩子哇哇大哭。村里有人悄悄告诉我，是宋阿根挑唆老光棍干的，村里人经常报怨王老师家的鸡吃田里的稻，老光棍夜里将农药撒在操场上。我怒发冲冠，提着那几只死鸡，一脚踢开宋阿根的家门，对他大声吼道："你还有没有良心？我是下放学生不怕你。"大有拼命之势，宋阿根懵了，说话结结巴巴，但是他看同村同姓来围观的人多了，胆子也大起来："你想打人？"一把揪着我的衣领，围观的人也在吆喝起哄。就在这时，王老师拨开人群，将我俩拉开，弯腰躬背对宋阿根说："对不起，他年轻人不懂事。"又死拉硬拽将我拖回来，关上门将我狠狠地批评了一顿："鸡死了就算了，你怎么这么糊涂，拿前途开玩笑，你知道他是谁？他是公社书记的小舅子。"我不服气地说："小舅子又怎么样，不能横行霸道。"我望着他颓然地站在那里喘气，又气又恼，恼的是我为他见义勇为，而他这么软弱，便对他吼道："你还算是一个知识分子吗？古人还不为五斗米折腰。"

"我的腰杆子硬不起来呀！"他大声地吼道，将手中的茶杯摔得粉碎。

　　后来我了解到他的苦楚的根源：1968 年他下放到这所村小，恰恰赶上人人跳忠字舞、家家树宝书台的热潮，大队干部见他写一手好毛笔字，让他去写大标语，布置宝书台。他很高兴地写了东家写西家，有一天不小心将一户人家的毛主席的石膏像摔碎了。他吓坏了，立刻被民兵们关押起来。大队干部念他不是故意的，从轻发落，只罚他每天早晚跪在大队部毛泽东画像前请罪一个小时。就这样，他诚惶诚恐地跪了一个月，从那以后他的腰就佝偻了。

　　我终于理解了他为什么板书毛主席语录时那么小心翼翼，为什么对人低头弯腰。那个使人敢怒而不敢言的时代竟这样压弯了一个善良、贫弱的乡村小知识分子的身躯。

　　1975 年我上调返城了，他给我的临别赠言是："凡事要忍着让着，乐于多吃亏，别人不会说你傻。"

　　2001 年，在一片明净的秋色中，我重返阔别 20 多年的村小，校舍依旧，校园里静悄悄的，夕阳下，一群鸡在啄食。当年我住的那半间茅屋早已拆了，那棵老槐树早已砍了，成为大队会计家的屋梁。路口的代销店已变为一座三层楼的商店，依旧在那儿晒太阳的老人已认不出我这个远方归来的游子，现在学校里的老师都是新面孔，当年的徐校长仍旧是校长，他见我蓦然归来又惊又喜。那位年长的王老师早已去世，他死于心肌梗塞，猝死在讲台上。我见到他的小儿子，他从县师范毕业，主动要求分配到父亲曾执教的村小来，他是充满自信的。晚霞绯红，满脸沧桑的徐校长陪我在柏山渠边散步。堤岸上白杨萧萧，一弯新月从林梢上升起，远村一排排粉墙黛瓦的农舍上升起缕缕晚炊，村路上络绎不绝地闪过骑摩托车和自行车晚归的农家人。徐校长告诉我，再过两年他就要退休了，他这一辈子光阴都奉献给这所村小，岁月无情，流年似水，但是，乡村的孩子们如庄稼一样一茬茬地拔节吐穗灌浆成长，村小的岁月将永在，正如我脚下一年年流淌不绝的柏山渠水。（2001 年）

八毛钱一条裤

　　30多年前，我在皖南一个村庄插队，美丽、澄碧的青弋江从村前流过。每天天蒙蒙亮，村里的姑娘、嫂子们挽着竹篮，踏着草尖的露水去江边洗衣，青石板上响起一片棒槌声，还夹杂着她们清丽婉约的山乡俚语，相互诉说着生活的酸甜苦辣。江滩上盛开着五颜六色的野花，而她们浸泡在水中的衣裳质地粗劣，颜色非蓝即黑，那是一个缺少色彩，也不允许有多少色彩的时代。每人定量发的布票仅够遮体，但山乡人自有办法，许多人家都纺纱，我的房东大娘，每天天黑就佝偻着腰扯着棉条摇纱纺线，一盏如豆的油灯，伴着"吱吱呀呀"的纺车声，总要熬到鸡叫头遍。一入冬，许多人家忙着请机匠，纺织的土布质地虽然粗糙，倒也结实，除了留些自用外，拿到圩乡去卖，是一笔不小的收入。但是好景不长，随着"割资本主义尾巴"风声渐紧，机匠们的织机也被封存了。

　　到了1970年代初，化纤开始在城市流行，但是在山乡却是稀罕之物。甭说"的确良"买不到，连供销社卖的"日本尿素"的化纤包装袋也成了宝贝。一般老百姓是买不到的，只有公社和大队干部才能弄到手。一个化肥袋四毛钱，两个化肥袋可以裁剪成一条裤子。这种化纤虽经漂洗染色，但原先"尿素"和"日本造"的标志是无法褪去的。干部们穿着化肥袋裤子非常神气地到处走，十分惹眼。我和村里的小青年们为此编了一首顺口溜："干部，干部，八毛钱一条裤，前面是小日本，后面是尿素。"它竟然在大人和小孩口中流传开来。

无独有偶的是，1996年我们编写武汉知青回忆录《我们曾经年轻》时，采集当年在知青中流传的歌谣，竟发现当年下放在黄冈地区的武汉知青中也流传着一首相似的民谣，只不过词略有不同："干部看干部，穿的化纤裤，前面日本造，后面是尿素。"（1997年）

恼人的窃贼

1972 年冬，我仍在农村插队，被公社抽去当路线教育工作队员，进驻花塘大队，第一件事是处理三天前发生在该大队代销店的一起窃案。

报案的是售货员老瞿，他是一个孤老头，以店为家。那天他一早起来，打扫店堂，发现地上有几张残缺的人民币，便以为是从装钱的抽屉里掉出来的，随手打开抽屉锁，发现昨天打烊后盘点的营业款 208 元，只剩下几张了，其余不翼而飞。这在当时是一个不小的数字。

我们详细勘察现场，这是乡间常见的代销店，三间土木结构的茅屋，两间为店堂，一间为售货员的住处，一个粗木柜台将店堂一分为二，靠墙壁的是货架，挨着柜台是一个装着铁栅栏的窗户，那三屉桌就在窗下，都上着锁，门窗抽屉完好无损，外人是进不来的，窃者肯定是使用钥匙，钥匙只有两把，售货员老瞿、老郑各执一把。另一个售货员老郑不在现场，那晚打烊盘店后，被王村的会计拖去喝他儿子的满月酒，多灌了几杯，醉了，那夜就宿在王村未归，有多人作证，但不排除他夜半悄悄溜回，乘老瞿睡熟了作案，又悄悄离去的可能。另一种可能，难道是老瞿监守自盗？但大队干部介绍说，老瞿为人正派，对农民从不克斤扣两，难道他们相互勾结作案，我们觉得不好定断，有待进一步调查取证。

谁知我们正在寻找线索时，第三天又是老瞿来报告，说昨天营业收入132元又被盗了，案情同上次一模一样，这次是他和老郑同时发现的。

我们不胜惊讶，又去勘察现场，将重点放在那三屉桌上，一个抽屉放着账册，一个抽屉放着一包浸满油渍的桃酥，是老郑的女儿送来的，另一个抽屉放着现金，还剩下几张纸币和几枚硬币，但我们在这抽屉底部发现了一条半指宽的缝，还夹着半张一元钱，其边缘是一排不规矩的锯齿印。钱为什么不全偷走？我突然闻到桃酥香味，那锯齿印难道是老鼠的，是那包桃酥引诱了这些可恶的窃贼？

我立刻找来洋镐，几个人掘地三尺，除了刨出两个老鼠洞，一分钱残迹也未见，正当我们又气又恼的时候，有人嚷："在这里！"原来桌子紧贴的土墙下还有一个洞，我们沿洞口又刨了一尺多，一只硕鼠机警地窜出来，一眨眼就溜了，只见纸片满处飞，竟然全是纸币的碎片，卧着一窝鼠仔，原来那硕鼠从抽屉缝里将纸币一张张叼出来，拖进洞内构筑它的"产房"。

真相大白，老瞿、老郑洗刷了不白之冤，轻松地笑了。（1996年）

夜阑听雨

　　黄昏开始飘落的小雨，到深夜仍未停歇。雨点虽然不大，但点点滴滴落在窗上，淅淅沥沥，裹挟着丝丝凉意与忧愁，从窗外弥漫进来，敲打着不少人孤独的心田。

　　我喜欢听冷雨敲窗已经有些年头了。夜阑听雨，恰似在和自己的心灵倾心交谈，雨声是清凉、恬静的，没有一点芜杂，驱散了白天日子的喧闹，在深处陡然有了些许诗意。"小楼一夜听春雨，深巷明朝卖杏花。"生活褪去多少苍白，期盼明天又一个充满生机和活力的早晨。

　　记得在我的七年知青生涯中，每一个春雨潇潇的夜是漫长的。多半是就着一盏如豆的煤油灯读书，我觉得浑身发烫，思想游弋在知识与历史的远海，感到一种难言的充实，忘却了知青卑微的身份，在土地上劳作的辛苦，没有油水的一日三餐。也忘却了每日里折磨我们的痛苦——我们的明天在哪儿，我们的希望在哪儿？莫名其妙地陡生一种自尊与高贵，自我陶醉在孟子"天将降大任于斯人也"与庄子《逍遥游》无为而治的意境中。有时，几声砰然砸地的春雷声又将我从虚无的憧憬中惊醒过来，又回到冷冰冰的现实：明天一大早，我们干什么活？是插秧，还是薅草？也许生产队长会派我们知青挑牛粪去沤大路边的棉花地，因为再过一些日子要下棉籽了。虽然干一天活只有六分工，但是日子得一天天熬下去。

　　在那些春雨绵绵的夜晚，最折磨我们的是对远方亲人和友人的思念，以及没有爱情的痛苦。根本不像现在的年轻人，听"天街小雨润如酥"沙沙沙的雨声，就像与初恋恋人在江堤、在湖畔草地上依偎，窃窃私语，那感觉恰似口中衔着一枚又甜又酸的草莓。虽然我们尚未品尝爱情的甘甜，但是在我们的心灵中却拥有那么多美丽的女性偶像，她们是：《青春之歌》中的林道静，《钢铁是怎样炼成的》中的冬丽娅，《贵族之家》中的伊莲娜，《静静的顿河》中的阿克西莉娅，《柳堡的故事》中的二妹子，《红与黑》中的德瑞娜夫人，《船长与大尉》中的卡佳……在这个万物萌生的春天，在阳光和雨水的滋润下，多少新鲜的生命诞生了，而我们身强力壮却被禁锢在这山村的藩篱里，没有爱情，没有希望，这迷人的春天不是属于我们的。这淅淅沥沥的春雨似苦汁撒在我们被损害的心灵上，几十年后仍然在隐隐作痛。

　　人到中年后渐生怀旧之情，尤其在这细雨如诉的春夜，淅沥的雨声，不紧不慢，无矫揉造作，就如一位引为知己的老朋友与你彻夜长谈，而不知天之将晓。这是一壶酽酽的雨前茶，是黄山毛峰，还是洞庭碧螺春？

　　风狂雨骤，雨点噼噼啪啪地砸在窗上，就像一位阔别多年叩门而人的故知，与你举杯把盏，高谈阔论，酣畅淋漓，哪管它搅碎了多少人的美梦？

　　30 年前听雨声，游移的是无忧的时光和造作的洒脱带来的闲情；30 年后的今天听雨，是对老街旧巷的追忆和华发渐生的悲凉。20 年前，我将我的书斋命名为"听雨楼"，应了东林党那副对联"风声雨声读书声声声入耳，国事家事天下事事事关心"。今天，早没有了当年当知青时的"身无分文，心忧天下"的豪情。听雨成为我独自拥有的一份安静与空灵，一方属于自己的自由的角落。苍桑人生，岁月留痕，唯有不变的是这一年年夜阑中的风声雨声……（2005 年）

知青年代的偷鸡摸狗

　　许多插队的男知青，在他们的知青岁月中，都曾经有过偷鸡摸狗的经历。我曾经也有过。听起来似乎很荒唐，不可思议，但是，这却是真实的。这就是在那个特定年代，我们的青春被放逐的时代，我们的亲身经历。我们不想掩饰，我认为这决不是污点，而是那个时代刻在我们身上的印记。我们今天回顾这段经历，并非是津津乐道，而是一声苦涩的叹息——这就是曾经的我们！

　　和去边疆和农场的知青不同，这些有编制的接受知青的国营单位，对知青有严格的管理制度，任何偷鸡摸狗的行为都被视为违反纪律，甚至是违法的，必然要受到纪律处分，所以兵团战士和农场知青很少有人去偷鸡摸狗，因为他们不敢，有贼心而没有贼胆。而分散插队落户的男知青，刚下农村时，却没有这种约束感。我曾经听到不止一个男知青说过："如果你不曾经有过偷鸡摸狗的经历，那你就枉为一个插队知青了！"当然，插队的女知青绝大多数是安分守己的，决不会去偷鸡摸狗。

1968 年 12 月初，我被分配到南陵县弋江公社插队，当时我的心情决不是"豪情满怀，斗志昂扬"，也没有表示要脱胎换骨在农村干一辈子革命。我感到更多的是一种无可奈何，我知道，农村并不缺少劳动力，一个生产队接受几个知青就意味着工分值的降低，我们的到来增加了农民的负担。虽然，我不知道我们的明天在哪里，但是，我深信我们不属于这里，我们决不会在这里干一辈子，我们一定会离开这里。因为我什么农活都不会，生产队给我评了个六分工，让我和妇女在一起出工。刚到农村的第一个月，队长安排我们吃"派饭"，一户一天，家家户户都拿出最好的伙食来款待我们，让我们很感动。一个月后，队长给我们砌了锅灶，买了水缸，锅瓢碗筷齐全，让我们自己起火。两个大男人能够把一天的三餐饭弄到口真不容易，一切从零开始，首先是没有菜吃，刚来，又不会种菜，老乡开始送我们一些腌菜，也维持不了几天。去弋江镇买菜，来回 20 多里路，而且我们根本没有钱买菜，于是就动了外出"打游击"的念头。开始是"顺手牵羊"，只是在大路边外村老乡的自留地拔几棵白菜萝卜。逢到雨天，队里不出工，我们就上弋江镇玩。它是一个千年古镇，非常繁华。结果一看，在一条长长的青石板铺的老街上，来了许许多多来自四面八方的知青，男男女女，到处可闻乡音，有的还是同班同学，大家就像见到亲人一般，相互交换刚到农村的酸甜苦辣。一会儿，老街上就骚乱起来，有人喊"抓强盗"，原来几个年龄较小的知青把商店里的钟、伞偷走了，跑得没有踪影。我们这些年龄大的知青认为他们太不像话了，有点愤愤然。接着一想，他们也许是为了某种物质的需要，我理解更大的可能是，他们以这种方式发泄对现实生活的不满，靠一种消极的刺激来抚平精神上的空虚与青春的烦恼。从那以后，在一段时间里，在弋江镇的每个集市里，一声"下放学生来了"，老街就骚动起来，每一家店铺均如临大敌，严加防范。

男知青们的偷鸡摸狗有一个不成文的规矩，即兔子不吃窝边草。我们决不在本村或附近的村子偷鸡摸狗，要离得远远地去偷。同时，也不容许来我们队串门的外队知青，在我们村偷鸡摸狗。因为我们要考虑到影响，不能够让本村老乡对我们有坏印象。男知青们的偷鸡摸狗有种种你想象不到的技巧，显示了他们的智慧，他们戏称为"物理方法"、"化学方法"、"生物方法"等。1990 年后，在全国兴起了一个长达十年的知青文化热，在全国各地出版的知青回忆录中，许多插队知青根本不回避当年在农村偷鸡摸狗的经历，许多作者是企业的老总或专家学者，他们基本上是一种以自我批评的方式，调侃这一段挥之不去的往事。农村干部和老乡们对于知青们的偷鸡摸狗只要不涉及自身利益，往往采取宽容的态度，睁一只眼闭一只眼。他们通情达理地认为，这些伢们远离父母亲人，可怜兮兮的，吃不到菜被逼的呗。他们要不是听毛主席他老人家的号召，谁会跑到我们农村来吃苦？当然这也与我们采取的"兔子不吃窝边草"的策略有关。

在我当知青时的偷鸡摸狗的经历中，有三件事是一辈子都忘记不了的。

1969 年 6 月，在插过早稻秧后，有一段较长的农闲时间，我跟几个插友相约，去邻近的泾县游山玩水，因为我们有许多同学在那里插队。当时在知青中有一个约定俗成的规定：凡是有知青的生产队，外面来的知青经过这里，不论认识与否，都要管一顿饭，如果是老同学、老邻居，还可以住上两天。这就像听到《国际歌》，全世界的无产者都可以找到自己的战友一样。我们从南陵一路扒煤车到了泾县，先后去了茂林、黄村、章渡、孤峰等乡镇，都是知青同学接待的。这是我人生第一次真正意义上的社会调查，太丰富多彩了。最后，我们一行六人去了泾县与太平县交界的后岸公社，有一个同学在那里插队，听说那里的徽派民居保存完整，那里也是中共早期领导人王稼祥的故里，他的少年时代是在后岸度过的。我们经过唐代大诗人李白送别汪伦的桃花潭，往前走15里就是后岸了，途中必须经过太平县的信丰乡，这里山清水秀，简直就是世外桃源，村里的粉墙黛瓦的徽派民居很成规模，历史上，这里是徽商的故里，墙壁上还残存着不同时代的标语的痕迹。我们不知道，我们要投奔的知青同学是否还在村上？觉得我们这么多人去了，不能够空着手去，总要设法弄一碗菜。我们看到村外的山溪边有几只鸭子在戏水，对抓鸭子我有一绝技，我一把上去擒住，将其脖子一扭，立刻就断气了，塞进黄军包里。今晚，我们有鸭汤喝了！谁知我们的行动被两个中年农民发现了，他们想大喊大嚷，但是，看到我们六个天不怕地不怕的知青，虎视眈眈的目光，他俩立刻就失声了，敢怒而不敢言地望着我们离去。当时，我们的神态就像电影《地道战》中鬼子进村的模样。到了后岸那个村，知青同学的屋是铁锁把门，原来他利用农闲回芜湖市去了。他住的是漂亮的徽商的老房子。此时，天已经黑了，我们没有退路，只能将铁锁撬了，从他的米缸里挖米煮饭，将那只鸭子宰了，煮了一大锅鸭汤。村里老乡送来腌菜和霉豆腐，看着我们狼吞虎咽。第二天上午，我们离开后岸，又经过信丰乡的那个村子。许多老乡以愤怒的目光盯着我们，知道是我们偷了那只鸭子。我们知道理亏，只好一个个低着头走过去，脸上火辣辣的。36年后的1995年的夏天，我带领50多位省直机关的干部去黄山的培训中心学习，从美丽的太平湖下船，汽车往前开，恰好经过一个粉墙黛瓦的乡镇，白墙上写着：信丰镇。这里就是我们曾经抓鸭子的地方，我真想让汽车停下，我去对不管是认识的还是不认识的老乡说一声"对不起"。但是，汽车在一瞬间，就将这个乡镇抛在后面。我此时心头涌起的忏悔意识却是发自内心深处的。

　　第二件事是1970年秋天，离我们五里路的青弋江边的沿河大队的包谷黄了成熟了。一天晚上，我和同村的知青老方去那里偷包谷，在夜色中我们蹑蹑而行，到了那一大片包谷地。我们知道一定有人看管包谷地，所以格外小心。但是在宁静的夜色中，我们"啪啪"地掰包谷的声音还是被人听见了，守夜的大喊"来人呀，抓偷包谷的呀！"我们根本没有思想准备，只能够本能地夺路而逃，我跑得比兔子还快，一下子就冲到安全的大路上，并很快回到我们村子里。可是我的同伴老方一直没有回来，他一定是被抓住了，这怎么办？我们将在全大队身败名裂，这一夜我是在唐突不安中熬过来的。第二天一大早，我去我们的大队部打听消息，大队书记见我来了，严肃地批评我："你们是不是昨天晚上去沿河偷包谷了，大方被逮着了，让我们大队去领人。"我一言不发，低头认错。中午，大方怏怏地回来了。他是一个近视眼，昨天晚上，他在逃跑时，慌乱中将眼镜弄丢了，于是被两个守夜的逮着，知道他是知青，只能从轻发落，上午罚他在沿河大队挑了半天土坯，但是，还非常人道地管他两顿饭，最后教育一顿，让我们大队派人领回来。我知道大方一定会怪我，不够朋友。可是，在那种情况下，我根本没有想到，在学校作为长跑健将的大方会失手，我只能够请求他原谅。这件事的发生，使我们偷鸡摸狗的经历画上了一个句号。

第三件事是 1970 年的春天，青黄不接的季节，我们的粮食早不够吃了，决定外出弄些菜回来煮菜饭度饥荒。在大白天，我们侦察好在青弋江大堤下一里处，有一片菜地长着肥硕的甜菜。夜幕落下了，我和大方各背着包，找到那片菜地，我们蹲下，用电工刀飞快地割菜，一会儿就将两个包装满了。我把最后几棵菜塞进包里，去取搁在菜地上的电工刀，它不见了！这太奇怪了，我们在这块菜地上一点点地搜寻，一连几个来回，居然没有找到！真见鬼了，我们又去邻近的菜地去找，还是没有找到。我们此时非常清醒，我们回忆在菜地的每一个动作，心知电工刀决不会丢失，但在菜地的土里扒也没有找到。四周黑黢黢的，只有蛙声，仰头看一轮初弦的冷月，在夜空的云翳中时隐时现，我们立刻感到毛骨悚然，说此地不宜久留，赶快走！我们以跑步的速度逃离那片菜地。回到我们的插队屋，忐忑不安，我们在分析，我们是不是遇到鬼了？我们经常听到老乡们讲发生在村子里的"鬼打墙"的故事，太恐怖了！第二天，天刚蒙蒙亮，我和老方又赶到那片菜地，路上还没有行人，我们再次去寻找那把电工刀，一无所获，它真的消失了！我们回头一看，原来附近就是几个坟包，有的坟包上还插着清明时家人来扫墓时献的白色的纸幡。原来如此！几十年过去了，我们仍然无法理解其中的神秘和奥秘。

在我们来农村一年以后，在我们那个地区，插队知青们的偷鸡摸狗的现象基本销声匿迹。因为经过和贫下中农在一起的战天斗地，我们了解了农民，知道他们的一草一木来之不易。我们明白农民世世代代在这块土地上劳作，在无望的贫困中，只有忍耐，他们是这个国家真正的脊梁。他们以无声的付出，使我们知青认识了中国底层社会的艰难，懂得了珍惜。告别偷鸡摸狗，我们正在成熟。此时，在一些城市已经开始从插队知青中招工，谁也不愿意因为偷鸡摸狗而失去被贫下中农推荐回城的机会。尽管后来的事实证明，这基本构不成一个原因，因为，几乎是所有的人都以一种宽容的态度，来看待知青们曾经有过的偷鸡摸狗行为。实际上，无论是招工，还是上大学，更多的因素是你的家庭出身，你有没有门路？（2011 年）

且放眼那远方的朝霞

      1971 年我被安排到大队中心小学当民办教师，就在这年的秋天，近 1000 名上海知青来南陵县插队落户。我们弋江公社接受了 40 名，大多是女知青，我所在的新塘大队接受了 15 名女知青，被安排在离大队不远的李村、严村和汤村。那天下午欢迎上海女知青的锣鼓和鞭炮响了好半天。

      第二天一大早，李村和严村的十来位上海女知青就光顾我们大队小学。她们都刚十八九岁，天真，纯洁，豆蔻年华，衣着非常时髦。邻村那些穿着打补丁粗布衣裳的姑娘和嫂子们好奇地议论起她们脚下的红拖鞋和肩上背的人造革马桶包来。一群穿开裆裤的孩子舞着树丫，尾随着她们嚷道："上海佬，上海佬。"一条毛色油亮的大黑狗吐出血红的舌头"汪汪"吠着向她们扑去，吓得她们"哇哇"大叫，紧紧地抱成一团，惹得在路边田里干活的老乡们一阵哈哈大笑。

      "呔，勿怕，狗畜生，小赤佬!"一个女人在大声吆喝，大黑狗夹着尾巴溜了，那群孩子也一窝蜂地散了。

啊！这竟是地道的上海话——甜绵可亲的乡音。

站在她们面前的是一位 30 多岁的妇人，衣着素净，面色略黄，眉梢和鬓间残留些许风韵，举止竟是都市妇人的气质。在这穷乡僻壤，怎么会有一个上海女人？她是谁？她怎么会到这儿来的？她的出现简直是一个谜。上海姑娘们兴奋地围住她叽里呱啦起来，像是见到久别的亲人。妇人亲热地搂住这些小老乡们，似乎有说不尽的话，向她们介绍全大队的情况，带她们去代销店买鸡蛋，6 角 8 分 1 斤，尽可以多买些回去吃。她们对她有了一种依赖感，几乎形影不离，在几天里，她陪她们去逛了弋江镇和南陵县城。

这妇人我认识，她叫杨洁仙，原先在上海黄浦区的一个小学当音乐教师，原来的丈夫是一个区政府的干部，比她大许多，夫妻感情一直不和睦。她年轻时很漂亮，因此备感寂寞，有一种饥渴感。就在这时，在一次舞会上，她与她所住地段户籍警黄一鸣相识了，一见倾心，他们的情趣与爱好和他们脚下的舞步一样和谐合拍，双方有一种"恨不相逢未嫁时"的感慨，不几日就难舍难分了。但是，好景不长，一天他们在杨家闭门巫山云雨时，被突然回家的杨的丈夫撞上了。怒不可遏的丈夫告发了他们，黄一鸣因执法犯法被判劳动教养三年，杨洁仙被开除出教师队伍。但是，她表现了一个女人敢于为心上人牺牲一切的勇气，断然与丈夫离婚，宣布与黄结为夫妻，离开大上海，随夫去安徽军天湖劳教农场。她和所有的上海亲人断绝了来往。黄的三年劳教结束了，按照规定他是不能回上海的，他们便以下放居民的身份被安置到这个穷乡僻壤来，这对为爱情付出沉重代价的男女继续着他们的磨难人生。他们带着两个孩子过着极其贫困的日子，他们习惯了住被柴草烟火熏黑的茅屋，学会了种菜，养鸡，喂猪，学会了在镇上买东西为一分钱斤斤计较。繁重的体力劳动和岁月的风霜磨蚀了她往日的红颜和曲线，腰腿粗了，也不描眉理鬓。入乡随俗，时间久了，她也学会了用粗话骂人。为了生存，她学会了对公家干部卖弄风情。昔日风流倜傥的黄一鸣头上戴了一顶坏分子的帽子，只能低头做人在田里干活，农闲时拖板车去大山里贩柴草，养家糊口，出门前从不忘向队长请假，他人还不到 40 岁，背已经弯了，还染上了血丝虫病。他们的日子虽然穷苦，但是与乡亲们和睦相处，老乡们没有歧视他们。去年村里办起民办小学，大家一致推荐杨洁仙为民办教师，人人改口叫她杨老师。

她成了这些上海女知青的保护人，只要有空，她们就到杨家去串门，用吴侬软语的上海话聊天，她经常送些自己种的青菜、萝卜给这两个村的上海姑娘们，提醒这些刚离开父母和学校的女孩子在农村生活的经验，和周围农民打交道应该注意些什么？她们过于密切的交往，不久便引起周围农民的议论："这些上海佬又在一起了。"

12 月的一天，县上山下乡办公室来了一个调查组。事因是严村的女知青丢了一只手电筒，她们怀疑是村里人偷的，生产队长说："你们拿出证据来。"女知青们生气了："难道是我们编造假话？"杨洁仙说她儿子看见生产队长的小儿子偷走了知青屋里的手电筒，队长一家人不承认，于是就发生了争执。生产队长将这件事反映到大队和公社，说上海知青诬告贫下中农是小偷，是世界观没有改造好，并说是杨洁仙在挑拨知青与贫下中农的关系，调查组正是为此事而来。

调查组的组长是个上海来的女干部，戴一副眼镜，是随这批知青下来的带队干部。她是上海市十六中的政治教师，姓石，40 多岁，衣着简朴，典型的知识妇女，时时流露出有身份的党员干部的优越感，说一口标准的普通话。她来大队的三个上海知青点调查了几天，她的政治嗅觉很敏感，立刻察觉女知青们与那个神秘的说上海话的女人的关系过于密切，她认为这里面一定有文章，她很快就了解到这个女人"不光彩"的历史，并立即做出判断：这是一小撮阶级敌人破坏上山下乡运动，腐蚀知青的新动向，绝不能掉以轻心。

于是大队办公室成了调查组的办公室，石老师不苟言笑地一个个找女知青谈话，她很精于做思想工作，采用"攻心"战术，开导这些天真幼稚的女知青揭发杨洁仙腐蚀知青、挑拨知青与贫下中农的关系的罪行。那些女知青被石老师严厉的谈话震慑了，为了在政治表现上不出问题，一个个表示要和杨洁仙划清界限，并且要揭发她的问题。

隔了三天，在大队部召开了揭发批评杨洁仙破坏知青与贫下中农相结合的大会，公社书记亲自主持大会，全大队的知青和一部分贫下中农代表参加了大会，并让我作会议纪录。杨洁仙被民兵押进会场，大家一起高呼口号："千万不要忘记阶级斗争！杨洁仙不投降就叫她灭亡！"她教的那班小学生站在第一排，来看他们的老师挨批斗。

首先发言的是李村的贫下中农代表罗道水，他说："杨洁仙，你这个劳教释放分子的婆娘，你挑拨下放学生和贫下中农的关系，诬蔑贫下中农偷上海女学生的东西，简直是放狗屁！"这个一字不识的农民嚷了两句就没话了，他将大队干部教给他的那些新名词统统忘记了，于是背了一段毛主席语录："凡是敌人反对的我们就要拥护，凡是敌人拥护的我们就要反对。"最后他用手指着杨洁仙："你不老老实实，我们贫下中农就要踩上一只脚，让你永世不得翻身！"

　　他这一吼，本来吵吵闹闹的会场，一下子安静了，没人讲话了。

　　接着发言的是几个上海女知青，她们揭发杨洁仙是如何腐蚀拉拢她们的，几乎都是照稿子读的，声音很小，有的稿子写得很长，都是从两报一刊的社论上抄的，不是无限上纲，就是空洞无物，声调抑扬顿挫，像是在朗诵，一点火药味都没有。

　　"她散布说农村很穷困，攻击大好形势。"

　　"她劝我们不要借钱给农民。"

　　"她说我们细皮嫩肉的，从上海来农村是受罪。"

　　"她诬蔑干部大吃大喝。"

　　最后是石老师讲话，她愤怒地批判杨洁仙打着同乡的幌子，调拨知青与贫下中农的关系，破坏上山下乡运动。要求知青们与她划清界限，同时提醒少数知青要克服小资产阶级情调，虚心接受贫下中农的再教育，脱胎换骨地改造世界观。她的发言字正腔圆，像在课堂上政治课，最后她的声调激昂起来："我很高兴，同学们一到农村这个广阔天地，就上了一堂生动的阶级教育课，让你们接受了锻炼。"她的话刚落，会场响起一片掌声，因为农民们从未见过有这样理论水平的女人。

　　会议结束时，公社书记讲话，他高度评价这次批判会的政治意义，赞扬上海带队老师的高度政治觉悟，同时代表公社党委宣布对杨洁仙的处分：鉴于她的错误言行的严重性，决定撤消她民办教师的资格，回生产队参加劳动。

　　会场一片肃静，本来毫无表情站在那儿的杨洁仙，一听这个处分，几乎要瘫倒了，眼前一片黑，完了，一年的工分，每月 15 元的民办教师补助都泡汤了，以后日子怎么过下去？恰在这时大队书记宣布散会了，人们一窝蜂地涌出会场，没有一个人理睬她，没有一个人向她说一句同情的话。她拖着沉重的脚步回家去。我忧伤地看见在大路口，有一个佝偻的黑影在等待她，那就是与她相依为命的丈夫，他牵着她的手回家去。

听说，生产队只给杨洁仙每天四分工，她开始随丈夫日出而作，日落而息，几乎不出远门。她面容憔悴，人一下子衰老许多。她和那些女知青不再往来，时间长了，女知青们终于明白自己错了，她们对不起这位曾经那么真诚地关心爱护过自己的上海老乡，她受到的伤害太大了。但是，这能完全怪她们吗？女知青们想找个机会，向她赔不是，以求得她的谅解。

就在这时，又一件想不到的事情发生了。

一天下午，我正在给学生上课，忽然听到窗外一阵惊呼："李村失火了！快去救火呀！"我甚至来不及考虑，就丢下课本，带领学生们冲出教室，以最快的速度向半里外的李村奔去。等我们气喘吁吁奔到李村时，那里已经黑压压地围满了人，熊熊的大火已经吞没了三户人家。这时大火已经被扑灭了，被烧焦的土墙冒着黑烟，遍地泥水，到处丢弃着被抢出来的物品，那几户受害人家的妇人孩子在泥地里哭天嚎地。怎么能不绝望？多年的血汗毁之一炬，以后的日子怎么过。我拨开人群去寻找那五个上海女知青，她们的屋挨那几户失火的人家还有一点距离，所以幸免于难，但是，她们已惊魂未定，一个个哭成泪人儿。这时我看见杨洁仙也来了，她像一个阿姨安慰着她们，帮助她们收拾东西，那五个女知青团团抱住她哭泣，像是见到了亲人。

救火的老乡还没有离去，大队的干部已经赶来了，正在和生产队长商议如何安置这几户被烧的人家。许多人围住一个浑身泥浆的老汉，我一看原来是村贫协代表罗道水。这场大火就是从他家烧起的，家里人都下地干活去了，中午烧饭的草灰余烬未灭，燃着了灶边的草把，风助火势，酿成了这场灾难。他漠然地望着眼前的焦土，在他的身后是几个未成年的孩子，他有病的老伴已经人事不知。村里人开始募捐，有的送来几升米，有的抱来几捆草，还有的送来几件衣裤，杨洁仙和女知青们悄悄商议，凑成30元人民币递过去。

天色渐黑，救火的人们陆续离去。我拖着又饥又乏的身体回到大队小学，点起那盏煤油灯，灯花在风中摇曳，到处黑黝黝的，只有断续传来的村狗的吠声。我内心难以平静，我眼前浮起那几个上海姑娘惊惶的泪脸，老农罗道水痛苦而漠然的脸，那失火的几家人今后的日子将怎么过下去？

第二天一大早，我就被一阵揪心的嚎哭惊醒了，大队部里挤满了人，罗道水的老婆和他的几个孩子跪在大队书记面前哭天嚎地，站在他们后面的老乡们也在抹眼泪。原来，昨天老罗一家被安置在队屋里，绝望的老罗想到有病的老婆和一个比一个小的孩子都将向他要饭吃，半夜里，他趁家人都睡着了喝了放在队屋里的"1059"农药，甩手走了。等到天亮家人发现，他已经成了僵硬的尸体。一家老小无路可走，一早在乡邻们的扶持下，到大队部下跪了。大队书记是个复员军人，心肠也被他们哭软了，连忙将他们扶起，请生产队长将他们母子领回队安排好。大队立刻向公社申请救济款，发动大家亲帮亲，邻帮邻，募捐一些，帮助这一家人渡过难关。

罗道水是个贫农，打了半辈子光棍，到40来岁才娶了一个有病的寡妇，竟然也生了几个孩子。我们学校每个新学年开学时，都要请他作忆苦思甜的报告，想不到这位善良耿直的汉子就这么悲惨地离开了人世间。

李村的上海女知青们一连几天沉浸在悲伤与郁闷中，因为她们接受贫下中农再教育的第一课，竟然是这么残酷、冰凉的现实，曾经那么庄严的理想与教导在现实面前被击得粉碎！

她们那几天没有出工。

但是，生活就像流经我们屋前的柏山渠水一样，日日夜夜向前流淌。在那以后几年的日子里，李村的女知青们经历了农村生活的种种磨炼：繁重而单调的农活，日晒雨淋，缺油少菜的日子，思念亲人的煎熬，没有精神或文化生活的无聊，与周围农民因为文化冲突导致的沟通困难，她们相互之间因为性格不同所产生的不愉快。最可怕的是前途的渺茫，看不到希望，看不到明天，而她们正处于鲜花盛开的季节，她们渴求的爱情又在哪里？生活中没有了激情与欢乐，唯一的快乐就是唱那些怀念故乡与亲人以及往日生活的老歌，以忘记眼前的苦恼与无奈。在不出工的日子里，她们经常来大队代销店买生活日用品，到我们学校借报纸看，来打乒乓球，她们和我成了无话不谈的朋友，我作为老大哥经常和她们谈读书心得和外面精彩的世界，虽然我和她们有一样的苦恼与无奈。我的真诚与博学赢得了她们的信任，我经常和她们在一起唱歌，我还编写了一首歌曲《且放眼那远方的朝霞》：

休回顾甜美的家乡

且放眼那远方的朝霞

那是你青春的火焰

象征新生活开端

我们是搏击风暴的海鹰

决不做屋檐下的乳燕

农村是广阔的天地

时代的重任我们担在肩

今天读起来这首歌词是多么空虚，却是我们当时青春的激情的流露——那是我们不曾怀疑过的理想主义与英雄主义。

1973 年开始在知青中招收工农兵大学生和招工，这给知青们一些希望，但是在推荐工作中，许多我们没有想到的挫折，再一次将我们的美梦击得粉碎。由于家庭出身不好，由于没有向公社和大队干部送礼，由于没有上面有头脸的人打招呼，我和李村的上海女知青们在历次招工和招生中都被排斥在外，甚至没有一次被推荐的机会。我们的肉体与心灵遭遇巨大的蹂躏与伤害，陷入绝望的境地。我们向苍天发问：我们这些社会的弃儿的前途和明天在哪儿？

经过一次次折磨，这些上海姑娘一下子成熟起来了，她们有了直面人生的勇气，有了面对失败的承受能力。到 1974 年，李村上海知青点的五个女知青的命运有了很大的变化：小黄活泼、漂亮，擅长打乒乓球，她看招工无望，便通过在上海市公安局工作的哥哥的努力，以病退为理由，第一个将户口迁回上海，并很快在南市区的街道工厂上班。小杜投奔在南京的远房表哥，和他结婚，将户口迁到南京郊区。小沈远嫁浙江宁波的亲戚，离开了李村。小许因为家庭出身是工人，自己曾经担任过中学红卫兵的团长，属于苗红根正，终于在

1975 年被招工进了芜湖丝绸厂。最后只剩下小张，因为家庭出身不好，任何工厂或学校都不要她，她是五个上海姑娘中最文静、美丽，也是最聪明能干的，她成了一个弃儿。但是，她坚强地抬起头，与命运抗争，从未放弃读书学习，被安排到大队小学当民办教师，1978年她参加了"文革"后恢复的高考，她的英语成绩为芜湖地区第二名而被上海外语学院录取，这在 1978 年的南陵县成为一大新闻。她已经在李村待了整整八个年头，老天爷，一个人的一生又有几个八年？当她离开李村那一天，她抱着门前的那棵杨树大放悲声，这棵杨树是 1971 年她们亲手栽的，现在已经有一人高了，她的青春岁月也陨落在这块土地上。

她从南陵来芜湖，乘火车去上海。当时，我已经在一所师范学院上学，我送她上火车，送她一本精美的笔记本，在扉页题词——且放眼那远方的朝霞。

28 年过去了，本文中所叙述的人和事已经有了太大的变化：李村五个上海姑娘中，我只见过小张一次，那是在 1999 年，她从美国回上海探亲，我们在上海见了面。她是 1987 年公派去美国留学的，并于 1995 年拿到绿卡，现在是美国中部一所大学图书馆的部门主任。她告诉我，她已经和其他四个人失去了联系，因为上海太大了，人海茫茫，上哪儿去寻找她们？他们甚至都不知道她已经去了美国。她只听说，小许早已下岗，回到上海找一份临时工谋生。

20 多年来我多次返回南陵和弋江，李村的变化不大，罗道水的孩子们都已各立门户。男子都去南方打工去了，家中只有女人或孩子，他们根本就不知道发生在 1971 年的那场悲剧。但是我非常高兴地听到，严村的黄一鸣和杨洁仙夫妇在 1980 年代中期，经过他们多年的上访，上海市有关部门撤销了当年对他们的处分，恢复了他们的工作，但是，他们没有回上海，而是选择留在南陵县城，现在，他们过着无忧无虑的退休生活。（2000 年）

难忘那个冬夜

　　我总难忘 36 年前那个冬夜——1971 年的除夕夜。那年同来的知青大多招工回城了，整个大队只剩下我和大曹没有回家过年。我因为家庭政治历史问题的牵连，招工遥遥无期。我害怕母亲那张伤心的脸，我不愿接受邻居和老同学们的廉价的同情。

　　那一年南陵农村先涝后旱，不少农户在腊月里就断了粮。可是，有线广播还在播送"形势大好，比任何一年都好"的社论。那天下午，我提着生产队里起塘分的两尾草鱼去王村，与大曹合灶过年。他是一个孤儿，自小父母双亡，从未得到过家庭温暖。他比我大 10 岁，原先在芜湖给人家送煤球为生，倒也温饱不愁。不料在 1968 年，街道居委会稀里糊涂地将他作为知青下放了。他的家庭出身虽然好，但由于年龄太大，不符合招工的要求，所以他的前途毫无希望，过着过一天算两个半天的日子。天色渐晚，我们在他那口土灶上忙碌起来：我在灶下烧火，不断添柴加草，红彤彤的火舌舔着我的脸，暖融融的。大曹掌勺，烧了几大碗菜，有荤有素，气派地摆在用土坯垒的桌上，盛汤没有盆，便用洗脸盆代替。最后还从热乎乎的柴草灰堆里掏出瓦罐煨的黄豆腊肉，香味令人垂涎。我们开了一瓶劣质红薯酒对饮。

窗外朔风呼啸，左邻右舍的农户在炸鞭炮，一家挨着一家，响个不停，而我俩却沉默起来，一言不发，灯花在摇曳，土墙上映着我们的黑影。我们慨叹世态炎凉，为前途惆怅。我们盘算着来年开春去柏山渠水利工地"挑河"，去多挣几十个工分。我们筹划着如果真要在农村干一辈子怎么办？要成一个家吗？谁家的姑娘愿意嫁给我们这些穷光蛋？我们不敢设想这个问题。我们裹着他那床又薄又脏的棉被，垫着厚厚的稻草，昏昏沉沉地睡着了，那是一个狂风咆哮的大年夜。

四年以后，1975 年我们都以独生子女的身份被招工回城。不料临行那一天，芜湖市的领队干部在审查招工名单时发现大曹的年龄已经 35 岁（他太老实如实填写真实年龄），竟狠心地将他的名字划掉了。我们无法面对陷于绝望的大曹。过了两年，听说还是那位当年动员他下放的街道主任，善心大发，四处为他奔走，终于将他招工上来。我再次见到他时，他神情漠然，极少言语。他又重操旧业送煤拉煤，穿行于芜湖市的大街小巷。他的欲望很低，仅求温饱。

我已经 30 年未见到他了，历史已经翻过一页又一页，在新时代的阳光下，我期望在茫茫人海里见到抬起头来的他。

大曹，你在哪儿？（1991 年）

村里有个姑娘叫小芳

1996 年秋天，我回到阔别 20 年的第二故乡——安徽南陵，回到青弋江畔我当年插队的村庄。王村的孩子们团团围住我这个陌生的城里人，乡亲们宰鸡烹鸭款待我这个远方归来的游子。一种回家的感觉油然而生，我又回想起那些遥远的岁月来。这次临行前，我打电话告诉当年与我在一起插队的余涛："明天，我去南陵，你有什么信，要我带回去吗？"他立刻就赶到我家，他说："我也想回去，但又不敢回去，我对不起小芳，我没脸去见她。"他委托我打听一下小芳的近况，并包了1000 元钱，让我找个机会转交给她，并说自己这一辈子都欠她的。我见他动了真情，便表示一定不辱"使命"。

小芳是生产队长来宝的大女儿，高小毕业，长得很俊俏，一张红扑扑的脸蛋儿，蓄着长长的刘海，一双眸子黑得像山里的野李子。她经常来我们知青点聊天，在她爹面前为我们的口粮、烧草说些好话，因此成了我们知青的好朋友。她像一块磁铁钩住余涛的魂，我早就知道他俩在暗中已经好上了。有一天晚上他一人出去，很晚才回来，裤腿被夜露打湿了。我要他坦白是不是与小芳幽会去了？他吐出实情：他俩去江堤上会面去了，他今天第一次吻了她，那感觉太甜蜜了。我不嫉妒他和小芳谈恋爱，但我忠告他不能陷得太深：如果你娶了她，还想不想上调回城？再说她爹根本就不会同意你们好的，农民都说下放学生是水上的浮萍，是靠不住的，不要耽误了娃儿的终身大事。可是余涛兴奋得一点疲倦也没有，也听不进我的话，两人照旧幽会。在乡村没有不隔风的墙，一天晚上，他俩在江堤柳树下抱着接吻，被暗中跟踪而至的来宝逮着了。来宝将女儿拖回去打了一顿，没过几天就将她与河西一户人家定亲，婚期就定在当年腊月十八。小芳出嫁那一天，河西村迎亲的队伍吹着欢快的唢呐，挑着陪嫁的器物，将穿红戴绿的小芳接走了。余涛那天没有出工，躲在屋里躺着，一支接一支吸烟，满屋是呛人的烟雾。

1976年，我们随知青大返城的狂潮，像无根的浮萍一样漂走了，再没有回到青弋江畔的王村。余涛在1990年代初开始下海，倒腾服装、钢材，腰包很快鼓起来，成了手提"大哥大"的款爷。他出入酒楼、歌舞厅，谈生意只认钱不讲情，但是他对早年农村的恋人如此挂念，让我也感动了。

王村的老乡告诉我：小芳在蒲桥开了一家裁缝店，日子过得还可以。蒲桥就是乡政府所在地，我没有费多少工夫就找到了小芳的裁缝店。她立刻就认出我，她笑嚷道："这么多年了，你还记得我们？"她的眼睛依旧那么乌黑有神。我说明来意，并拿出那1000元。她愣住了，潸然泪下，却无论如何也不肯收这笔钱，她让我谢谢余涛，他

这片真情她心领了。我看得出来，她对过去岁月的那段感情也是难以
忘怀的。

我离开的那天，他们两口子为我送行。她丈夫也很精明，承包了
一个窑厂，收入不菲。他们送给我和余涛两篓当地出产的蜜橘，黄澄
澄、滚圆圆的，煞是可爱。她再三嘱咐我："下次和余涛一起来玩，
不要忘记这儿是你们的第二故乡。"

再见了，青弋江；再见了，乡亲们！

在车上，我掰开一个小芳送的橘子，一咬，那滋味又酸又甜。

回到武汉，我徜徉在繁华的江汉路上，满街的音响在播唱李春波
写的那首歌《小芳》："村里有个姑娘叫小芳，长得好看又善良……
谢谢你给我的爱，今生今世不忘怀。"我走进一家音像商店，买了两
盘《小芳》，一盘将送给余涛。年轻的女店员困惑地说："怪事，怎
么有这么多的中年人喜欢《小芳》？"

她太年轻了，她怎么理解，我们这一代人曾经将宝贵的青春，把
多少忠诚的美好的感情留在那块土地上哩。（1993 年）

漳河上的《三套车》

一湾清清的漳河水，擦过古老的南陵县老城墙根，滚滚东去，汇入长江。它滋润着两岸肥沃的土地，哺育了一代代圩乡人。当年，我们这些喝过漳河水的老知青们忘不掉那宽阔的河滩，如烟的柳林，河上的晓月、落日和一片片归帆。

漳河上常年航行着一艘陈旧的小火轮，拖着长长的黑烟。它是县城通向圩乡的唯一的交通工具。我们一次次拥挤在充满着泥土和鸡鸭鱼虾腥臭味的大统仓里，观如血的夕阳跌入河水，晚霞染红了天际。漳河水沉默无语东去，使我们油然而生"年华似水流"的惆怅与失落。

但是，我们也有欢乐的时候。1972 年的岁末，县城举行首届农村业余文艺宣传队调演，来自 20 多个公社的文艺宣传队住进漳河边的县委党校。他们带来了一台台充满生活气息的文艺节目：《水乡渔歌》、《电灯今晚照我村》、《社员都是向阳花》、《工地营房》、《地道战》……欢天喜地的锣鼓声响了好几天，成为这个县城空前的盛事。当调演落下大幕，我们这个全部由知青组成的文艺宣传队，又打锣敲鼓，神气活现地涌上小火轮返回圩乡。在船员们和乡亲们的热烈掌声中，我们又在甲板上跳起欢快的"洗衣舞"来。意犹未尽，这时小轮停泊在圩乡的一个小码头上，一阵阵欢乐的唢呐声刺破了隆冬苍茫的天空。原来这是乡村迎亲的队伍，一拨人拥着新娘和新郎，后面紧跟着的几个人挑着陪嫁的衣箱、脚盆、马桶。船开了，岸上的唢呐声渐行渐远，化着声声呜咽，如泣如诉。船上的人围着这队新人，争抢喜烟喜糖、瓜子、花生、红枣。新郎憨厚地笑着，伸出一双粗大的手在散发一包江淮牌香烟。新娘一张红黑的脸，短发上戴着一朵绒花，身着大红棉袄，羞涩地低着头。我想新郎为了婚事一定花去多年的积蓄，也许背了一屁股债，但他们毕竟有了自己的家，他们将相依为命，在一个屋顶下遮风避雨，即便那是一种单调的周而复始的日出而作、日落而息的生活。而我的归属在哪儿？我们辉煌的青春梦失落在异乡的土地上，被禁锢在落后的小山村的藩篱中，不能升学读书，不能谈情说爱。触景生情，一直站在船尾的萧深——我们宣传队的男高音，放声唱起《三套车》来："冰雪遮盖着伏尔加河/冰河上跑着三套车/有人在唱着忧郁的歌/唱歌的是那赶车的人……"这是我们知青最喜欢唱的一首俄罗斯民歌，它忧伤、悲壮，令人荡气回肠。它使我们想起俄罗斯画家列宾的油画《伏尔加河上的纤夫》，在冰天雪地里被纤绳勒弯了腰的苦力们在匍匐而行。他的歌声感染了我们，宣传队的全体男女齐声应和："小伙子你为什么忧愁，为什么低着你的头，是谁叫你这样伤心，问他的是那乘车的人……"我们的歌声在寒风凛冽的漳河上飞扬。一曲终了，我们又唱起激昂的《共青团员之歌》:"听吧!战斗的号角发出警报,穿好军装拿起武器,共青团员们集合起来踏上征程……再见吧,亲爱的妈妈,请你吻别你的儿子吧!再见吧,妈妈,别难过,莫悲伤,祝福我们一路平安吧……"在那一刻,船儿、河岸仿佛都被定格了,只有漳河水在夕阳下悠悠东去,河岸上空传来鸦群的呱叫。

时间已经过去 30 多年了,往事早已化为云烟,当年的老知青们早已天各一方,如一只只远去的风筝。他们是否还记得当年居住过的茅屋?用过的煤油灯、大草帽?是否还记得在漳河上唱过的《三套车》?

1992 年 2 月,我去北京大学拜访已经是著名经济学家的萧深教授,他陪我去北大的未名湖畔散步,久别重逢的我们谈论最多的还是在漳河边那几年的插队生活,那次文艺调演的归途,我们在漳河上唱的《三套车》,因为悠悠漳河水一直流淌在我们心中。(1993 年)

山乡的"野电影"

　　我们这一代人差不多是通过看电影接受了革命理想主义与英雄主义教育。

　　但在我的记忆中，印象最深的是 30 年前在皖南农村的露天电影，我们知青称它为"野电影"。那是一个"十亿人看十个样板戏"的时代，看电影成了农村唯一的文化生活，而县电影放映队差不多两个月才到我们这个偏僻山村放一场电影，这一天成了乡间盛大的节日。白天里，大队书记早已派人将昨夜歇在公社的放映员请来，用好饭好菜盛情伺候好，放映机由两个壮汉挑来。在大队小学的操场上，埋下杆子，挂上白色的布幕。黄昏时分，不大的操场上挤满了乡亲们，他们坐在自家扛来的板凳上，早已等候在那儿了。天一黑，当 8.5 毫米的小放映机的光束投影在布幕上时，其上立刻布满了无数双手，响起孩子和妇女们的喧闹嬉戏声。虽然放映的不外乎是《地道战》《地雷战》《英雄儿女》这几部老掉牙的片子，每个人仍看得津津有味。

每次放正片前，大队书记照例要讲一番话，强调抓革命、促生产。接着是民兵营长讲话，他提醒大伙要提高革命警惕，防止一小撮阶级敌人破坏！最后是妇女主任讲几句，宣传搞好计划生育，已生两胎的妇女，明天早饭后在大队部集中去公社卫生院结扎，她的话往往被几个汉子的恶作剧引发的全场哄笑而打断。开始放电影了，全场安静下来，只听见放映机丝丝的卷片声，当一个拷贝放映完换片，全场一片漆黑，秩序顿时大乱。有小孩哭闹声，有嫂子、姑娘在黑夜中不知被谁摸捏了一把羞辱地破口嗔骂的。片子换毕，灯光雪亮，全场又恢复了安静。影片中人物对白与音乐在空旷的田野上回荡。一些相好的青年男女趁着电影还没放映完的空隙，悄悄溜了出来，他们去了附近的林子幽会，或到哪个无人的谷场钻草垛子了，只有或隐或现在云翳中的半个月亮在偷窥着他们。

这场电影，一连几天往往成为社员们在地里干活时的主要话题，有模仿日本鬼子来偷地雷的，胆小怕死的丑态的，有学影片中"鬼子进村了！"的台词的。

而我们知青从不参与其中，我们关心的是这个放映队下一场往哪个村子放电影，放什么片子。大家约好，哪怕是看了七八遍的老片子，不管是十几里地外，爬山趟水也要去赶那场"野电影"。（1996年）

圩乡的水妹子

1968 年初冬，命运将我驱赶到皖南青弋江畔的南湾插队，这个地处圩乡的村庄，人多田少，农家土墙低檐的茅草屋一户挨着一户，整日里喧闹着鸡鸣犬吠。人们的生活很穷，一个工仅值四角钱。插队的第二天，生产队长根火就给我和陶海定了个六分工，和妇女们一样。第三天他便让我们跟"半边天"们在一起锄麦草，于是大嫂大婶们干活时便有了鲜活的话茬。张大婶说："城里伢，身子骨软，干活可不要拼命。"李二嫂说："想不想家，爹妈牵挂你们哩。"我说："只要大伙对我们好，就不想家。"方家媳妇说："不想是假，让大嫂给你们说个媳妇，要得不?""南湾的水甜，南湾的姑娘一个比一个标致。"有人插上一句，惹得那些十五六岁的小姑娘们嘻嘻地笑。张大婶嗔她们："笑什么，城里伢斯文，也轮不到你们，你们都有婆家啰。"我们低头锄地不去理睬，只有陶海腆着脸说："我等你们家姑娘长大了再……"妇女们一阵哄笑："死小陶，讲疯话。"

大伙说笑时，只有水妹子一言不发，她是队长根火的女儿，16岁，是家里的老大，尚未定婆家，根火任媒婆踏破门槛也不松口，要她帮衬家庭，她还有四个弟妹。水妹子皮肤黝黑，鼻子眉毛长得都是地方，一双乌黑的眸子，像两颗熟透了的桑葚。她听我们说话，从不插嘴，她站的地方离我们很远，总让人感到她的身影很近，隐约觉得她的目光始终逗留在我们的周围。

水妹子家离我们知青点很近，每天出工前，在我们屋前总能听到一声悠长的吆喝："出工了。"那准是水妹子的嗓子。我们用的农具虽是新的，但并不好使，每当锄头楔子脱落，镰刀柄松动，水妹子就主动跑来，她一动手，三下两下就修好了，还挺好使。歇工时，水妹子也常来串门，有时是来借书。她高小毕业，很爱看《红岩》、《林海雪原》这类小说，有时送菜给我们：几棵白菜、半筐豆荚或者是一碗咸菜。吃饭的时候，她端个饭碗串门，饭碗里的菜总是堆得高高的，像辣椒茄子、咸鱼虾米，用香油炒的，她毫不吝啬地将菜送给我们，因此我们总盼水妹子来。每年过完春节，回乡时，我们也不忘送点小礼品算是回报她，如一块香皂、两节电池、几张样板戏的宣传画等。

一个冬夜，我们在油灯下写信，以打发晚间的寂寞。水妹子和她妹妹来串门，她一边纳鞋底，一边瞅着我写信，好奇地问："给谁写信？"我逗她说："给对象呗。"她扑闪着大眼睛，头微微一晃，表示不信。我就读信给她听："我们在这里一切都好，活虽苦，但饭还能吃饱，只是，这里洗澡不便，镇上又没开澡堂。"她噗嗤一声笑了："我说是写给爹妈的吧。"接着依旧在灯下纳鞋底。南湾的姑娘们都擅长女红，不仅会做鞋，她们缝的鞋垫，简直是工艺品。一天，水妹子忽然来了说："有澡洗了，你们快去吧，水都烧热了。"望着屋外的冰天雪地，我们将信将疑，她领我们走进一间小草屋，原来这是乡下的澡锅，灶口在屋外，柴在灶膛里噼啪炸响，屋内热气腾腾，俨然似一浴池。洗一回澡可不容易，要挑好几担水，烧几大捆柴，历来是生产队用公费办的"公益事业"。这几天，队里的劳动力都下湖挑泥去了，她和村里几位姐妹搬来自家几捆柴，几个枯树墩，为我们知青烧热了这口浴锅。我们要感谢她，水妹子却说："水快凉了，我去添柴。"

三年后的春天，我和陶海终于招工上调了，队长根火和水妹子一直把我们送到江边小轮码头，当小轮船鸣笛离岸时，水妹子又递来一个蓝头巾扎的小包，里面盛着的全是煮熟的鸡蛋，还有两双她亲手挑绣的鞋垫，蓝色的鞋垫上还用红丝线绣着几朵梅花，被感动的我们只能隔着一江春水向她挥动手中的大草帽。

20多年过去，我一直没有忘记南湾村，那一方水土曾养育了我们；我没有忘记水妹子那双清澈乌黑得像桑葚的眸子。在那些艰难的年月里，她和乡亲们曾给予我们人世间难得的善良、温暖和真诚。（1996年）

（此文内容参考了叶圣煌的材料，他应该是本文的第一作者，特此说明。）

山村的小马灯

1972年冬天，一个多雪的冬天。我们一个大队原先30多位知青，在前几批招工中走得差不多了，只剩下我和邻队的大曹，此外小潘因家庭出身不好，成了没人要的"豆腐渣"。我们三个人没有回城过年，挤在我那间四处透风的茅屋里，吃了一顿"惨淡"的年饭。正月初六，我们就急着往青弋江上游大切岭引水工地赶，在那儿不仅工分高，而且是集体生活，自己不用烧三顿饭。

那天上午我们挑着铺盖和一袋米、一罐咸菜就上路了，尽管有百十里路程，但工程会战指挥部要求我们第一批民工必须在初七上午赶到，集体参加会战开工典礼。

傍晚从马头林场摆渡过江，经当地人指点，我们翻山抄小路走。不料，半途中竟迷了路，越走越远，天又飘起雪花来，一会儿我们的头发和上衣便淋湿了，天色渐黑，脚下是一条羊肠小道，四周没有人家，看不见一点灯火，一缕炊烟，我们又饥又乏，只得继续往前走。翻过一座山，眼前陡地闪现几点灯火，一阵犬吠，前面果然是一个村庄，我们欢呼起来。这是一个只有十多户人家的小山村，山林寂静，随着犬吠，一户户人家打开门，惊悚地望着我们三个陌生人。一问才知，我们走错了方向，要朝西南拐才能上大道。我们眼下首先要解决的是"肚子"问题，在这陌生的山村，该找谁？这个僻远的小山村会有知青吗？于是我们不存希望地向村里人打听，他们说："有，还剩一个。"我们放心了，立刻就有几个年轻人为我们引路去寻那位知青。这是村后紧挨着牛栏的茅棚，没有土墙，仅以玉米秸糊泥搭成的"墙体"，几棵杉木撑起一个茅草屋顶，门也是毛竹编的。我轻轻地叩门，屋里传出一个女人警觉的声音："谁？"我大声说："我们是迷了路的知青。"一阵沉默，接着几束微弱的灯光从墙缝隙透出来，挪动沉重物体的声音，门终于打开了，站着我们面前的是一位女知青！她手中举着一盏小马灯，她睡眼惺忪，表情惊恐。在灯光下仍可见她有一张秀气的脸蛋儿，一双乌黑的眸子流露着忧郁，她蓄着短发，体态丰满，棉袄外是一件湖蓝色的罩衫，这是一位气质高雅的女知青。我们自报了家门，她也作了自我介绍，原来还是老乡，她姓黄，67届高中生，她的母校与我们母校相邻，陌生的我们立刻有了一种亲近感。她请我们进屋，让我们脱下淋湿的上衣，立即在土灶上为我们煮饭、烧水、烘衣衫。我打量这间简陋却收拾得干干净净的茅屋，只有一床一柜一凳，床头放着一摞书，还有一本《外国民歌200首》。

灶膛吐出的火舌映红了她那张秀气的脸，兴许是我们的来临，她那双忧愁的眸子扑闪着一种"风雨故人来"的欣喜。一会儿，大米饭的香味从灶上飘来，下饭的菜是一大碗蒸鸡蛋和一碗炒咸菜，这时一位大娘又送来一碗家制的霉豆腐。饥肠辘辘的我们，毫不客气地狼吞虎咽起来，将饭菜吃得精光，连锅底焦黄的锅巴也铲起来吃了。

她像一位慈爱的亲姐妹，看着我们狼吞虎咽，满意地笑了。接着，她又烧了一大锅水，让我们烫脚，走了一天的路，而且还要继续赶路，我们不知如何感激她才好，这是一种只能从母亲那儿才能获得的温暖。

那位送菜的大娘在一旁抹着眼泪："伢们造孽，饥一餐饱一顿，深更半夜还要赶路，叫爹娘怎么放心？"就着跳跃的灯火，我们叙述起各自的遭遇来，原来，她和我们"同是天涯沦落人"。1968 年冬，她和同班的三位女生被安置到这个偏僻的山村插队，前年两个招工回城，另一个因心脏病费了不少周折，办理病退回了城，只剩下她孤零零一个人。她父亲是师范学院的教授，因为历史问题在"文革"中被批斗受尽折磨，在"牛棚"里自杀了。她因为家庭问题，历次招工都没她的份，因为心情不好，她没有回家过春节。除了白天出工，晚上就守着这茅棚，用那只沉重的旧木柜抵住门，一早一晚担惊受怕。

她凄楚地说："一看到你们，我就想到远在广德插队的弟弟"，"看不到希望在哪儿，也许我要在这小山村呆一辈子"。她长长地叹了一口气。

她告诉我们只有读书才给她乐趣，使她眼前豁亮。她拿出从家里带来的一本本书：《红与黑》、《傲慢与偏见》、《牛虻》、《钢铁是怎样炼成的》……这简直是一堆瑰宝，使我们的眼睛闪闪发亮。她另一个乐趣便是唱歌，尤其是风格沉郁的俄罗斯民歌，在我们的央求下，她唱了《小路》："一条小路曲曲弯弯细又长/一直通向遥远的前方/我要沿着这条崎岖的小路/跟随爱人去远航……"她的歌声甜润而悲伤，柔弱处像风中的芦苇，舒展处像林中飘落的树叶，奔放处像阳光下流淌的江河水。

她柔美的歌声，高雅的气质与这简陋的茅棚、偏僻的山村极不和谐，我心中涌起一种社会弃儿般的屈辱和悲凉，为她的身世，为她没有爱情、没有欢乐的现状，以及她和我们一样的命运。

我们还要继续赶路，必须在天明时赶到大切岭工地。我们向她告辞，她不容我们说感谢的话，只是说："我们都是知青，这就够了！"

雪已停了，泥泞的山路一步一滑，她举着小马灯在前面引路，一直把我们送到分叉的路口。当我们挑起担子，向她挥手呼喊道："再见了，大姐！"她竟放声大哭起来，小马灯在她手中颤悠悠地抖动，从不落泪的我们也掩面相泣。我们走了很远，回头一看那盏小马灯的灯光依旧微弱可见。

20多年过去了，我心中仍难以忘怀这盏山村的小马灯。

素昧平生的大姐，现在你在哪儿呢？

我想你现在一定有了理想的工作，幸福的家庭，可爱的孩子。

你还记得那个冬夜，在那寂静的小山村，我们这三个匆匆的"过客"？（1998年）

春　酒

那年冬天下了很厚的雪，滴水成冰，临近年关，整个大队只有我和大曹、小潘没回家过春节，孤独地守着三间空荡荡、四壁透风的草屋和一盏如豆的油灯，我们依旧饥一餐，饱一餐。除夕夜，左邻右舍此起彼伏的鞭炮声使我们更增凄凉。

乡下有过年喝春酒的旧俗。大年初三，大曹、小潘一早赶来我处，约好去镇上逛逛。这时生产队长的女婿金宝来给丈人拜年，硬要拖我去他家喝春酒，我们是在孤峰河水利工地上相识的，很要好。"我不能一个人去。"我面有难色地看着大曹和小潘。金宝立刻会意："去的都是客，添筷子不添菜。"不由分说拉住我们往门外走，大曹毫不客气地说："宁少一村，不少一家，我们也去凑凑热闹。"

我们一踏入队长家，队长婆娘见我们三人都是空手来的，脸上露出不悦之色，但碍于女婿和我的情面，还是客气地说："稀客，请，请。"我们大大方方往一张八仙桌旁一坐，见有两桌客人，都是村上有脸面的人物，碗碗盘盘摆满了桌面，酒是家酿的很清甜。主人说了几句客气话就开席了，大概是我们肚里油水太少，立刻毫不顾忌地端起杯子就喝，拿起筷子就吃，将那几碗粉蒸肉、蒸腊肉风卷残云般一扫而空，那架式就跟鬼子进村时差不多，弄得主人夫妇直翻白眼。金宝也用脚在桌下踢我好几次，我们全没会意，把眼睛盯住大砂吊里的鸡。金宝站起来打圆场："各位且慢，春酒主要是喝酒。"说着要和我划拳，我的酒量有限，又不会划拳，自高挂免战牌，我便试另一招，我从破大衣口袋里掏出我珍爱的"星海"牌口琴，以"吹"代罚，这口琴在这偏远的山村可是稀罕物，大人、小孩都没见过，我吹奏了一支欢快的曲调《社员都是向阳花》，居然博得满堂喝彩。

小潘见我露了脸，也不甘示弱，他像变戏法那样从怀里掏出一支短笛，吹奏了一首流畅的《红星照我去战斗》，乡亲们直拍巴掌，当时农村正在放映电影《闪闪的红星》，他们很喜欢小红军潘冬子唱的这首歌。一直沉默寡言的大曹几杯酒下肚，脸渐绯红，露出他的绝活，他一人三演，唱起京剧《沙家浜》中最精彩的《智斗》一场，字正腔圆，有板有眼，并将阿庆嫂、刁德一、胡传魁三人的做派表演得神形兼备，全屋的人都放下杯筷，笑声满堂，使欢乐的气氛达到高潮。

大曹唱完了，众乡亲嚷道："再来一个！"我们的表演令乡亲们刮目相看，队长婆娘将一碗碗菜肴端上桌，乡亲们纷纷过来向我们敬酒说："你们下放学生都是过路的雁，早晚都要飞走的。"我们也豪畅地痛饮，感谢乡亲们的美意，不一会儿竟都醉了，我在醉眼蒙眬中，贴着金宝的耳根说："这席春酒我们没白喝吧？"

　　金宝也醉了，端着杯子站了起来，涨红了脸说："知青哥哥们，喝，要不是毛主席的号召，请都请不来你们哩!"（1995 年）

菱角菜与泡锅巴

1996年夏天，我重返当年插队的南陵县的王村。我提着两大袋礼品去看望我的老房东——已经八旬高龄的黄大娘。她见已是中年的我，老泪纵横："伢啦，20多年了，你还记得我们！"便撩起衣襟拭眼泪，接着便让家里人宰鸡烹鸭，款待我这个远方归来的游子。我赶忙阻拦："有菱角菜和大娘炕的锅巴比什么都香。"

黄大娘乐了："你还念着我们乡巴佬这些粗食?"便让孙子下塘去摘菱角菜。王村地处圩乡，河网交错，盛夏满河满塘是肥嫩碧绿的菱叶和点点白花。菱角菜成家家户户饭桌上必不可少的小菜，有的人家还成坛地腌制以度"菜荒"，虽然有土腥味，用辣椒炒了倒也下饭。

黄大娘笑道："现在生活好了，我们乡下人早已不吃菱角菜了，今天你来，算是尝鲜。"

果然，晚餐端上桌的是一碗长着尖刺的野菱角菜，又长又细的茎叶，经开水烫过，切碎，用旺火急炒，杂以红辣椒、葱段和拍碎的蒜瓣，盛在盘子里，散发出一种江南水乡才有的清甜的香味。

黄大娘又从一个粗口的陶罐里抓出一些黄灿灿、香喷喷的锅巴来，放在一个有些年头的青花瓷碗里，用开水泡了，撒点盐，浇点香麻油。这锅巴不薄不厚，色焦黄，是用当地产的"麻壳籼"，在土灶上烧稻草炕的，这种晚熟的品种，产量不高，却特别香软，故当地有"麻壳籼""一人吃，两人添"的乡谚，用它炕锅巴特别香。但是在20多年前，由于它产量太低，上面发文件要淘汰这个老品种，我们毛泽东文艺宣传队还编了一个对口词《打倒老品种》，在全县文艺调演时还被评为优秀节目。现在想起来很荒唐。从那以后，青弋江一带不再种它，幸好有一些人家偷偷地保存着一些种子，在自留地里偷偷地种，不然这个优良品种早就灭绝了。

黄大娘和她的孙子看着我开心地吃，甜甜地笑了。(1997年)

褪色的工作服

  在我家的衣柜里垫底的是一件褪色的旧工作服。近十年，我搬了三次家，每一次都想将它扔掉或送给收破烂的，临出手又犹豫了，或许是敝帚自珍的心理使然。对于我来说，这件旧工作服象征着已经逝去的一个时代，它是那个时代的一个影子。

  1968 年冬天，当成千上万的知青响应伟大领袖号召，像潮水一样涌向农村和边疆时，身穿军装，特别是穿洗得发白的旧军装是一种时髦。因为在知青中不少是当年的老红卫兵，他们难忘在 1966 年，穿军装在天安门广场的红海洋里，流着热泪，接受伟大领袖检阅的辉煌。老乡们一看这些穿黄军衣的就知道是知青来了，一些胆小怕事的急忙把鸡鸭往屋里撵。然而很快，冷冰冰的严酷现实浇灭了知青们"战天斗地，改造世界"的政治狂热。因此，随着"再教育"的时间延长，知青中很少见穿黄军衣的了。

  不知从何时起，知青中时兴穿工作服了，"乡村四月闲人少，采了蚕桑又种田"。在农忙季节，凡是穿工作服在田地里干活的，老乡们知道，那是"下放学生"无疑。即使是在农闲季节，或是落雨的日子，知青们也是穿着工作服去赶集上街，或是翻山越岭去临队的知青处混饭吃。在我插队的皖南山区，凡是穿背部脊梁处有横杠的工作服的，必定是上海知青，衣口袋上还印着"上钢三厂"、"上柴"、"国棉四厂"的漆字，而穿背部无横杠工作服的，多半是安徽知青，泾渭分明。工作服的颜色大多是蓝色的，蓝殷殷的新工作服，知青们很少穿，而那经洗磨颜色泛白的旧工作服，深受知青们喜爱，因为这些旧工作服多半是在城市的父兄姐妹穿旧了再给他们的。

　　知青们何以爱穿旧工作服？有的说是对故乡亲人的怀念，有的说工作服紧腰身、紧袖口、布料厚，干活方便又耐脏，有的说穿工作服是知青与"农二哥"的区别。正像生产队开会背毛主席语录时，知青们将小红书贴在胸口，而农民们将小红书贴在肚眼上，显示出差别来一样。但在大多数人的潜意识里觉得穿工作服是一种对返城的向往与等待。因为从1970年开始，陆续有一批批知青被招工返城当工人，他们穿上了新工作服，所以对仍留在农村的知青们来说，工作服是一种身份的标志，他们将招工能够真正穿上工作服作为人生的最大理想，所以它是命运发生转折的象征。

　　我在农村煎熬了七年后，终于招工返城了，分配在一家集体工厂当工人。当新工作服发下的那一天，我迫不及待地跑到照相馆去拍了一张登记照，神采飞扬地对摄影师说："我也成为工人阶级一员了。"那一年我已经28岁。

　　1975年秋天，我当学徒的第八个月，工厂党支部书记找我谈话，委派我作为工人毛泽东思想宣传队进驻一所学校。于是我又穿着工作服进驻那所学校。

1977 年 12 月，我参加"文革"后的第一次高考，考中后我仍旧穿着工作服走进了安徽师范学院中文系的课堂，一直到大学毕业以后，我才脱下它。30 多年过去了，今天，人们只在上班时穿工作服，再也不兴穿着工作服满街走了。1994 年春节我返回芜湖探亲，在中山路碰见一位当年和我一起进工厂的插兄，他在摆地摊卖鞋。他一眼认出我，一把抓住我的手，寒暄后感叹道："老兄，还记得那一年，我们进工厂的第一天，穿上工作服多神气！可是，工厂在前两年就垮了，我早就下岗了！"我不敢正视他的双眼，珍爱工作服曾经是我们这代人共同的感情，它浓缩了那段不可抚慰的岁月。今天，这一件旧工作服恰恰成为我们这代人中的大多数已经沦入社会边缘的无奈写照，我心中不由涌起一种悲哀。(2000 年)

1977年，中国，无雪的冬天

1977年10月，我正在黄山参加一个业余文学创作学习班。一天早晨，从中央人民广播电台的新闻中获悉，党中央决定恢复高考招生制度，这一石破天惊的消息，使我们非常兴奋——为春天终于叩响冰封的中国的门窗，为我们已经被耽误的这一代人将获得公平竞争的机会。我急忙赶回芜湖，和朋友们商量怎么去报考，大家都很兴奋，准备跃跃欲试。在仓促中我们重新拾起已经荒废了十多年的高中课本，一切从头来。我一边上班，一边复习，把主要精力放在复习数学上，背那么多的公式与定理，演算了大量的习题。时间太紧迫了，从报名到考试仅仅只有一个多月时间，我每天只睡四个小时，以前很少有这样旺盛的精力。考试时间安排在12月中旬，这是中国历史上唯一一次在冬天举行的高考。1977年的冬天是一个暖冬，没有下雪，虽然镜湖结了一层薄冰，但是，聚集在考场外的5000多名考生却如沐春风，竟然没有感到一点寒意。文科考场就设在我的母校——芜湖三中，我的座位竟然是我读高三时的教室，历史和我们开了一个残酷的大玩笑！由于我是老高三，文化基础扎实，所以各门课程考试的感觉良好。果然在1978年元旦后，我就收到招生体检的通知，在市第一人民医院，我们这些参加体检的人，相互高兴地打招呼，好像一只脚已经跨进大学的大门似的。

还是因为家庭出身问题，我一直未能收到录取通知书，其间我找了主管部门多次，但均未得到明确答复。正在我心灰意冷，在焦灼却不抱多大希望的期盼中，命运有了转机：在中共安徽省委领导的干预下（分管文教的省委副书记赵守一在我们的上书信上作了重要批示），芜湖市14位因受家庭问题牵连的考生被补录到一所师范学院，终于挤上了最后一班车。报到的那天已经是5月22日，在欢迎我们这批曾经是社会弃儿的迟到者的大会上，我喊出了久久积压在心底的话"我们要读书！"，台下许多老师和同学潸然泪下。那一年，我30岁，正是人生的而立之年。

我们的校舍条件非常差，环境也不够安静，但这些丝毫没有影响我们旺盛的求知欲望，因为我们已经失去得太多了。那是从一场伤痕累累的浩劫中刚刚复苏的年代，缺少好的教材，不少老师都是从一些资深的中学老教师中选调的，还有一些刚刚平反的老"右派"，他们对我们这些经历特殊、性格成熟的学生充满了感情。学习的日子充满了活力和张力，我们一个班40多人基本分为两类人：一类是我们这样年龄大、饱经沧桑的老知青，一类是从农村考进来的应届生和复员军人。经历不一样，思想观点一时难以融合。我的同桌罗立群比我小十岁，是白湖农场看押劳改犯的民警，人很倔强，但他能够将《红楼梦》中全部诗词背得滚瓜烂熟。有一次为社会发展的动力究竟是阶级斗争还是生产力问题，他和我争论得面红耳赤，甚至要动拳头。但生活上他却是我的老弟，我睡下铺，他睡上铺，引为知己。毕业后，他被分回庐江县一所农村中学任教，以后连续四年报考研究生，次次落第，我一次次鼓励他不要泄气，第五年他终于考上南开大学中国古代小说史的硕士生。他现在是广东珠海出版社的总编，成为国内研究武侠小说的权威之一。来自寿县的姚弼是一位迂夫子，满腹经纶，写一手风流倜傥的好文章，在"文革"期间他因文字而惹祸，受尽折磨。他豪饮，每饮必醉。他能够将 2000 多行的《离骚》背诵得一字不漏。在溯风砭骨的冬晨，他戴着棉手套，踏着冰霜，在校园一角枯草丛中背诵古文。他佝偻的身影、抑扬顿挫的诵读，成为我们校园一道风景。30 年来他一直在六安一中教语文，我读他富有古文韵味的来信是一种享受。我一面读书一面勤奋地写作，用稿费补贴生活。当我写的一篇介绍芜湖的文章被英国广播电台采用，并汇来十英镑的稿费时，全班同学为我欢呼。我从银行取出那笔钱，给远在武汉的妻子买了一条羊毛围巾，为自己买了一条裤子，然后和姚弼、罗立群一起去医院看望王纯才，他在篮球比赛中摔断了腿，已经治疗一个多月。我们将挂着拐棍的他拖出来，在新市口的一家小饭店里花五元钱点了三菜一汤和一瓶"弋江大曲"，举杯痛饮，祝福他早日恢复健康。

　　1970 年代末和 1980 年代初，中国正处在百废待兴时期，进入文化复兴的时代。那几年的校园生活充满了生机，使人感觉太阳每一天都是新的。许多曾经被禁的书刊、电影又重新开放，我们怀着激动的心情看了法国影片《红与黑》和《巴黎圣母院》。交谊舞刚刚恢复，校园里荡漾着歌声，我们还自编自演了独幕话剧《心灵之歌》，控诉

"四人帮"的倒行逆施和人民的抗议，至今我还保存着这个独幕剧的油印说明书和剧照。许多新思想新思潮涌进校园：萨特的存在主义，关于实践是检验真理唯一标准的讨论等。我们举行话剧《雷雨》的讨论，筹备编印小报《启蒙者》，我们积极参加各种比赛，我的散文《蓝色的梦》在首届安徽大学生作文比赛中获优秀奖。

1977 年，中国的冬天是温暖的。中断 12 年的高考制度得以恢复，如冬雷惊笋，如春风绿岸，一代人的命运发生巨大变化。全国有 570 万青年参加了这次划时代的高考，最后只录取了 22 万人。30 年已经过去了，我们与共和国的命运一起沉浮，成为跨世纪的栋梁之材。但是，我们不会忘记正是邓小平这位伟大的历史巨人，以惊人的胆识，力挽狂澜，将我们这些曾经被淹埋在荒冢中的洁白石子——共和国真诚的儿女们，重新发掘出来，镶嵌在新时代大厦的廊柱上。

1977 年，党中央恢复高考的重大决策——尊重知识，尊重人才，正是 20 世纪中国历史性变革的契机与先声。

我们正是这段震撼人心的历史的见证人。（2007 年）

曾经同饮一江水

　　3月的杏花春雨，拂去北国的浮尘，一列轰隆南下的火车驶入华灯初上的大上海。我随如潮的人流出站，等候去远郊的公共汽车，寻访当年同在一个村插队的一位老同学，他现在已是一所大学的教授。

　　小街寂静，飘着丁香花的郁香。我向一位也是在等车的妇人问路，她大约40多岁，颀长的身材，一张挺秀气的脸，穿着一件淡绿色的风衣，手中的提包装着几本厚厚的书。看一眼就知道，她是那种风韵犹存的中年知识妇女。很巧，她也是去那所大学。她得知我是去看当年在一起插队的老同学，立刻有了一种亲近感："你是老插吧？"她问。

　　"是，"我说，接着又神秘一笑，"我如果没有猜错，你也是？"

　　她莞尔一笑，默认了。"文革"期间，上海有近百万知青下放到全国各地的农村和边疆，这个年龄的人，没有几个能够逃脱这种命运。

　　我问她当年下放在何处，她说在皖南宣城的东梅村，在那儿待了整整八年。

　　绝了，天下有这等巧事！因为我当年就下放在与她仅一江之隔的南陵县西梅村。美丽、澄碧的青弋江，使这两个村庄隔江相望，朝夕鸡犬相闻，两村的乡亲却不相往来，据说是因为江滩芦苇的归宿问题，两个村在历史上屡次发生械斗。

　　我经常去江滩放牛，任牛儿悠悠地去啃草、戏水，我则躺在堤坡上看书、睡觉，有时依在堤柳上唱俄罗斯民歌。我们经常看到对岸村庄几个女知青也在江边挑水、洗衣，听说她们刚从上海下放不久。我们挥动草帽向她们高声吆喝致意，有时她们也挥舞着手中的毛巾、手绢向我们致意。由于隔得太远，看不清她们的脸，想不到她就是她们中的一员。

　　我不胜感叹："我们曾经同饮一江水。"

　　"我们的豆蔻年华都留在那条江边了。"

　　"那年夏天有一个女知青淹死在青弋江里？"我问。

　　"她姓陶，那年才18岁。"她的双眼掠过一片阴云。

　　记得那一天，我们正在田里薅草，只听江堤上有人高喊："淹死人了！淹死人了！"我们扑上江堤，已经晚了，人早被水冲走，淹死的是一个上海女知青。时值7月，正是每年的汛期，小陶正在江边洗被子，当时洪峰像咆哮的野马奔泻而来，她一失手，被子被卷进漩流，她探身去抓，一脚踩空了搓衣的青石板，滑进了江中，再也没有露头。她的尸体被冲到十几里外下游的浅滩上。第三天她的父母从上海赶来，将她的遗体火化后，把骨灰带回上海。

　　几天后我们过河去看望她们，虽然互不相识，毕竟都是知青，安慰她们几句也是应该的。不料迎接我们的却是一把铁锁，她们陪那女孩的父母回上海去了。为了不虚此行，我们去江滩采了不少野花，编了一个花环献在她们的屋前。

往事令人黯然神伤……

我们等的车来了，我们没有去抢位子，而是并肩挨着窗户继续我们未尽的话题。

望着她忧伤的眼，我后悔不该重提这件旧事。

她浅浅一笑："多少年没想这件事了，难得你是风雨故人来。我现在只要一看写知青的书、电影、电视剧就想哭！"

我调侃道："昨天怎么能够忘记，所谓青春无悔，是以一代人的青春为代价的。我们是错位的一代，我们一直在追赶生活。"

她长长地叹了一口气："这不，一切刚刚安定下来，我们又快退休了。"

车驶过外滩，从黄浦江上吹来的风是温馨的。外滩的一边是大上海的辉煌的历史建筑，对岸的浦东，高耸入云的"东方明珠"，呈现大上海新时代的灿烂。30年前大上海将她的百万儿女撒向山寨、荒村、大漠——现在她又接纳了300多万外省的农民工建设浦东。这是两种截然不同的人口流向和劳动力转移，这是时代的进步。

公共汽车到了终点，我们应该告别了。她充满感情地说："我真想再回青弋江看看……"

我说："感谢你给我留下一个美好夜晚的回忆。"

我们轻轻握手道别，我望着她远去的背影，心想今后再也看不到她了，我们是萍水相逢的知音。

她姓什么，我不知道，她住在哪儿，我也不知道，但这并不重要。"相逢何必曾相识，同是天涯沦落人。"我们曾经同饮一江水，这就够了。(1994 年)

灯火阑珊处

　　这是一次老知青的聚会，在华丽的吊灯下一群鬓发染霜的中年人围坐在羊皮沙发上侃侃而谈，他们中有工程师、教授、企业家、记者、作家、政府官员，也有工人、护士、个体户。在今天的中国，不论你是副市长，还是摆地摊的，只要你是知青，立刻就有了一种亲近感，种种现实的差异消弭了，在这种场合下，每个人只有一种身份——知青。

　　会后的聚餐，大家的情绪达到高潮。我们开怀畅饮，为各种理由干杯：为我们昨天的"理想主义"和"英雄主义"，为当年的插队小组，为老乡们，为泥泞的村路，为雪地上的炊烟，为那些死去的、没有回来的伙伴，为我们年届不惑的皱纹，为我们曾经是早晨八九点钟的太阳而现在已成为下午三四点钟的太阳。我们打开卡拉OK，放声歌唱当年最喜欢的三首俄罗斯民歌《三套车》《喀秋莎》《小路》——这些歌忧伤、悲壮，当年它们宣泄了我们被窒息的理想和被压抑的爱情，今天重新歌唱它，仿佛又回到当年，许多人的泪珠儿滚落下来。

为了调整沉郁的气氛，几位女士跳起了那个年代流行的"洗衣舞"，顿时一种无忧无虑的欢快感染了每一个人。随着跳跃的节拍，男子汉们为她们击掌、吆喝，那几位韶华已逝的女士扭动腰肢，仿佛又回到浪漫的少女时代。

我欣赏着她们的舞姿，又回忆起 20 多年前的情景来。那年，县里举行文艺调演，这成为那个小城盛大的节日，各公社代表队都带来了精彩的节目，最出众的是全部由知青组成的奎湖公社文艺宣传队表演的"洗衣舞"，那表演藏族姑娘的女知青的舞姿倾倒全城。她在舞台上像一只黑色的精灵翩翩起舞，像春风中的柳枝，初升的新月，像一朵凝着一夜露珠儿的玫瑰。在观众暴风雨般的掌声中，她频频谢幕。演出结束后，我们去驻地看她。她才 19 岁，窈窕的身材，一双乌黑的大眼睛，一头栗黄色的长发，飘柔的刘海中有一缕白发，兴许是遗传吧。她的一颦一笑很美，身边经常围着几个男知青，我们称赞她是一位舞蹈演员的好胚子。1979 年知青大返城后，我们不知道她的去向，不知道她是否已经实现当舞蹈演员的愿望？

聚会散后，大家像流云般离去，融入都市的灯河车流人海中。我漫步在林荫道上，一天说了那么多的话，唱了那么多的歌，感到肚子饿了。我漫不经心地走进路边一家小吃店，这是家经营大众化面食的不起眼的小店，几张台子，顾客寥寥。我只要了一碗牛肉面。等了一会儿，一碗热气腾腾的牛肉面端上来了。站在我面前的是一位体态发福的中年妇人，当我一抬头与她的目光接触，我怔住了：这双眼睛是那么熟悉，满头栗黄色的长发挽在颈后，额前刘海里有一缕白发，这是她！那位当年跳"洗衣舞"的女知青，虽然岁月磨蚀了她的容貌，但是，那双眼睛依旧乌亮照人。她没有认出我，转身就走了。这一碗面难以下咽，我的思绪被定格在这一瞬间，很难将这位体态发福的妇人与20多年前跳"洗衣舞"的女知青联系在一起，她为什么没有成为舞蹈演员？这些年她的人生道路又经历了哪些风雨？我想转过身去和她聊聊，那一定是一段催人泪下的知青的命运故事，但是一想何必多此一举，那不是又搅动了她已经平静的生活？只见她坐在收银台前的椅子上，一边懒洋洋地嗑着瓜子，一边和同事叙家常。她们在抱怨物价的上涨，孩子学业的不用功，男人单位经济效益不好，下岗去做小生意又亏本，尽是些不如意的家事。她望着壁上的已经指向8点的钟，环顾店堂里食客可数，向同事说："快打烊了，赶回去还能搓几圈麻将。"说着系上白围裙去收拾桌上的碗筷。

一个保存在我记忆里20多年的美好形象就这样被击得粉碎！我逃似地离开那家小吃店，行走在街市的灯火中，顿觉深秋的夜有了一丝寒意，心情难以平静。岁月的风霜在她身上镂刻下如此反差的痕迹，这是一代人命运无法选择的尴尬。

我们人生的花季，都在那场史无前例的革命风暴中凋零了，命运列车将我们负载到人生"灯火阑珊"的境地，又面临着许多苦恼与困惑，每走一步都比别人艰难，但是仍然往前走，虽然我们已不年轻。(1997年)

第二辑——杜鹃声中多少山

上海知青老金

　　我和老金是 26 年前相识的，当时我俩都在皖南的南陵县插队。我是芜湖知青，他是上海知青。我们是在县文化馆举办的工农兵文艺创作学习班上认识的。我写散文、小说，他画国画，碰巧的是我们都是老高三，年龄和经历相同，这样便有了许多共同的语言。我一直在做文学梦，他的志向是当一个画家。但"文革"的狂澜将这一切撞得粉碎，我们被命运抛弃到这个以前连名字都没听说过的贫穷山乡来，于是便有了一种"天涯孤旅逢知己"的感慨，从此引为知音，无话不谈。老金戴着一副深度眼镜，不善言辞，他总是在静静地听你说话，镜片后的目光流露出善良与诚恳。他的家在上海南市区的人民路，与老城隍庙仅隔着一条街，他的弟弟在皖北的定远县插队，那是一个更加贫瘠的地方。

　　创作学习班结束后，我们相约经常通信。当时我们都是民办教师，他来信约我有空去他那儿做客，他在那儿很孤独。恰好学校放春忙假，秧栽完了，有两天空闲，我便步行40多里去看老金。春雨淅沥，崎岖山路一片泥泞，又湿又滑，等我赶到他所在的家时，已近黄昏。放牛娃告诉我，老金就住在大队部旁边的一间土坯屋里，但门锁着，显然他还没收工。等天色渐黑了，才见老金头戴斗笠，披着蓑衣，两腿泥水回来，他非常高兴地握住我的手。他今天干的活是犁田，由于生产队耕牛在冬天冻死了两头，只好靠人拉犁，春寒料峭，双脚泡在刺骨的水田里，犁头牵上很粗的麻绳，一个人在前面背着绳，躬着腰，拼命地往前拽，一位老农在后扶犁，吶喊着号子，一趟趟来回犁田。我见他又饥又乏，便反客为主，在土灶上烧水让他烫脚，接着淘米煮饭。我正愁没菜下饭，他狡黠一笑："我知道你今天要来，早准备了。"他在一个煤油炉上用黄豆炖腊肉，不一会儿，又冷又潮的茅屋里弥漫着一股暖意和腊肉香味，灶膛跳跃的火舌映红了我们的脸。屋外风声、雨声一阵阵紧，滚动着霹雳炸响的春雷，我们躺在被窝里，在一盏如豆的油灯下，交谈故乡和亲人的近况，展望前程，顿感茫然无望，觉得也许要在这穷山村待一辈子，只能长吁短叹。

　　雨过天晴，第二天一早，白花花的阳光撒进茅屋，我们草草吃了早饭，准备去县城逛逛，顺便打听一下招工的消息。正要出发，两个农民气喘吁吁赶来，原来邻队一位老汉死了，要摆灵堂办丧事，可这老汉一生没有照过相片，他的两个儿子只好跑了几里路，央求老金为老汉画一张遗像。我们匆匆赶去，一家人哭天嚎地，见我们去，闪出一条道。老金让他们把死者扶坐起来，两手垂着，身后垫了一床棉被以防倒下，老金以最快速度用铅笔画好人物肖像，但死人是闭眼的，眼睛不能空着，我问："你们家里人谁像大爷?"他的一个儿子立刻站出来，老金让他坐好，照着他的双眼模样，给老汉补上。这幅人像画得很逼真，全家人称老金是神笔，将人画活了，非常感激他，非留我们吃午饭，临走还送了 20 个煮熟的鸡蛋，老金不肯收，那一家人说非收不可，这是当地的乡俗。

第二年秋天，老金利用国庆放假，专程来看我，那是一个秋风送爽的日子。

老金在煤油灯下为我画素描肖像。我们去青弋江边散步，听江涛声，观江上浮动的捕鱼小船的灯火。第二天我陪老金乘渡船去对岸的西河镇写生，虽一江之隔，却分属两个县，西河镇属宣城县，一条青石板小路，大堤上农贸市场非常热闹，我们站在街口，开始聚精会神地画小街两旁粉墙黛瓦的民居，不料镇上的治安人员将我们请进派出所，几个人轮番地盘问我们，原来他们怀疑我们在搞"特务活动"。我们反复解释这是画画儿写生，老金甚至拿出他发表在《安徽红小兵》画报上的作品，这些人才相信了，然后客客气气地将我们送出门，至今想起，仍令人忍俊不禁。为了不虚此行，我陪老金在西河小街上画了许多速写，光屁股的孩子，在屋檐下晒太阳瞌睡的老汉，丰腴的袒胸露怀喂奶的农妇，理发摊上的剃头匠……充满着浓郁的泥土气息，老金至今仍珍藏着这些当年的杰作。

我们在文艺创作上也相互鼓励，1973 年我写的第一个短篇小说《信》被收进安徽人民出版社的短篇小说集《青戈江畔》，今天看来是稚嫩可笑的作品。老金的国画《老贫农说村史》也参加了省美展和上海市上山下乡知青美展。

我和老金的知青生涯都是在 1975 年结束的，我们都已在农村苦熬了多年，早盼晚盼，总算赶在而立之年被招工上调了。我以落实独生子女政策被招工到芜湖市一个街道办的日用化工厂当工人，老金则被留在南陵县城，成为县化肥厂的一名钳工，那一年我们都已 28 岁。第一年拿的学徒工资月薪 18 元，就这我们已很满足。

第二年春天，老金来芜湖出差，在老城区一条深巷里寻到我工作的那家小厂，在锯木屑横飞的木工车间看见我围着皮围腰戴着大口罩，扛着长木板在飞速转动的盘锯下操作，不胜感慨："这工种太危险，委屈了你这位秀才，大材小用。"我关上电闸和他聊了一会儿，百无聊赖道："慢慢来嘛。"他见我的工作台上放着几本陈旧的数理化课本，便问："准备考大学？"我朝他点点头，告诉他巨大的历史变革即将到来，我们都要作好准备。

果然在那年冬天，"文革"后恢复高考制度，我参加了高考，费了不少周折终于被一所师范学院录取，挤上了最后一班车。老金来信讲工厂说他超龄，不让他报名，并让他不要消极工作，要经得起组织考验。这时老金正好是入党预备期，只得服从组织安排。从那以后，我们一直保持通信，断断续续传来他的一些消息：他入党了；他当了工段长了；他结婚了，妻子姓梅，也是位上海女知青，曾经和我下放在同一个公社，在我的印象中她很朴实，木讷，不像许多上海女知青嗲里嗲气的，和老金是很般配的一对；以后又听说老金当上了省人大代表，我知道他是苦干出来的，我为他高兴。

1980 年代初我从安徽调到武汉工作，从此就和老金失去了联系。岁月如梭，15 年过去了，1995 年我重返第二故乡南陵，专程寻到县化肥厂去看老金。这家厂的书记、厂长都是当年和我在一起插队的知青，他们告诉我老金调到芜湖市一家光学仪器厂，妻子也随他调到郊区一所小学任教。我因行色匆匆，返程中抽不出时间去看他，于是便按别人给的地址给他写了封信。很快，他就回信了，叙述着 20 年来的人生沧桑。他告诉我，他有一个儿子，已经 15 岁了，从小就寄养在上海，户口也在上海，由他母亲抚养大，每年春节，夫妻俩去上海探亲，才能与儿子相聚。这些年来一直觉得欠孩子的亲情债，他打算提前退休，回上海去陪儿子，同时辅导他的功课，好让儿子考上大学。

1998 年是知青上山下乡 30 周年纪念，我主编了一本中国知青纪实文集《沧桑人生》，向全国各地知青征稿，我也给老金寄去一封征稿信。两个月后，我才收到他的回信及一篇题为《我这三十年》的文章，信是从上海寄来的，那家光学仪器厂早已资不抵债，职工大多下岗。他已在 1996 年办理了内退手续，回到上海，他们一家三口住在原先的老宅里，只有 14 平方米，又挤又暗。一位中学老同学替老金在虹口区一个学校办的广告公司里谋了一份差事，妻子做家务，照顾儿子上学。随信还寄来他们的"全家福"照片，是在西郊公园的合影。照片上年近五旬的老金，岁月已磨损了他的青春。命运轮回，30 年后又转回到原先生活的起点，那条他熟悉的里弄和石库门老宅以及灰色的砖墙在夕阳下更显衰老，但他们还是幸运的，一家人总算有了一个遮风避雨的巢，他们的生活将重新开始，儿子的前程是他们的希望。

秋天，我主编的《沧桑人生》终于出版了，我准备将还散发着油墨味的样书给老金寄去，这一天我却收到老金的信，仅半页纸，十几行字，读罢我被震慑住了，眼泪不由滚出来。老金沉痛地告诉我，他的儿子死了，他是从姑妈家九层楼阳台上跳下摔死的，他刚 18 岁，再过两个月就要参加高考。老金是在悲痛欲绝中写了这封信，没说儿子的死因。

　　命运对老金夫妇太残酷了，我不知该用什么样的语言安慰他们才好？他家没装电话，于是，我立即拨通闸北区教育学院的刘志宣教授的电话，他是我的中学同学，我委托他，立即代表我到老金家去抚慰，希望他们节哀，不要趴下，勇敢地面对现实。第二天，刘志宣就来电话，他送去一个盛满白玉兰花的花篮，见到老金两口子，他们还没有从悲痛中恢复过来，尤其是孩子的母亲，终日以泪洗面、茶饭不思。他还告知我，孩子的死因，是由于儿子自小寄养祖母家，得不到父母的亲情，所以性格孤僻、内向，也很懦弱，学习成绩也不理想，经常受到校内一些坏孩子的欺侮，回来也不愿告诉家长，天长日久便形成精神忧郁症，再加上高考临近，思想负担愈重。那一天是双休日，他们去姑妈家团聚，一家人在厨房、客厅里忙。孩子一人在后阳台，唤他来吃饭，阳台上没了人，俯身往下望只见楼下黑压压的人在喊："谁家孩子跳楼了？"老金夫妇及孩子的奶奶当即昏倒。志宣告诉我："知青子女"一直是上海市的一个社会问题。"文革"期间有近百万知青在外地农村和农场插队，1979年知青大返城狂潮中，大部分知青返沪了，但仍有20多万知青因在当地就业不能返沪，上海市政府制定政策，允许知青子女可以返沪，于是这些返沪的知青子女寄住在亲戚家里，因住房狭小等原因，这些孩子和监护人及其家中人难以相处。父母遥在边疆或外地，得不到亲情的呵护，因此，这些孩子的性格普遍孤僻不合群，形成上海滩特有的"知青子女"社会现象。共青团上海市委曾为此组织过社会调查和座谈。

　　1999年夏天，我去上海开会，经友人安排下榻在黄浦江十六埠码头的一座大饭店里，这里离刚改造的上海城隍庙老街很近。晚上，我顺着林荫道去寻老金住的那条弄堂，这是沪西的老城区，大上海的旧城改造工程还没进展到这里，在一条幽静的弄堂口几个正在喝茶纳凉的老人告诉我，老金就住在二号背面门栋的二楼。这是一栋陈旧的老房子，楼梯口有一妇人在煤炉上煮粥，那模样我可依稀辨认出是老金的妻子小梅，但她已认不出我，她说老金就在楼上。我上了楼，只见老金赤膊仅穿着一条裤头在清扫冰箱，屋子又矮又暗，没有空调，极其闷热。老金见是我来访，又惊又喜，忙着给我倒冷饮。我环睹斗室，有限的空间被陈旧的家具、电器挤得满满的，屋角有一个小书柜，上面立着他儿子的遗像，儿子单纯的目光凝视着我们，老友久别重逢的欢乐气氛立刻凝固住了，有了一种令人尴尬的沉寂。我故意岔开话头。屋子另一头是一个小小的客厅，上面搭着暗楼。老金告诉我，阁楼上住着他弟弟一家三口，他们是去年办理内退从合肥回到上海的，暂住在此等寻到房子再搬出去。我知道，近年上海差不多有十多万在外地的上海老知青因他们的子女户口已落在上海，便纷纷提前内退回沪，以子女为依托，在故乡寻个归宿，有的还设法谋个饭碗在上海重新就业。

征得女主人的同意，我把老金拖到我住的宾馆里，在凉爽的中央空调中彻夜长谈。窗外就是浦东恢宏的"东方明珠"灿如白昼的灯火，夜上海像一个满身珠光宝气的贵妇人展现了她迷人的魅力，在林立高楼大厦的影子后面，在那些仍然数不清的陈旧石库门弄堂的屋檐下还蛰居着多少像老金夫妇这样的寻常人家。他们依旧为衣食起居而忧，他们都曾是社会的弃儿，他们辉煌的青春梦都失落在遥远的穷乡僻壤、草原、荒漠。30 年后，人到中年的他们满脸沧桑，重返曾生养的故土，30 年前这座东方最大的城市曾因他们的离去而骤然冷寂，今天，她又以冷峻陌生的目光迎接他们。

　　老金惨然地说，他现在最惧怕的是回到曾生活过多年的第二故乡，他不敢面对父老乡亲们的关切询问："你的儿子好吗?"他们都知道他有一个英俊可爱的儿子，他没有勇气去回答。老金现在最大的愿望是挨到 60 岁，就可以办理正式的退休手续了，不仅可以拿到一份稳定的退休金足以糊口，另外，根据上海市的政策，还可在上海市申请购房，因为那条老街明年就要拆迁了。那时，老金夫妇将以返沪老知青的名义在上海再次获得正式的居住权。

　　老金将一辈子摆脱不掉知青生涯的影子。在大上海，他仅仅是几十万同类中的一个。(1999 年)

雨 中 的 荷

　　我和荷是高中同学，她是从淮河边一个小镇考入我
们这所省重点中学的。我认识她，正是报到入学那一
天，在校门口，她向我问路，原来我们同班，她名字叫
荷。她高挑的身材，穿一件袖口镶青边的月白色长裙，
一头栗色长发披在肩后，一双大而深沉的眸子。我帮她
提行李去女生寝室，与她并肩而行，我心里萌生一种感
觉，她太像戴望舒的《雨巷》中，那个结着丁香一样
淡淡忧伤的姑娘。

　　听说荷的家庭历史复杂，但她的功课门门优秀。她
文静少言，酷爱读书和弹拨月琴，她是那种典型的受书
香家风熏染、气质典雅的女子。班上几个男生，包括我
在内立刻喜欢上了她，但只藏在心里，从不表露，因为
当时班上男女生之间很少讲话，课桌中间画了一条
横线。

　　这种男女界线很快就突破了。1965 年新年晚会上，
我们高二（1）班演出的四幕话剧《小城初晓》一鸣惊

人。这剧是我编的，16 岁高中生的幼稚之作，现在看起来极可笑，它反映的是"五四"时期曾发生在这座小城的学生罢课、工人罢工的故事。男主角，一位工人领袖由我们班长鲍世砚担任，女主角，一位返乡的北京大学女生当然由全班最出众的女生荷担任。他俩在台上配合默契，无论是表演和道白都很出色，这台戏大获成功，夺走了全校唯一的创作奖和演出奖。

很快就有了闲言碎语：世砚和荷在谈恋爱。这在中学生中是禁止的。他俩早读前常在校园一角的杨树林里背诵英语，有人在星期天看见他俩在逛大街。我们听后除了有点嫉妒，并不觉得奇怪，倒觉得他俩很般配。世砚一表人才，人长得帅，成绩好，又会写一手潇洒飘逸的"米宫体"草书。他和外公外婆生活在一起，外公是原国民党的一位将军，1949 年在川西参加了潘文华、刘文辉部的和平起义，现在是省参事室的参事，过着一种衣食无忧的闲居生活。世砚的父母都在胡宗南部队供职，1949 年去了海外，一直杳无音信。

1966 年夏，文化大革命开始了，学校停课，红卫兵先是破四旧、抄家，接着批斗校长、老师，以后又开始学生斗学生。校园里出现"鲍世砚和荷是地主阶级孝子贤孙，是走白专道路的修正主义苗子"的大字报。他俩也不去辩驳，谁叫他们家庭出身不好呢？隔了几天，由几个高干子弟组成的"赤血团"又贴出"看看大叛徒女儿荷的真面貌"的大字报，吓得荷不敢出女生寝室一步。一个暴雨夜，一个裹着黄色军雨衣的男人叩开荷的房门——他是世砚，他冒着危险给荷通风报信，让她赶快逃走，因为第二天"赤血团"就要揪荷游斗校园，说荷的父亲是新中国成立前出卖党组织的大叛徒。惊惶的荷随世砚翻过校园围墙，冒雨直奔火车站，她回淮北家中避难去了。

第二天，"赤血团"几个干将去揪斗荷，扑了一个空，知道是世砚通风报信，便将他狠揍了一顿，关了两天"牛棚"，因为世砚的外公——那位德高望重的"老参事"作为国民党的残渣余孽已被揪斗，世砚顺理成章地成了"狗崽子"。

秋天，校园内的争斗暂时趋于平静，"赤血团"干将们忙于杀向社会夺权。11 月，荷回到一片寂静的校园，终日无所事事，世砚和我等几个"逍遥派"商量成立一个"向太阳"徒步长征队去北京见毛主席，荷成了我们中的一员。我们沿着与津浦线平行的公路向北进发，日行百里，风餐露宿，广泛地接触了社会和人民，彼此间没有政治歧视，心情轻松愉快。我们从蚌埠过淮河，往前走正好路过荷的家乡——炉桥镇，在镇小学里，我们见到了荷的母亲，一个年近 50 仍风韵犹存的知识妇女，言谈举止显露出一种大家闺秀的气韵，荷的长相极像其母，尤其是那双大而深沉的眼睛。荷的母亲简述了她家的经历。荷的父亲是喝淮河水长大的，1941 年去上海考上立信会计学校，当时正值太平洋战争后，上海正处于孤岛时期，他在沪参加了地下党组织，是沪西地下党机关的机要员。1943 年由于叛徒出卖，不少地下党组织遭到破坏，一天他奉上级指令，通知一些同志去开会，他在去会议地点途中，恰恰被一辆疾驰的日本军车撞伤，即刻送到医院治伤，不料那天去开会的人全部被捕，唯独他一人幸免，因此很多人怀疑他出卖了这些同志，党内所有人都和他掐断了联系，他成了一只失群的孤雁。在上海呆不下去，他便带着身怀六甲的妻子回到淮河边老家，在炉桥一家商行谋了份账房的差事糊口。荷的母亲是苏州一户穷困潦倒书香人家的小姐，眉清目秀，擅弹月琴，因此被聘为一所小学的音乐教员。1955 年荷的父亲因这段说不清的历史被捕，送去劳改，

1962 年在苏北某盐场一场大火中丧生。荷遂与她母亲相依为命。

我们的长征队继续北行，到了山东境内的潍县，由于受了风寒，世砚病倒了，不能前行，大伙决定在此休整两日。我们去附近学校进行革命串联，留下荷照料正在发高烧的世砚。她为他煮姜汤，缝补衣裤鞋袜，晚上我们回接待站看见躺在地铺上的世砚，一张苍白的脸半卧在荷怀里，我们知趣地退出来，看来他俩的感情已经很深。

1968 年学校开始复课闹革命，到年底全体毕业生响应毛泽东的号召上山下乡，插队落户。荷别无选择地被分到淮北农村，世砚被安置到皖南泾县的大坑村插队。他俩劳燕分飞，黯然神伤，挥泪告别。世砚将荷送上北去的火车，叮嘱她："你先去淮北，以后转点到皖南来，我等着你。"

我们插队的大坑村，山清水秀，民风淳朴，是个茶区，粮食由政府按计划供应，农民生活上过得去。世砚很快收到荷的来信，她叙述淮北农村的种种艰苦：土坯墙，土坯搭的炕，只有一张桌子是木头的，缺水，农民的收成靠天收，一个工不值一毛钱。她希望尽快转点到皖南来。

世砚和我很快为荷办妥了当地政府的知青转点接收证。世砚立刻兴奋地给荷回信，让她正月十五南下看看，再办户口迁移手续。他扳着指头掐算荷来临的日子，甚至还为她腾出一间空房，打扫得干干净净。

谁知天有不测风云，正月十三的晌午，从县里来了三个公安人员将正在地里干活的世砚铐走了，不容他辩解，押上了吉普车。

第二天，大队书记告诉我，世砚犯了现行反革命罪。去年夏天在世砚外公居住的那个地段，发现了几张恶毒攻击文化大革命的反动标语，是草体书写的，被列为省城大案，经过几个月侦查，笔迹鉴定，确认是世砚写的，现将他关押在省城大牢里。

一连几日，我们焦急不安，荷偏偏这时在我们班女同学孔蓉的陪同下来到大坑。我们只能如实相告。荷顿时脸色苍白，瘫软在椅子上。转点的事甭提了，荷急于想见世砚一面，仅住了一宿，她们就往省城赶。世砚的外公闻听世砚被捕便中风在床，荷暂时就住在孔蓉家。她一趟趟去公安、检察部门打听世砚的下落，得到的回答都是冷冰冰的"不知道"。她每天一早满怀希望出去，傍晚颓然而归。孔蓉一家人都劝慰荷不要焦虑，是非曲直总会弄清楚，但荷心事重重，刚几天人便消瘦了许多。当时孔蓉的大哥孔凯，一位正在军垦农场锻炼的工业大学"老五届"毕业生，获准正在家养病，治疗肺结核，他学识渊博，以古今中外先贤圣哲"生于忧患"的遭遇开导她。相处时间虽然不长，但孔凯被荷的一片痴情和超凡脱俗的气质征服了，他也爱上了荷。一天他悄悄地对孔蓉说："我理想中的爱人，便是像荷这样的女子，不知她是否愿意和我建立这种关系？"孔蓉嗔怪大哥："荷正处在困难中，你怎能乘人之危？"孔凯知道此时不该道出这番心事，但心中越发对荷痴迷起来，寻各种理由找荷说话，荷并不知内情，孔蓉眼看大哥的失态窘状，只得催荷快快回淮北去，世砚一有消息便通知她。荷离去后，孔凯如丢了魂似的焦躁不安，数日，病情又加重了，住院治疗好一阵子才平静下来。20多年后，已担任某工业大学副校长的孔凯教授评价荷是他青年时代最中意的女子，是他的梦中情人，他说荷是那种能叫绝大多数男人怦然心动的女人。

世砚被关押两个月后，获准可以给家中写信。他就给荷写了封信，寥寥数语，意思是自己身陷囹圄，不愿祸及她，不要再等他了。

荷接信后失声痛哭，信誓旦旦说她要一直等他。她的泪水将那几页信纸弄湿了一大片。她翘首期待他的回信，但一直没有回音，以后她按那关押地址又写了几封信，都原封不动地被退回来，她猜也许是世砚关押的地点变了。

荷一直不死心，她期待着突然有一天，世砚会突然出现在她面前，正如俄国画家列宾那幅油画《归来》一样，一个在西伯利亚流放多年的十二月党人，突然回到家中，在家中引起惊喜。

三年过去了，依旧没有世砚的消息，这已经是1974年了，荷已经是26岁的老姑娘了，她因父亲那段说不清的历史仍然没有被抽调回城。因为她劳动表现好，人缘好，每一次招工、招生，贫下中农都推荐了她，可是到了县里，政审这道关总通不过。她连"可以教育好的子女"这个名分都沾不上，因为这名分主要是指原先的当权派的子女，而她是历史反革命、叛徒的女儿，只能打入另册。整个大队20多名知青几乎走光了，只剩下她一人。菩萨心肠的公社五七干事与书记商量，他们觉得让一个大姑娘孤零零地一个人呆在村里会出问题，荷有文化，表现又好，决定安排她到公社中学代课，于是荷便成了汴集公社中学的一名民办教师，月薪24元，荷的生活境遇有了很大改善。

荷的遭遇获得许多人的同情，她清纯高雅的气质也使周围一些男人怦然心动，有同校的青年教师，供销社和粮站的干部，也有邻村的复员军人，他们以各种机会和荷接近，有的是托人提亲，有的直接向她坦露心迹，但都被荷一次次婉言拒之门外。她不仅仅想到自己的身份仍是一名知青，不知何年何月才能抽调上去，更重要的是她心中仍只有世砚，这个才华横溢、英俊伟岸的男人令她魂牵梦萦，她还在等他。

这时，一双淫邪的眼睛暗中盯上了她，这就是公社副主任、武装部长陶金虎，此人五大三粗，道德品质坏，当地农民送他一个绰号"花部长"，他常借下乡检查工作之机，走村串户，趁男主人下地出工，调戏那些稍有些姿色的妇女。荷对此人的道行知之甚少。学校放农忙假的一天，陶部长让代课教师荷随她一同去柿坝村检查抗旱补苗的进度。刚上路，他还挺斯文，夸奖荷表现好，是知青的榜样。翻上一个小山坡，他就对荷嬉皮笑脸，动手动脚起来。荷一身正气，呵斥他放正经点，这时他原形毕露，强行将荷拖进坡下的青纱帐里，按在地上剥她的上衣。荷大喊救命，竭力反抗，抓破这家伙的脸，正好有两个下地的农民路过这里，闻声赶来，那禽兽企图未逞，钻进玉米地深处跑了。被扯碎上衣的荷回公社向书记哭诉了经过，经过一番调查后，公社给"花部长"一个党内警告处分，调到另一个公社当水利干事去了。这件事，对荷刺激太大，她更郁郁寡欢了。

1975年春天，久未联系的孔蓉突然给她来信，这时孔蓉已招工到县化肥厂当了检验员。她告诉荷一个不好的消息：鲍世砚已在前年出狱，因为他一直不服罪，说那些标语根本不是他写的。这时各方面政策有所松动，上面对他的案件重新审查，认为当初公安部门的笔迹鉴定不实，证据不足，应予释放，临出狱前还教训了他一顿："当初抓你没有错，现在放你也没错，回农村去好好接受贫下中农再教育。"世砚回到皖南大坑，不久便与当地一个富农的女儿结了婚，只能在农村干一辈子了。孔蓉在信中最后说本不该告诉你这些，只是想让你尽快断了那段痴情，重新安排自己的生活……信还没有读完，荷像被雷击电劈一般，天旋地转。命运对自己太残酷了，世砚，你好狠心，你害得我好苦，六年来多少个日日夜夜相思苦恋如竹篮打水，你即使有什么隐情，也应该给我一封信呀！这难道就是不可捉摸的命运？

这场晴天霹雳使荷一下子衰老了许多，眼角有了明显的鱼尾纹。她请了两天病假，把自己关在小屋子里，不思饮食，望着头顶上的瓦脊发愣。第三天她强作欢颜，去给学生上课。但她从此不愿与人接触，更少言语，天一黑，她便关上门在灯下备课、读书，或弹拨月琴。夜深人静，月白风清，校园里传来她的月琴乐曲声，柔弱处像风中的芦苇，呜咽处似林中的落叶，愤懑处如奔腾的江河……

辛地就是在荷情绪处于低谷时，走进她的生活的。辛地是汴集附近驻军一所仓库的助理员，他是山西晋南人，一个农民的儿子。他们是在县城新华书店认识的。那是一个假日，荷去书店为学生买几本新华字典，然后浏览起那些文学书籍，书店里顾客寥寥，一个30来岁的军人也在专注地读那些书，已经是下午四点钟，偌大一个书店只剩下他和荷，一直在打瞌睡的女店员不耐烦了："四点了，快关门了。"这两个人才怏怏离去。他们素不相识，各走各的路，不料他们去的是同一个方向，都是去县车站，他俩买的都是每天最后一班去汴集的班车票，又是联号，俩人同一座位，这两个陌生人觉得有趣，不由莞尔相视一笑。荷打量这位军人，虽穿着军装，却没有军人的英武，他脸庞白皙，五官端正，倒像一位白面书生。他们随意搭讪起来，军人自我介绍姓辛，是汴集驻军仓库的，他很有礼貌地说："如果我没有猜错，你一定是位下放知青。"因为荷的穿着、举止、口音与当地女子迥然不同。荷立刻对他有了好感，车到汴集，两人互留了地址就匆匆分手了。

荷根本没有料到，下一个星期天，辛地一大早就骑着一辆自行车找到学校来，手中提个网兜，兜里有当时紧缺的肥皂、白糖、几个食品罐头，还有一本内部发行的苏联小说《多雪的冬天》。刚开始，荷还有一点拘谨，话匣子一打开，她便对辛地有一种一见如故的感觉。辛地坦诚地介绍了自己的经历：初中文化程度，1970年入伍，三年后回乡探亲，经父母做主，娶邻村一个姑娘为妻。前年春天，他妻子因半夜难产，山区医疗条件差，连夜抬到县医院，她已断了气，孩子也夭折了。前些日子，家里人催他回来再娶一门亲，他不愿意，一直不回去，因为他已是正连职，再干几年转业，婚姻大事不能马虎，一定要娶一个有文化的。辛地对荷的现状很同情，他说在县委有能说话算数的熟人，答应帮她想办法。

中午荷执意留辛地吃午饭。荷从镇上买来鸡蛋挂面，在煤油炉上用辛地带来的罐头做了两个菜，饭菜简单，可两人吃得津津有味，像是多年不见的老同学的久别重逢。直到日头偏西，辛地才恋恋不舍地离去。这一晚，荷特别兴奋，脸上一片红润。

过了几天，邮差送来辛地的一封信，上面写着滚烫的句子："我第一眼看到你，就有一种预感，上帝把我梦中的天使送来了，这兴许就是人们常说的缘分。"

在那以后的几个星期天，荷一直在期待辛地来，但他都没来，荷能理解，部队军纪严。又一个假日，辛地不期而至，并带给荷一个好消息：他去县城找到他原来的顶头上司，也是晋南老乡，顶头上司现转业担任县委副书记，正好分管知青和文教工作。辛说荷是自己的女朋友，请他帮忙。副书记说正好最近要在民办教师中转正一批。一个月后，县教育局果然将荷列入民办教师转正名单中，于是荷就成了汴集中学一名国家编制的教师，从此结束了知青生涯。她非常感激辛地，是这个男人彻底改变了她的生活，将她从屈辱与黑暗中拯救出来。她决定以身相许报答他，在一个晚上，她将自己的贞操献给了这个侠骨义肠的军人。

三个月后，荷便有了妊娠反应，已服役八年的辛地向部队提出退伍转业的要求。1977年春节，他获准转业，恰好放寒假，辛地带着已有几个月身孕的荷，千里迢迢回到晋南那个山村。辛地的父母、乡邻看到他带回这么漂亮的城里媳妇，乐得合不拢嘴，立刻为他们操办了婚事。辛地不久就被安排到辛堡区卫生院任副院长。年后，荷返回南方，很快办妥了调动手续，安排在辛堡镇小学任教。那年夏天，荷便临产，生了个女儿，取名为莲。

一直到1996年夏天，我和几个同学发起了"30年再相会"的校友聚会，当年高三（1）班老同学在阔别30年后重返省城的母校相聚，当年全班44人，几乎来了一大半，但世砚和荷这对"才子佳人"却没有来。我们都去问孔蓉，因为这些年，只有她和他俩还保持一点联系。孔蓉说，当年世砚从大牢里放出来，当地公安机关仍将他作为"内控"人员监视，他为了不牵累荷，狠心斩断情丝，和当地一位知书达理的富农的女儿成了家，过起了与世无争的农民生活。1981年，失去多年联系的父母借道香港从台湾来国内寻子，省城的"老参事"外公早已故世，他们寻到皖南大坑，父母抱着和农民模样差不多的儿子抱头痛哭。世砚父母早已退出军界经商，并于1980年移居美国西部的俄勒冈州。经与省外事部门联系，一年后他们为世砚一家三口办妥护照，他们又成了美国公民。世砚现在是洛杉矶一家大广告公司的总裁，他很怀念故土和高中的同学们，尤其是荷——他魂牵梦萦的初恋情人。

我们最关心的事还是荷的近况。孔蓉叹了长长一口气说："荷是一个苦命的女人。"她叙述了荷去晋南后的经历。

荷随辛地在晋南过了几年平静舒心的日子。1984 年由于辛地工作出色，显露了出众的组织才能，县委提拔他为蒲寨区委书记，那是一个偏远的穷山区，县委是有意识地让他锻炼几年，再进县委班子。辛地不负县委厚望，很快就在计划生育和林特产开发上抓出成效，全地区的计划生育现场会便在蒲寨召开，他的仕途看好，辛地一个月回家一趟，总将她母女生活安排妥当了才走。

两年后，辛地就很少回家，有时二三个月才回去一趟。荷理解丈夫，开会、下乡、应酬忙得他不可开交，顾不上家了。天气渐冷，荷为丈夫编织了件羊绒衫，便在一个星期天乘车去蒲寨，亲自给辛地送去，事先也没打电话，荷要给丈夫一个意外的惊喜。车到蒲寨已是晌午，区委大院里空荡荡的，因为是星期天不办公，荷径直上了二楼，她轻轻推开辛地宿舍的门，她被眼前的一幕惊呆了，满脸红光、醉醺醺的丈夫正搂着一个赤裸着上身的妇人，他的脸就贴在那女人雪白滚圆的大奶子上。这是一个年轻的女人，她惊恐地跳起来，满面羞红，披上衬衣夺门而去。辛地见妻子不期而至，从醉态中惊醒过来，面带愧色，恳求正在嚎啕大哭的妻子原谅。他如实相告这女子叫汪芳，才25 岁，是区卫生院的医生，两个人的家都不在蒲寨，于是便好上了，快有一年光景，他求荷千万别声张出去，这一嚷，他的前程就完了。荷伤心地哭了一阵，望着辛地那副可怜样，念着辛地这些年对她的恩爱，念其初犯，便原谅了他，但有一个条件：向领导请求调动，尽快回到她和女儿身边。

第二年，县政府考虑到辛地的家庭困难，将他调到县商业局任副局长兼食品公司经理。荷也随夫调到县城在县二中任教。荷一边工作一边参加自学高考，终于拿到汉语言文学专业的大专文凭。辛地的工作很忙，除了出差下基层，基本上是泡在会议桌、酒桌、麻将桌上，经常喝得醉醺醺地回来。荷劝他不要被不良的社会风气熏染坏了，辛地不屑地说："现如今的官场风气就是这样，我能独善其身乎？"

荷感觉到与辛地之间有了隔膜，他已不再是那个酷爱读书、力求上进、侠骨义肠的辛地。她最担心的是丈夫千万不能再弄出什么风流绯闻来。一天荷将丈夫的风衣拿去洗，从口袋里落出两张信纸，是一个女人娟秀的钢笔字，满纸相思情，落款是汪芳。荷责问丈夫，怎么还和这女人藕断丝连？辛地满不在乎地说："不就是一封情书么？"

他俩感情交流越来越少，以后荷又听说辛地和一个屠宰户的寡妇在一起鬼混，这中年妇人有几分姿色，一双媚眼，曾多次上门来求辛地办理屠宰税减免，辛地当着荷的面，与这妇人眉来眼去。荷的心冰凉，辛地怎么这样不成器。荷过着以泪洗面的日子，她知道和辛地的缘分已尽。

以后又有人给荷打电话，说辛地在外面"量黄米"（即与卖淫女鬼混）。1991年冬天，已担任县商业局局长的辛地在邻县的一所宾馆里与一个土娼嫖宿被治安联防队捉住，媒体很快曝光，辛地被撤销职务，开除党籍。他的丑闻，使得妻子、女儿在这个县城里走路都抬不起头来。荷坚强起来，义无反顾地提出离婚。法院裁决他们离婚，并将女儿莲判给荷。1992年荷带着女儿回到淮北的炉桥镇，在镇高中任教，这是她的故乡。孔蓉最后说荷知道这次老同学的聚会，她不愿参加，她害怕这种热闹场面。

听了孔蓉的叙述，全场一片沉寂，几个女生呜咽起来，大家都为荷的不幸命运感伤。我们立即拨通越洋电话给世砚，把荷的遭遇告诉他，要他主动去关心荷，并告知他荷的电话号码。

我们又拨通了荷的电话，荷又惊又喜，我们推出几个代表，分别和荷说几句话，我们说："我们是你的兄弟姐妹，大家都在关心你，你要勇敢地往前走！"听筒那一边是荷哽咽的声音："谢谢你们……"

我们商量着尽快去看望荷，有人当即铺纸挥毫草书了一首辛弃疾的《卜算子·荷花》："红粉靓梳妆，翠盖低风雨。占断人间六月凉，期月鸳鸯浦。根底藕丝长，花里莲心苦。只为风流有许愁，更衬佳人步。"将这作为一件礼品送给荷。

半个小时后，世砚又打来越洋电话，他说刚才和荷通了20分钟电话，他很悲伤，为什么时代的种种不幸要加在荷这样一个弱女子身上，他自责自己，是他误了荷一辈子。他说明年就回大陆，他要去淮北投资，他要去看望荷。(1998年)

相拥秋风夕阳中

　　丁蓉天生丽质，一头乌发，雪肤皓齿，薄薄的嘴唇永远通红，像是抹了唇膏，在漓江边的那条深巷里，她是姿色最出众的姑娘，但街坊太婆们私下议论：这姑娘花容月貌，但唇红脸白，乃克夫之相，命不好。这宿命的流言也传到她耳中，但她不信，她认为这不过是那些满脸皱纹太婆们茶余饭后的闲言碎语，不值一提。

　　30年后，当人到中年的丁蓉怀着一颗伤痕累累的心，重返故里，她的高跟鞋踟躅踟在小巷青石板上，冥冥中感应到当年太婆们的克夫命的预言可怕地被验证了。此时的她风韵依旧、楚楚动人，可她已经做过三次寡妇，这也许是在劫难逃的命运。

　　她第一次结婚是在桂北山区一个侗族山寨插队时，她住在陈旧的吊脚楼里，每天的体力活繁重单调，精神空虚，看不到一点希望。这时她狂热地爱上一位比她大八岁的男人王哲，他是省城师范学院历史系讲师，因在"文革"中说了不少抨击社会现实的言论，被定为现行反革命，发配到此监督劳动，灾难与不幸根本无法磨灭他的信念，他独居的窝棚成了知青们的精神家园，他几箱的政治、历史、文学书籍成为知青们的最爱。王哲衣衫不整，蓄着长发，一副狂狷的落魄书生模样立刻征服了丁蓉的心。这个学识渊博、成熟而不幸的男人成了她心中仰慕的"当代英雄"。在一个雨后的黄昏，她去还小说《红与黑》时，那晚她没回来，在一弯初升的新月下，她羞涩地脱光了，将少女的贞操献给了这个男人。

半年后，丁蓉不顾父母反对和插友们的劝告，毅然嫁给了王哲。新婚之夜，这个倔强的男子汉伏在她的怀里放声痛哭，丁蓉似水柔情滋润着他那颗苦涩的心。又过了四个月，他们的儿子出世了，取名为萌萌。儿子刚学会叫妈妈、爸爸时，王哲便染上了急性肝炎，在缺医少药的侗寨，自然得不到及时治疗，他因严重的肝腹水而死去。临终前，王哲伸出浮肿得不像样子的手抚摸妻子的乌发说："好好地活着，嫁个好人，把萌萌培养成才。"

接下来的日子漫长而艰难，白天上山干活，她像侗寨妇女一样，用一个布兜把儿子背在身后，随时毫不羞涩地解开胸襟喂奶；日落收工，忙着提水烧饭。为防有人骚扰，天一黑，就闩上门哄儿子睡觉。更令她焦心的是，当年一同来的插队的知青们一个个地被招工回城了，而她作为已婚还拖着一个孩子的女知青已失去了招工资格。一直到1975年，为落实知青中的独生子女政策，她才被招工到县城，她是顶父亲的职，在织布厂当挡车工。

丁蓉虽较早生育，但体态很快恢复得依然像一个未婚女子，清纯可人，她在小巷进进出出，惹得男人们一个个回头相顾，她成了这条小巷的美人儿，父母托亲友们为她再物色一个合适的男人。一天，县工业局革委会一位副主任来织布厂视察，这位造反派起家的局领导从第一眼起就盯上了这个系着围裙的挡车女工，丁蓉俏丽的面孔，丰满的胸使他怦然心动。他是个未婚男子，当他获悉丁蓉也是单身时，喜出望外，很快让厂党支部书记做媒将她娶到手。

丁蓉一下子成了官太太，从父母那间低矮的平房搬进县委大院，住三室一厅，她的工作也从挡车工调整为检验员。然而好景不长，两年后在清查"四人帮"余党的运动中，这位靠打砸抢起家的副主任被定为"三种人"，被关押审查，并查明他是这个县城几次武斗的策划者之一，开枪打死过人，他自知罪责难逃，在一次被押到机械厂批斗时，趁看守不注意，跳楼自杀身亡。

丁蓉被轰出县委大院宿舍，一位"文革"中受迫害的副县长搬进那套三室一厅，她母子俩被赶到一间仓库改成的平房里。于是，她"命里克夫"的旧话又被街坊们重提，丁蓉已不在乎这些闲言，只要有儿子和她相依为命就行，萌萌成了她活下去的勇气。

寡妇门前是非多，何况她还不到 30 岁，姿色风韵依旧撩人。一些不三不四的男人找各种借口上门来骚扰她，甚至堵在路口对她动手动脚。有时她晒在屋外的裤头、奶罩也不翼而飞。她感到在黑夜中，在一个个角落里，一双双猥琐的眼睛在盯着她，莫名的恐惧包围着她。为了保护儿子，使自己能过上一种宁静的生活，丁蓉决定再嫁一次人，找一个可靠的有钱人来呵护自己。

这次她决定自己去物色意中人。此时已是 1985 年，市场开放了，她从织布厂离职，凭着自己对时装的兴趣和裁剪手艺想在城里开一家时装加工店。为了解市场行情，她经常光顾一家家个体时装店，与那些腰包已鼓起来的单身男人们有了交往。很快，一位从云南保山来的贩时装的老板看中了她，他人长得帅，生意做得精明且比她还小两岁，两人一见钟情。他对丁蓉如痴如醉，觉得一天见不到她，就感到茫然若失，丁蓉对他也含情脉脉，两人很快去街道办事处办了结婚手续。这个男人出手很大方，送她的礼物是临江的一套三居室，满屋进口的日本家电，他也喜欢萌萌。她开始帮第三任丈夫料理店里的生意，她的美貌与绝对时装行家的眼光博得了不同顾客的好感，时装店生意红火。但这种风光的日子过了不到一年，一天，一辆警车开到她楼下，几个刑警铐走了正在酣睡的丈夫。原来这个人背地里一直在贩毒，打着从南方进货的幌子，常深入到滇缅边界将"海洛因"分批量夹在时装等货物中，再转手给那些小毒贩，而丁蓉被蒙在鼓里不知道。他犯的是死罪，两个月后就被枪决了，并没收了全部财产。

　　丁蓉又一次成了寡妇，她诚惶诚恐彻夜难眠，她认命了，命中注定她将一个人在这世上活着，她再也不需要依靠男人了。为了养活儿子，为了自己能体面地做个女人，她决定带儿子从这个小县城消失。她去投奔在桂林的舅舅，发现这个以旅游业为支柱产业的城市，生意很好做，特别是像蜡染这种传统工艺品，中外游客都很喜欢。在舅舅的帮助下，她在漓江边租了间铺面，专门出售手工制作的蜡染壁挂和服装。她设计了许多古朴的蜡染布料的服装样式，并且现场表演单色蜡染工艺的全过程，让那些外国人看得眼花缭乱，对东方这一神秘奇特的工艺赞叹不已，都要买几件不同的蜡染工艺品带回去。她的铺面生意很好，很快就赚了钱。有一段时间，一位来自澳大利亚的中年画家经常光顾她的小店，欣赏她的制作与表演，建议她多设计一些有异国情调图案的窗帘、披巾，这样销路会更好。这位身材高大、满脸大胡子、会说汉语的澳大利亚画家迷上了这位风韵犹存的女老板，便向她求爱，要带她到悉尼去。丁蓉婉言谢绝了他的美意，因为她的生命之舟再也承载不了男女私情的风暴，她赠送他一批蜡染工艺品，只央求他办一件事，由他担保将儿子萌萌送到悉尼去上大学。这位画家很守信用，回国后很快为萌萌办理了留学手续。丁蓉花了很大一笔钱为萌萌办理了出入境手续，让儿子去悉尼一家私立语言学院读书。在广州白云机场，已经人高马大的儿子登机与她挥手告别时，她在候机厅里哭成一个泪人儿。儿子走了，她可以告慰九泉之下的第一个丈夫了，肩头担子轻了一大截。

当她回到桂林，对镜顾影自怜：那位面容渐显憔悴的妇人难道就是自己吗？这时她多想依偎在一个男人宽阔肩膀上去痛哭一场，但眼前是空荡荡的一片。她的生活又恢复常规，每天开店，设计图案，做生意，晚上关店门，很少外出，直到有一天，一位身着风衣的中年男人走进这家店铺。

那是一个深秋的下午，正是一年中来桂林旅游的人渐少的日子，暮色中一位身着米色风衣的男人漫不经心地踱进这家蜡染小店，店堂里没有一个顾客。

丁蓉对这个男人的出现并不在意，一位普通顾客罢了，也许他什么都不买，只是来消闲看看。这男人按顺序欣赏浏览壁上的一件件蜡染工艺品，他立刻被它们吸引住了：那些靛蓝色的花纹图案酷似一张张刀法娴熟的剪纸；那些人物造型混沌、朦胧，似人似兽又似神，浸染了南方巫文化的血性，他感知到这些作品倾诉了作者的思想感情。他时而贴近它们仔细观看，时而退后几步，远远打量，其观赏效果又胜一筹。丁蓉开始注意到这位不同寻常的顾客，显然这是一位懂行的艺术家。就在这一刹那，他和她的目光碰触到一起，相互对视。丁蓉这天穿的是纯黑羊毛衫，将她略显丰满的胸绷得紧紧的，黑发披肩，雪肤丹唇，她不施粉黛，她的微笑流露出一种让男人心弦飘摇的迷离。他的心跳加速了，这妇人成熟而慵懒的神情，像一阵秋风穿掠过他的心灵。这不正是自己朝思暮想寻找的那盏在孤寂中徘徊的灯火吗？似乎远在天涯却又近在眼前。

丁蓉看着他，瘦高的身材，一张粗犷的脸，像是北国大漠风沙雕刻出来的，浓黑的剑眉像草原上狂风刮不倒的芨芨草，更使她惊惶的是他的眼神充满了一种穿透力，这目光似乎像森林中的大火要将她焚化掉。他们默默对视差不多有两分钟，还是他先开口："这些作品都是你制作的？"

"嗯，是。"她像一只温顺的羔羊。

"你在南方的大山里生活过？"他问。

"我在侗寨插过六年队，你怎么知道的？"

"我和你一样，也当过知青，在陕北，那里没有水，没有树，也没有绿……"

都曾为知青的经历，化解了彼此间的陌生，他们立刻像老朋友般交谈起来。丁蓉为他搬来一把椅子，并为他冲泡了一杯酽酽的绿茶。他自我介绍叫张力，祖籍桂林人，但他却是在北京长大的。父亲曾是国民党桂系军阀白崇禧麾下的一名将军，也是一位书法家，在淮海战役中率部队起义。作为起义将领，他父亲在新中国成立后成了北京市文史馆员，他自己是中央美院附中的学生，"文革"去陕北伊川县插队，八年后病退回北京，之后找工作，读大学，前年从一家工艺美术公司提前内退。这次回桂林老家转转，想在这里找一点发展的机会。天快黑了，他起身告辞："我喜欢你这些蜡染，很有个性，也许我们是同行，我是搞雕塑的。"丁蓉想留他多坐一会儿，又不好意思开口，她太喜欢他身上北国男子汉的气质。

第二天黄昏时分，这个男人又踏进丁蓉的店子，她好一阵惊喜，他们像熟识的老朋友那样亲切握手。他俩刚谈几句，从门外涌进一批欧洲游客，丁蓉只能去照顾生意。张力怏怏不乐地站起来："你忙吧。"从风衣口袋里掏出一只锦缎面的盒子，打开竟是一尊小小的黄杨木雕像，那是丁蓉的头像。张力充满激情地凝视着她："是今天上午为你雕的。"丁蓉一下子惊呆了，脸上绯红。张力在瞬间捕捉人物个性的能力是那么敏感、准确，他的刀法简练而不失细腻，一个中年妇人成熟的风韵，一颗被压抑的心灵，从这一小块木头上呼之欲出，忧伤的眼光，薄而充满性感的嘴没有一点夸张。丁蓉不知怎么感激他才好。她眼里闪着泪花，从来还没有一个男人这样关切理解过自己，她想留住他，但他说："现在你太忙，我明天再来。"他像一阵秋风，转眼间从她眼前消失了。

丁蓉彻夜难眠，她从心里再也驱赶不走这个突然闯进她生活的男人，难道他就是近些日子来梦境中焦灼渴求的坚实的肩膀吗？不，这不可能，我们还刚认识，相互还不了解，我是一个命中克夫的女人，我不应有这份奢求……但张力那双灼人的眼睛与粗大的手，又使她惊惶不安，兴奋无比，一股潜藏在内心深处女人的激情不可遏止地像潮水般奔涌出来。

第三天黄昏，张力是在店铺已打烊后来造访丁蓉的。她已经焦躁地等待他一天，生怕他不来。她又惊又喜，将他请进店后她的居室。窗明几净，装饰素雅，室内飘散着淡淡的香水味。壁上挂着她和儿子的合影，是萌萌出国前拍的。张力明白了。"你也是一个人？"他语调中流露出一种不加掩饰的兴奋，丁蓉含情脉脉地点点头。张力已脱去风衣，身着一件粗羊毛衫，他几乎是不假思索地将丁蓉一把紧紧搂在怀里，咬住她的丹唇。她想挣脱，有气无力地嚷着："不，不，这不行，我们刚刚认识……"张力气喘吁吁："蓉，你就是我多年来朝思暮想苦苦寻找的女人，我爱你……"她已经瘫软在张力的怀里，没有一点反抗的意识，温顺地听任这个男人倾泼在她身上暴风雨般的吻与爱抚，只说了一句话："我们相互还不了解，你不知道我的过去……"

这时张力已脱去她的上衣，一双粗大的手紧紧捏住她垂落的双乳，几乎是斩钉截铁地说："你的过去，我不知道，我的过去你也不知道，这些都不重要，直觉告诉我，你就是我这些年苦苦寻找的女人，我们都曾是社会的弃儿，我们都有艺术家不安分、浪漫的气质，我不能没有你，我将一辈子这样拥抱你……"

丁蓉任上身赤裸着，她在这个前天还形同路人的男子汉怀里嚎啕大哭："你知道吗，我是一个命中克夫的女人……"于是含泪向张力叙述自己不幸的过去，她的泪水沾湿了这个男人的胸襟。

丁蓉将自己苦命的身世哭诉完了，内心平静了，她揩干眼泪，静待张力对她的"裁决"。这时张力已不知点燃第几根烟了，眼前这个使人销魂、清丽的可人儿命为什么这么苦，世道太不公平，将一连串的不幸压在一个柔弱的女子身上，而她的命运和自己是那么惊人的相似，生活的传奇性远远胜过小说家们苦苦虚构的故事，此乃时代使然。张力扳住丁蓉的泪脸说："你知道吗，咱俩是一根藤上的苦瓜，我的过去和你一样不幸，陕北老乡说我是命中克妻。"于是他讲述了自己沉重的往事。

　　张力是 1968 年冬天随美院附中几个同学到陕北伊川县插队的。那地方太苦，一个整劳力干一天的工分只值八分钱，经常吃不饱饭。除了和农民上山"受苦"（干活）外，他的兴趣在捏黄土，做泥塑品。陕北人性格粗犷，他们在艰难的生活中安贫乐道，他们唱"酸曲"，借以倾诉心中的哀愁与愤懑，这对他的雕塑创作产生了极大的影响，他尝试用黄泥巴来表达对陕北老乡的理解。到 1973 年和张力一同来的北京知青纷纷招工或病退返城了，整个队只剩他一个知青，他年迈的父亲经不起一次次批斗，已在 1971 年去世。这时他已 26岁，公社干部看他表现好，又有艺术天赋，便安排他到邻村民办小学教书，口粮从队里出，每月补助八块钱。这所村小仅三个老师，一个家在村里，还有一个叫蓝玉花的公办教师，丈夫在煤矿当工人，她拖着两个孩子住一窑洞，与张力的那孔窑洞紧挨着。蓝老师是从陕北米脂县嫁过来的，她长得白，丰腴，待人热心快肠。她见张力一人教书，还要洗衣做饭，便建议他："小张，若不嫌弃的话，你把那份口粮拿来，你和我们一个锅里吃饭，一个爷儿怎能烧锅捣灶。"张力见她真诚，便答应了，他也很喜欢蓝老师的两个女儿，总教她们画画。蓝玉花比他大八岁，张力自幼丧母，没有得到过多少母爱，但他却从蓝玉花那儿获得复杂难言的女人的温馨体贴和关爱。张力很快对这位比自己长八岁的女人有了一种依恋，两人在一起有说不完的话，很投合。每天下午放学后，简陋的校园里空荡荡的，只剩他和她母女。在漫长的寂寞中，这两颗心怦然躁动起来，张力从她充满柔情的眼里看到一种焦灼的渴望。一个冬夜，张力卧在炕上读罗丹的《艺术论》，穿着一件红毛衣的玉花端着一碗热气腾腾的红枣汤进来，那件紧身的红毛衣将这米脂女人高耸的乳峰凸显出来，将她雪白的颈映衬得白如凝脂。男子汉的激情在张力体内燃烧，他一把将玉花搂在怀里，将她全身的衣服剥光，抱进暖烘烘的被窝里。他还是第一次接触女人，他醉了，玉花温顺得像绵羊般承受这个年轻男人的爱抚和疾风骤雨般的撞击，她也醉了。

　　他们的私情很快在山村传播开来，但乡亲们觉得不足为怪，在他们看来，一对正当盛年的男女，窑挨着窑，朝夕相处，若没有这档风流事那才叫怪呢。张力听村里年轻人说，老辈子人没有几个不风流的，没有几个没相好的。一个村里，情场野史满箩筐地装，性差不多是穷山村里唯一的精神生活。他俩见纸包不住火，索性公开。蓝玉花向丈夫提出离婚。她和丈夫本是父母包办的婚姻，勉强结合，丈夫根本没反对，痛痛快快地办了离婚，他带走一个女儿，将小女儿交给玉花，张力成了她的继父。玉花在离婚第二天就与张力去公社打了结婚证。接下来的日子温馨而平淡。到 1975 年，他们又有了一个儿子，取名陕生。正当一家人乐呵呵地过着与世无争的平静生活时，玉花突然得了一种怪病，长期低烧不退，全身关节肿痛，张力陪她去延安、西安等医院看病，诊断出这是陕北流行的一种可怕的地方病，半年后玉花人瘦得脱了形，在痛苦中去世。张力埋葬了妻子后，携着小女儿与陕生回到冷冰冰的窑洞中，丧魂失魄，今后的日子怎么过，他感到一片茫然。

　　1980 年，作为滞留在陕北的最后一批知青，30 岁的张力终于办妥返回北京的一切手续。这一年的深秋，他一手牵着 10 岁的女儿小凤，怀中抱着刚 6 岁的儿子陕生，回到西城区一条老胡同里，他家的小四合院还在。街道办事处根据张力有绘画的特长，安排他进了一家工艺美术厂当裱画工。好心的居委会大婶们见他一个大男人每天上班还要照看两个孩子，便好心地为他介绍对象。对方是一家副食店的营业员，叫柏梅英，28 岁，是一个寡妇，也拖着一个四岁的女儿。一天，两人在居委会见了面，张力见对方模样俊俏，穿着入时，谈吐大方，张力生怕她相不中自己，不料梅英的答复是满意的，她对张力的印象是：他虽然饱经风霜，但浑身张扬着一股男子汉的刚烈，觉得今后可托付终身，另外，张力独家住一个四合院，这在北京很难得。梅英的前夫是西城一带有名的混混，原来开货车，常跟一帮铁哥们酗酒赌博，聚众斗殴，也喜欢在外拈花惹草，梅英根本管不住他。1978年他和一帮兄弟大打出手，用斧头砍死一个人，当即被抓起来，因为他是流氓团伙为首者，被判处无期徒刑，梅英与他离婚。于是，这一对孤男寡女很快结合，家里一下子有了三个孩子。开始那几年，两人相互体谅，感情也很好，但日子一长，两人不同的性格与文化差异的冲突日益明显。张力出身书香门第，酷爱读书，而梅英的父母都是做小买卖的，她只读了初中就工作了，不读书报，极爱打扮，时装一件一件地换。女人爱美不为过，张力任她去买。这时张力已调到一家美术公司搞设计，并录取为中央工艺美院的函授生。他和梅英越来越难沟通，两人经常为一点家务小事大吵大闹，甚至掀桌子。让张力不能容忍的是这个女人太泼，有时她暴躁性子来了，将柜子上张力的那些雕塑作品砸得粉碎，张力气急败坏，少不了你撕我咬，吓得三个孩子躲在门外不敢进屋，但日子还得过下去，同床异梦，心底的裂痕已无法弥补。

　　1993 年夏天的一个傍晚，张力听见有人敲门，他打开门一看，门外站着一个高大黑瘦的男子，他自我介绍是梅英的前夫，因在劳改农场表现好，被改判为 15 年，刑满释放，今天是来看女儿小芳的。

梅英见到阔别 15 年的前夫，伤心得泪流满面。张力通情达理地让他父女相聚，知趣地躲到另一间屋，临别时两个男人握手，梅英前夫感谢他这些年对她母女的照顾。

从此以后，梅英前夫定期来看女儿小芳，张力并不见怪，但梅英的脾气发生了微妙的变化，她不再为一点小事与他大吵大闹。她的性情或冷或热，有时夫妻同房时她格外温存，但有时冷若冰霜，接连几个月不让张力沾自己的身子。张力觉得蹊跷，这时梅英开始深夜归来，脸上红艳艳的一片。她的前夫已找到一份开出租车的活，张力不止一次看到梅英从她前夫开的红色夏利里出来，再走回家。1994 年春天，张力随公司经理去广州参加广交会，提前两天回到家中，四合院里静悄悄的，他透过堂屋的花窗看到龌龊的一幕：梅英和她的前夫全身赤裸地就在客厅的羊毛地毯上做爱，两人如胶似漆地抱在一起。愤怒的张力一脚踢开门，但这对"野鸳鸯"并不惊慌，匆匆穿上衣裤索性与他摊牌。梅英更是出奇的冷静："你知道也好，我和你过不到一块去，我的心在他身上。"梅英的前夫向他拱手作揖："张大哥，请高抬贵手，让我们夫妻破镜重圆，我不忘你的恩德。"恼羞成怒的张力朝这对男女大声喝道："你们给我滚。"

第二天一早，他把孩子召集在一起宣布他的决定：和梅英离婚。办完离婚手续后，小芳随梅英搬回父亲家。这时小凤已从化工学院毕业，在一家精细化工公司工作，陕生还在北方交大读书，孩子们都有了自己的出路。他觉得已经完成了父亲的责任，他把四合院留给儿女，从自己供职的工艺美术公司办理了内退，决定去南方闯一条路来。桂林是他家乡，那个国际旅游城市的旅游工艺品市场一定看好，他相信自己的雕塑作品一定会受中外游客们的青睐，他有这个信心。

　　张力就是在这种心境中南下桂林,并在那个深秋的黄昏,漫不经心地走进漓江边丁蓉的蜡染店,并不假思索地闯进这个女人的生活的。当他看到丁蓉的那一刻,他几乎窒息了,他惊叹苍天把她送到自己面前,她正是那个在骨血深处渴求已久的女人,一个能听他倾诉、一个能给他激情与生命活力的女人,那是他感情的归宿,他要得到她,一辈子呵护、疼爱她。

　　张力的叙述令丁蓉惊叹不已,她不哭了,开怀大笑,偎在他怀里娇嗔:"你坏,好,我已经是你的人了,我一切都听你的!"

　　张力把丁蓉抱起来,凝视黄昏中的漓江,一轮血红的落日与满天的晚霞将澄碧的江水染成通红。张力贴着丁蓉耳根喃喃低语:"蓉,我要娶你,让我们开始新的人生。"

　　秋风起了,他和她相拥在南国的夕阳中。(2000 年)

蓝色的梦

　　童年时代，每逢春节，我总要缠住母亲，挤在人流摩肩接踵的街市上去买一串冰糖葫芦，或去小摊上捏个小糖人，不是孙悟空，就是猪八戒，或是偷油壶的老鼠。我最喜欢的还是母亲给我买的蓝色的大气球，它蓝得透明，系着一根长长的白线，我用手勾住它，它在我的手上跳跃、飘忽，像是阿拉伯神话中阿拉丁的一团蓝色的纱巾。我擎着它眉开眼笑，是那么得意。有时，一不留神，蓝气球脱手而出，冉冉飘升就像载着我纯洁、美丽的理想飞进星星铺砌的摇篮，我感受到一种难以名状的快乐和满足，这差不多成了我童年时代最甜蜜的回忆。

　　1971 年春节，我已经在皖南农村插队三年多。那一年的冬天很寒冷，连天的风雪，使公路运输中断。为了回家过年，我和几个知青伙伴背着生产队分的一点黄豆和糍粑，踏着风雪步行 80 里，夜半赶到从铜陵到上海铁路线上的一个小站，爬上一趟货车赶回芜湖，与亲人团聚。春节，我哪儿也没去，一个身无分文的知青，没有希望，没有爱情，根本没脸出门。我把自己埋在一大摞借来的欧洲19世纪批判现实主义小说里，从于连、冉阿让、马丁、伊登这些与命运抗争的主人公身上获取莫大的精神慰藉。一天中午，我去还书给一个同学，街道上很热闹，漫不经心走进一家商店。我不买什么，仅仅是去看看热闹而已。一群孩子被柜台里五彩缤纷的气球吸引住了，父母满足了他们的要求，他们一个个牵着气球喜气洋洋地走了，唯独一个小姑娘偎在妈妈的怀里撒娇，吵着要把各种颜色的气球买齐才罢休。售货员是一位中年妇女，她大概和小女孩的母亲熟悉："王主任，就给小丽一种颜色买一个吧，多漂亮可爱的小姑娘。"她把红黄蓝绿白的气球扎在一起递过来，小姑娘捧着五彩云般的气球，牵着母亲的手，欢跳地走了。

"娘，俺也要买大气球。"是浓厚的淮北口音。我一回头，见是娘儿俩，他们衣裳褴褛，与进进出出、衣冠楚楚的顾客形成极不相称的反差。那做娘的约30来岁，典型的北方农妇，粗糙的皮肤，黑发上粘着灰尘，臂上挽个竹篮，上面覆盖着一条脏兮兮的旧毛巾，露出破瓷碗的一角，明显是来逃荒的农民。我知道，淮北平原这几年连年大旱，赤地千里，但在震天响的"大干三年，誓把淮北变江南"的革命口号中那里的农民口粮只能够吃半年，许多人拖儿带女下江南逃荒讨饭，这些人在江城到处可见，他们晚上多半蜷缩在车站或码头的候车室或屋檐下。那小男孩十来岁，穿着一件破棉袄，腰上扎着一根草绳，头发蓬乱，一双小手冻得像红萝卜。他拉住娘的衣襟，仰视着柜台上的气球，央求道："娘，就给俺买一个吧？"

母亲的目光呆滞，焦黄的脸上掠过一丝苦笑："娘以后有钱就给你买，嗯，听话。"

"娘，俺讨来的那些银角子呢？"

望着儿子充满渴望的眼光，做娘的心软了，尤其见小丽手上捧着那么多好看的气球，终于下了决心。她从口袋里掏出一个小布包，抖抖索索地打开它，是一些大小不等的硬币。

小男孩神气十足走到柜台前："俺也买一个大气球。"女售货员鄙夷地扫了他一眼："要六角钱一个，你有吗？"

"给！"娘伸出一双粗大龟裂的手，把一小堆硬币摊在柜台上，一枚一枚地数给她，女售货员嫌这些钱脏，用手套把它们挪进钱盒。娘想给儿子挑一种颜色鲜艳的气球，谁知售货员恶狠狠地说："别乱摸，说吧，要啥颜色的？"

"我要一个蓝色的，就那一个。"

在他们身后，一直注视着他们的我，不由得心一动。这小男孩挑的颜色竟和我儿时的一模一样，多么纯真可爱的孩子！

小男孩高擎着气球，牵着娘的手兴高采烈地走了。出于好奇心，我尾随这娘儿俩而去。蓝色的大气球在他的手上飘忽、跳跃，像是从海底泛起的蓝色的大水泡，又像是一团袅袅升起的蓝烟。小男孩神气十足，昂首挺胸，他母亲一手挽着讨饭篮，一手牵着儿子，脸上露出少见的笑容。他们走在冬天正午金灿灿的阳光下，这温暖的阳光是属于每一个人的，不论你是富人，还是穷人；不论你是达官显贵，还是一个讨饭的小叫花子。

他们正好与迎面走来的小丽母女相遇，小丽好奇地嚷道："妈妈，看，那个小讨饭的也买了一个蓝气球！"小丽的母亲——一个衣着入时的妇人，瞄了一眼，蔑视地说："哼，穷癫狂，讨饭还有钱买气球玩？"

娘分明听见了，但忍气吞声把头低下去。小男孩听见后像是被大黄蜂蜇了一口，手一松，那个蓝色的大气球腾空而起，越飞越高，飞到半空，"啪"的一声炸得粉碎！小男孩仰面一视，"哇"的一声大哭起来："我的气球，我的蓝气球！"

娘把儿子抱起来："娃，等有钱了，我们再买一个。"小男孩抹去眼泪，将脸贴到娘的腮上，天真地问了一句："娘，气球飞上天，会变成一朵蓝色的云吗？"

"嗯，会的。"

"那太好了，云飘到我们家乡，天就要下雨，不旱了，娘，我们就不用出来讨饭了。"

"嗯。"娘哽咽着，把儿子紧紧地抱在怀里，就像母鸡用翅膀紧紧地护卫自己的小鸡一样。

许多年过去了，每逢春节，我看到大街上牵着气球的孩子或他们的父母，就会想起1971年看到的讨饭的娘儿俩。早在1978年的夏天，那娘儿俩的故乡——安徽凤阳的小岗村的11户农民冒着坐大牢的风险，在分田到户的承包书上摁下11个红手印，从此拉开了中国农村改革开放的序幕。邓小平这位伟大的历史巨人引导中国人民摆脱了贫穷和贫穷带来的屈辱，使八亿农民真正成了土地的主人，也成了自己命运的主人。

我想十年前的那个倔强的小男孩，可能早已经成为一位父亲了。新一代中国农民的孩子的梦想，已不再是一个蓝色的气球，因为21世纪的钟声正在召唤他们。（1980年）

（本文在1980年获首届安徽省大学生作文比赛优秀奖）

城市化冲击下的第二故乡

2010 年 10 月的一天，我接到一个陌生的电话，原来是 30 多年前，我在安徽南陵插队当民办教师时，我的学生李百春打来的，他费了一些周折，才找到我的电话号码。他告诉我，这些年，他和他的一些同学一直在寻找我，非常期盼与我相聚。这是人世间难得的殷殷师生情。这些农家子弟是我教师生涯中的第一批学生，虽然，当时我的身份仍然是一个不知道明天在哪里的知青，在那所大队学校，我只是一个月薪只有 18 元的民办教师。他们说当年是我开启了他们的人生憧憬，明白了只有知识才能够改变命运，一个人应该有远大的抱负。1975 年春天，我在经历了漫长的七年上山下乡插队后，终于招工返城。我与这些学生依依惜别，我在他们的日记本上，写下这样的临别赠言："我们来到这个世界上，不是为了捡面包屑和烂鱼头，我们向往到大海去飞翔。"这是当时刊登在上海《学习与批判》杂志上的一篇美国作家欧文写的散文的译文《海鸥乔纳逊》，我曾经将它视为座右铭。虽然时间已经过去 30 多年，这些学生的纯朴的面孔依旧清晰地保存在我的记忆中。他们早已成才，大概都已经 40 多岁了。我欣然答应，表示在 2011 年的春天一定会重返第二故乡，与他们相聚。放下电话，我的心情难以平静。在十年"文革"期间，全国各地有 1700 万知青上山下乡，在接受贫下中农再教育的同时，他们也把先进的城市文化传播到农村、边疆，把火热的青春年华献给了第二故乡。许多知青成为中国第一批农村民办教师，为农村的教育普及、培养新一代做出了巨大贡献。无数农村孩子一辈子都忘记不了这些知青老师，称呼他们为自己人生的引路人，是他们开阔了农家孩子的视野，让他们向往外面更广阔的世界，为他们腾飞插上了飞翔的翅膀。这使我想起 2009 年 8 月我去黑龙江的黑河参加中国知青博物馆的开馆典礼，在黑河知青博物馆我看到的一组雕塑：在一个简陋的教室里，一个即将离开北大荒农场的杭州知青老师，在黑板上用粉笔写下的临别留言："亲爱的同学们，再见了，我实在没有勇气和你们告别，因为我太爱你们了。记住老师的话，无论遇到任何困难都要坚持学业，一个人只要有文化，才能够插上人生飞翔的翅膀。我在千里之外时刻记着你们。你们的老师虞哲杰。"当时，我就潸然泪下，因为我曾经当了整整四年的民办教师，我永远忘记不了那些可爱的农村孩子。我期待与他们相聚的那一天。

2011 年 3 月初，我为家事去杭州，返程时，我径直从杭州去安徽的南陵。现在的交通很便捷，杭州经宣城到南陵的弋江镇只需要四个小时。通过手机联系，当年我在农村最谈得来的朋友吴守信早就在汽车站等候我。我上次见到他，是在 2001 年，虽然十年未见，他依旧是神采奕奕的模样。他比我小五岁，1968 年 12 月 5 日，我被分配到弋江公社新陶大队上汪生产队插队，他是这个村里的回乡知青，非常聪明好学，村里人喊他的小名"兔子"，可见他的机灵能干。我们进村当天就成为好朋友。他成了我们知青的小先生，他将当地农村的风俗人情一一告知我们，使我们很快了解了村落社会的基本状况。接下来两天，他陪我们去逛弋江镇和南陵县城，并一一告知我们干农活和待人接物的各种注意事项。他父亲有兄弟七个，在村子里是大姓，很有势力。他父母对我非常好，我经常去他们家混饭吃，他们从来没有冷眼看待我，使我感受到亲人一般的温暖。守信家的屋子在村子外一块岗地上，屋子前后都种了树和竹林，在塘堰里养殖鱼虾和菱角，所以日子过得比许多人家要好，因此而惹得村里许多人眼红，每次割"资本主义尾巴"都拿他家当典型，吴大妈经常为此落泪。他们知道只有让孩子读书，才有出路，老两口日夜辛劳，让五个孩子全部上学。守信已经是可以拿十分工的全劳动力，1972 年，他们仍送他去上高中。因为在前两年，父母为家中的长子守信说了一门亲事，姑娘是西梅村的，上门来定亲，酒席都摆了，守信坚决不同意，因为他意识到，如果这么早结婚，就意味着这一辈子穷死在农村，这一辈子就完蛋了。父母再三劝告也打动不了他，知道这孩子心气高，只好依着他，决定送他去读书。守信高中毕业后，曾经两次被大队推荐上工农兵大学，都在公社一级被卡。他没有回生产队种田，而是选择进了公社的农科所培育水稻良种。我是 1975 年 3 月离开农村的，我鼓励他在培育良种上尽快出成果。那几年的冬天，他和许多南陵的农技人员都要去海南岛育种，非常辛苦。1977 年冬天恢复高考，我们都参加了高考，我费了不少周折考取一所师范学院，而守信仅以几分之差落选。当时在南陵的赵新三、章令照的遭遇都和他差不多。高考失利后，随着人民公社的撤销，那个小小的公社农科所也撤销了，他失去了最后的用武之地，顿感心灰意冷。后来他被安排到小学当民办教师，之后进南陵师范学校学习，后来转正为公办教师，才获得吃公家饭的身份。1988 年和 2001 年我曾经两次回南陵，我匆匆而来，匆匆而去，根本没有时间和守信恳谈，对他这 30 年来的生活经历知之甚少。

现在，我们又见面了，才知道他在 2009 年就提前内退了。这样，他才有了可以完全自由支配自己的时间，全力以赴地恢复他已经中断 30 余年的水稻良种培育，命运和他绕了一个大弯后，他又回到老本行。当然，这是一个崭新的起点，我佩服他不言放弃的勇气与毅力。他这些年一直在小块田里培育水稻新品种，并且获得新的基因单本，他的试验田已经从去年的五亩扩大到今年的 100 亩，已经向省级农业部门申报试验项目。我知道他所从事的农田育种试验是非常艰苦的，而且还要承担一定的风险，甚至失败。他将像一个农夫在大田里风雨劳作，这对一个即将 60 岁的人，是难以想象的，同时，资金的投入也是有风险的。但是，他充满信心，勇往直前，这令我非常感动。让人欣慰的是，他的妻子非常支持他。他妻子胡西凤，是天津下放知青，非常漂亮、能干，自从嫁给守信后，放弃回大城市的机会，无怨无悔地守着他一辈子，这里一定有苦衷和不易。我答应回武汉后，请湖北省农科院的专家指导和帮助他。

3 月 8 日上午，我在守信的陪同下去新陶村。我在上汪插队时的生产队长黄先知开着拖拉机来接我们。他比我还小两岁，是一个非常有经济头脑的农村有为青年。他的母亲黄大妈是我在上汪插队时，对我最关怀的老人，她善良慈祥，非常疼惜我远离母亲和城市，她在生活上无微不至地照顾我，使我在异乡感受到一种无私的母爱。1970年春天，由于我被乡间的蚊子叮咬，痢疾发作，高烧40度，时热时冷，卧床两天无人知道。黄大妈知道后，给我送来一瓶开水，用一个青花瓷碗泡了白糖炒米，碗底卧着四个鸡蛋，送到我床前，我热泪盈眶，不知道如何感激她老人家才好。我一辈子都记得这件事。1988年秋天，我从武汉第一次返回南陵第二故乡，提着礼物专程去看望她老人家，她已经83岁，身体很好。当时先知在南京卖豆腐，只见到他媳妇水莲。我在上汪插队时，先知就表现出不安分于农业生产的心态，时时处处琢磨着赚钱。他学会了做豆腐、挂面，村里因此开了豆腐店、挂面厂，有了副业收入，所以，我们生产队的工分值比别的生产队要高得多。以后，他一个人学会用新鲜的猪肝去塘堰钓野生的甲鱼，当时农村的人还不知道甲鱼能够吃，还能卖大价钱。先知每天都能钓到不少甲鱼，他将它们运到南陵县城去卖给大饭店，甚至运到30多里外的宣城寒亭去卖，那儿有一个上海军天湖劳改农场，上海人特别喜欢吃甲鱼。先知遂一下子富起来了，让周围的村里人眼红。先知是改革开放后，农村最先富起来的人，他承包了乡里的砖瓦厂，业务做得很大，以后由于资金被人骗了，遂做不下去了。他还有一个毛病：好赌，因此背了不少债，被他母亲不知道数落过多少回。为了还债，先知带着水莲远去南京卖豆腐，他们在南京的雨花台附近的中国人民解放军气象学院开了一家机器操作的豆腐作坊，生意兴隆，一干就是20余年，早已是上百万元的大户，而且戒了赌。2001年，我第二次回新陶村，见到他，他是回来盖房子的，他在村头盖了一栋三层楼，卫校毕业的大儿子夫妇在此开了一间乡村诊所。前几年他将南京的豆腐店关了，回乡创业，在弋江镇的工业园开了一家木业公司，一家人都在这里干，收购各地的树木，加工成为板材，有两台载重汽车送货。他告诉我，虽然很辛苦，每年的收入达百万元左右，先知成为弋江镇回乡创业的代表人物之一。他陪同我参观他的货场和加工车间，并且合影留念。我为他的业绩感到高兴。他已经62岁，正准备将公司交给小儿子。小儿子在大学学的是市场营销，我鼓励他一定要在他父亲创业的基础上有所创新与发展。这位年轻人自信地对我说："大伯，放心吧，我一定超过我父亲。"先知领着我去他母亲的墓地，黄大妈是1993年去世的，享年88岁，治丧时，远近几十个村子有好几百人来吊唁，因为她老人家善良待人，口碑太好，所以丧事办得很隆重。时近清明，我跪在黄大妈墓前，给她老人家磕了三个头，以表达我这个远方归来的游子对她的感恩之情。站在一边的先知眼睛也红了。黄大妈的墓地很简朴，长满青草，我建议先知是否将母亲的墓地重修一下，他说先人的墓是不能随便动的，她老人家将保佑我们子孙事业兴旺发达。

接着吴守信陪同我去他父亲的墓地，其父的墓地就在他家原来的屋基上，吴家的几个孩子早就离开村子，老屋早就不存在了。吴大伯的坟头上早就长起了几棵三米多高的葛树，高大挺拔，在夏天一定绿荫如盖，根据乡下的风俗，这是这家的先人在世上积善成德，所以在身后有如此吉祥之兆，庇佑其后人代代成才，事业发达。我们在此留影作为纪念。

守信告诉我，在上汪村曾经出过一个大人才——我国著名的烧伤及整形医学专家汪良能。这是我以前根本没有听说过的。记得1968年12月到上汪插队时，我就被安排住在一座陈旧的老瓦屋里，听说是老地主汪开曾的老屋，他早在1939年就去世了，有三个儿子两个女儿，大儿子汪忠恕，当时被戴上地主分子的帽子，他已经 60 来岁，一个人住在这老屋里，沉默寡言，和我们从来没有说过一句话。我们和他的儿子汪自超很谈得来，他是从芜湖农校毕业的，由于家庭出身不好，加上在工作单位犯了一点经济上的错误，被单位开除回乡务农，他经常向我们发牢骚，大有怀才不遇之慨。他告诉我们他二叔汪良能是第四军医大学的教授，是从美国留学回来的。关于汪良能的详情村里人根本不知道，而且在 1971 年将汪家的老屋拆了。一直到 2006 年，汪良能的女儿（现在担任第四军医大学副校长）和两位部队作家来村里，调查了解汪良能童年时代在故土的生活经历，才知道他对中国当代医学的巨大贡献。汪良能早在少年时代就离开故土，一直在外面求学。1942 年，他毕业于中央大学医学院，曾经先后在成都传染病医院和中央大学医学院任教。1949 年 3 月至 1954 年 10 月在美国密苏里州圣克鲁斯医院、纽约阿本尼医学院、新泽西州海滨医院从医任教，他在美国已经成为一位优秀的烧伤和整形医学专家。1954 年，他和钱学森等科学家先后冲破美国政府的阻挠，经香港回到祖国。1954 年 12 月，他奉命去西安第四军医大学第一附属医院组建烧伤和整形外科，1962 年晋升为教授。他与朱洪荫、张涤生、宋儒耀被公认为我国烧伤和整形外科的四位创始人。汪良能生前一直担任中华整形外科学术委员会的副主任，全军烧伤和整形外科专家组副组长，总后科学委员会委员，1985 年获得国家科技进步一等奖。他于 1989 年病逝，享年 73 岁。守信陪同他们在南陵采访几日，当他们向南陵县有关部门了解情况时，南陵县政府根本不知道本县还出过这么一位著名的医学科学家。我这次刚刚拿到一本弋江镇政府在 2009 年编写的《古镇春秋》一书，在"人物"篇里根本没有"汪良能"的条目。我对地方政府对本土文化资源的无视感到惊讶！倒是守信费了不少时间与精力，对汪良能家族历史作了草根调查，写出一篇上万字的《被遗忘的地主》以纪念他。由于地主家庭出身，汪良能一直没有回过南陵和新陶村，他死后，其女儿回到这块故土，实现了父亲叶落归根的遗愿。

　　一个上午，我在守信的陪同下，到上汪、李村看看。偌大一个村子，看不到几个人，绝大多数青壮年都外出打工去了。有人说现在留在农村的是 386061250 部队，38 指妇女，60 指老人，61 指留守儿童，250 指留在农村的智障者。优秀的农村人才都流向城市，成为城市化进程中的主力军，目前全国有 2.3 亿农民工，主要流向沿海地区，家乡故土的建设无人问津。村子里的房子盖得很漂亮，大半是屋空人去，人们只有在春节才返回村庄。我们在上汪村只看到两个农民，其中一个叫洛金，有杀猪的手艺，孩子们都在外地打工。现在农村的农田水利建设还是在人民公社时期，在"农业学大寨"的高潮时修建的，30 多年过去了，已经破损不堪。虽然政府在前几年已经免去农业税和各种负担，农民种田政府给予多项补偿，保证农产品最低的收购价，但是农民仍然不愿意种田，土地撂荒现象依旧严重。眼下快近清明，没有看到几户人家备耕，他们说等种田大户来承包土地。现在全球性的自然灾害频频发生，粮食安全是一个大问题，农村和农业生产如此衰落如何是好，令人焦虑呀！而且我还看到农村极不文明的一面：路上、河渠里到处垃圾遍地，无人处理，尤其是薄膜包装袋，已经成为社会灾害，其在露天的降解极其缓慢。一个拥有 20几个自然村的村委会，至今没有一个垃圾处理厂。我曾经在湖北省政协参加农村精神文明的调查，在江汉平原一些经济发达的农村，已经实现农村垃圾的统一处理，有些村有专职的垃圾处理员和垃圾车，统一填埋或焚烧，以保证农村的公共卫生，减少疾病的传染和生态环境被污染，而这里居然这样不堪入目。

我曾经在新陶小学当了三年的民办教师，老校舍早已拆了，在九五期间统一建设起来的标准化的校舍，曾经使各地农村的村委会背上沉重的债务。可是随着这些年大量的农民工子女随父母进城打工，先后进了城市里的学校读书，农村小学生大量流失，农村学校的校舍大多数闲置，老师过剩，只得在乡镇所在地扩大中心小学的规模，每天由学校开车来各村接送学龄儿童上学。这是城市化的进程对农村冲击的另一个表现，虽然这是一种无奈，却又是一种必然趋势。

不少老乡告诉我，整个新陶村，20多个自然村都面临着整体搬迁，这是南陵县城市化的一个大动作，是安徽省社会主义新农村建设的试点工作之一。光土地平整费就是1500万元，所有自然村将拆去，统一搬迁到公路边建一个"社会主义新农村"，实现"楼上楼下，电灯电话"，有街道，有花园，有学校，有超市。现在省政府组织的专家组经过调研，通过了论证，即将开工。但是，许多农民对集中搬迁持有异议，因为农民世世代代居住在这块土地上，已经习惯了独门独院，在这里可以养猪，养鸡鸭，种树，有自己的菜地和场院，特别是靠近青弋江的沙河宋等几个自然村，环境优美，农民无法割舍与故土的亲情。他们说拆村，拆去的不是人民公社时期的土墙茅草房，而是他们用打工赚钱盖起的楼房，如此再去建新房是对资源的巨大浪费。他们对大面积的土地平整也提出意见。北方农村土地广阔平坦，适合机械化的大田耕作，而南方水稻种植区大多数土地高低不平，水田表层只有几寸土壤能够长谷，平整这些高低不平的土地，必然会将地下的生土翻上来，是不能长谷的。他们的担忧不无道理。

中午，新陶村委会在蒲桥的一家饭店请我，这里恰是以前弋江公社的办公楼。几位村干部都很年轻，其中有的是我当年教过的学生，村支书姓颜，是沙河宋村的。他们请我吃的是地道的弋江农家菜，像刚从地里长出来的韭菜、豌豆、蒜苗、香椿炒土鸡蛋，非常可口。在席间，我向这些父母官反映了农民对拆迁的意见，对在城市化冲击下，大量劳动力外出，特别是农村人才的流失，而造成农村的衰落的担忧，对农村垃圾遍地，严重影响农村公共卫生和环境的恶化的不安，并向他们提出一些合理化的建议。他们也向我诉说他们这些村干部的苦衷。城市化是一个社会发展的必然趋势，农民的观念还没有完全转变过来，还需要一段时间的适应。新陶村能够获得这个省里新农村建设的项目非常不易，要相信专家们的科学论证，而且经费是省里给的，南陵县只有三个村试点，其主要目的是为了扩大耕地面积。我知道国务院一直在强调要保证全国18亿亩耕地这根红线。

下午，我在守信的陪同下，参观蒲桥初中。1974年，我和夫人韩云谱都曾经在这里任教，我教语文，她教英语，我们也是在这里相识，开始相爱，最后有情人终成眷属。漫步在校舍里，我感慨良多。这里留下了我们青春的足迹，我们为弋江公社培养了许多优秀的人才。守信告诉我，其中有我们教过的学生叫谢北一，现在是新陶村的首富，他1980年代去上海做油漆工，后来创办了自己的公司——上海华成集团，资产近亿。他致富后反哺故土，给周围几个自然村60岁以上的老人每月发60元养老金，还承包了新陶村大片农田，实行机械化耕作。

晚饭后，新陶村颜书记开车送我去排湾村陶老家。陶老今年已经

89 岁高龄，1947 年参加革命，60 多年来，一直在农村担任基层干部，他是我们弋江公社的五七干事，全公社 400 多名知青他像对待自己的子女一样，爱护我们，保护我们。他像一位父亲一样关怀着我，让我感受到人世间的温暖。他的善良正直影响了我一辈子，我曾经在《南陵忆旧》一文中介绍过他。陶老现在享受离休待遇，每个月有 4000 多元的离休工资。20 多年来，我几乎每隔几年都要来看他一次，虽然，武汉离南陵这么远。对我的每一次来访，他都兴奋不已。陶老家有一个美丽的花园，他从早到晚在这个花园里劳作，一个人守着这栋小楼和院子。乡间的空气新鲜，吃的是自己种的菜，他的心态特别好，所以健康长寿。我每一次来，他最喜欢的是泡一壶茶，听我讲外面的新闻和国家大事。今晚，我们的话题转入一个以前从未涉及的内容。我问陶老，在 1959—1961 年所谓的三年自然灾害期间，你在南陵县农村担任基层干部，当地有没有饿死过人？这是一个沉重的话题。当时，安徽省是曾希圣担任省委书记，在全国安徽是饿死人的重灾区之一，全省饿死了 500 万人，饿死人最多的在淮北、皖东和无为县。南陵县是粮食产区，应该要好一些。我们认识 40 多年，我是第一次向他提出这个问题。我读过新华社记者杨继绳在香港出版的《墓碑》一书，书中披露的 1959—1961 年中国大饥荒的事实，令人非常震惊，这是"三分天灾，七分人祸"造成的血淋淋的历史，将永远载入中国史册。陶老沉痛地告诉我，南陵县当时也饿死不少人。他当时担任九连乡党委书记，由于工作中跟县委不紧，被批判为"右倾"，被贬到东河乡的东七大队担任书记。当时，各地虚报粮食产量，湖北、广西放卫星称水稻亩产三万多斤，南陵县还不敢虚报这么大的数字，仅将水稻亩产定为两千多斤。春天下种，上面强行规定每亩田下 100 斤稻种，以保证密植。陶老是种田的老把式，知道一亩水稻下十斤种足够，于是玩了一次"阳奉阴违"，他让每一亩只下 20 斤稻种，其余 80 斤存放在仓库里。其他地方按一亩下 100 斤稻种的，秧苗长出了，根本栽不完，又害怕县委来检查，追究责任，遂命令农民将没有栽完的秧苗挖几个深坑埋了，造成严重的浪费，结果到了青黄不接的时候，没有粮食饿死了好多人。陶老将存放在仓库里的稻种按人头每家每户都分了口粮，因此没有饿死一个人。至今东七大队的老人们还在感恩陶书记："没有他，我们早就饿死了。"1961 年，县委任命他担任燕山水库工地指挥长，数百人集中在那儿会战，当时正是大饥荒时期，他明白，首先要解决这几百人吃饭问题，他一次次往县里和地区有关部门求援，打通环节，终于拿到国家 200 担大米的调拨，解决了工地民工的吃饭问题，没有饿死一个人，保证了燕山水库如期完工。50 年过去了，它依旧在灌溉农田。陶老告诉我，在那几年，最让人不理解的是说假话，他多次接到当时南陵县委的各种统计报表和检查数字的电话。有一次，他接到一个电话，要汇报东七大队水产发展情况，上级问他："你们养了多少鱼？这些鱼有多少是公的，多少是母的，母鱼产了多少小鱼，这些小鱼中又有多少是公的，多少是母的？"陶老说，无法辨认鱼的公母，更无法辨认小鱼中的公母。对方在电话里向他大吼："你傻呀！公母的数字你不会编造，你思想太右倾，和我们的党不贴心！"听了陶老的叙述，我感到哭笑不得，这就是那个荒唐年代的真人真事。我为陶老一辈子为人民服务，一直保持一颗纯洁的心灵而感动，他是一个真正的人民公仆！

　　夜深沉，万籁俱寂，青弋江畔的乡村——我曾经生活过七年的土地，两天来的所见所闻，让我的心情难以平静。在今天不可阻挡的城市化的进程中，它经受痛苦的嬗变，无论是繁荣昌盛，还是必然经过的衰落，这里仍是充满希望的土地，有曾经待我像亲人的父老乡亲，我爱这块土地！

这一夜，我失眠了，因为，我听到在远处有布谷鸟的叫声，春天来了！（2011 年）

为版纳知青刘先国送行

7月17日下午2：30，我接到重庆知青邹盛永从上海打来的电话，他沉痛地告诉我：刘先国因患肺癌，已在7月14日晚去世。他和重庆知青李长寿、张秀英、八斤已在15日从重庆飞到上海，为刘先国治丧。刘先国的告别仪式将于18日上午，在龙华殡仪馆举行。听到这个噩耗，我的心情非常悲痛，几乎不假思索地告诉邹盛永，我立刻赶到上海来。

子夜12时，我们到达浦东银山路先国的家。我来到先国的遗像前，点上三炷香，深深地三鞠躬。我安慰先国的妻子，希望她节哀顺变，因为生活还要继续。一个人的生命是如此脆弱，去年11月18日在上海南昌路的科学会堂，我邀请在上海的部分云南版纳知青参加《我们要回家》的读者座谈会，征求对这本书的修改意见。见到先国，他神采奕奕，有说有笑。想不到时间刚刚过去大半年，他就这样走了，带着对生命的眷恋，想到此我潸然泪下。

我认识刘先国是在 2002 年元月。1978—1979 年，云南西双版纳知青发起了"我们要回家"的返城运动。我在几年中，广泛收集云南知青上山下乡的历史资料，采访现在分布在重庆、成都、上海、北京、昆明的当年的亲历者，获得了大量的第一手资料。2002 年元月下旬，我在上海采访的第一个亲历者就是刘先国。1985 年，他费尽周折，从重庆调到上海工作，与在上海的妻女团聚。他当时担任上海科技图书公司物业中心经理。上海科技图书公司地处福州路与河南路的交汇处，是上海的闹市区。在这栋大楼的二楼，我见到了刘先国，他穿着一件深色的短大衣，一张有棱角的国字形脸，浓黑的眉毛依旧留着青年时代的豪气，一双充满睿智的眼睛流露出真诚与实在。他已早早在等待我，我们紧紧握手。虽然我们是第一次见面，却像是引为知己的老朋友，没有任何拘束，无话不谈。他来上海已经 20 多年了，乡音未改，说话中不时夹杂浓厚的重庆方言，还不时发出爽朗的大笑，我觉得眼前的这个刘先国太可爱了。我在上海的十天里，刘先国向我口述了在 1978 年 10 月到 1979 年初发生在云南知青中的强烈要求返城的往事。

1979 年元月 4 日，刘先国和北上的十位知青受到王震副总理的接见，他们向党中央表达了广大云南知青的心声。元月 6 日，他们离开北京，返回云南，协助国务院调查组安定云南垦区的形势。元月 23 日，中共中央书记处研究国务院调查组和云南省委的意见，同意云南知青分期分批返城，长达 25 年的中国知青上山下乡运动终于画上了句号。

刘先国是 1979 年春天回到重庆的，顶父亲的职，在一个工厂当了木工。他的妻子是一个上海女知青，两地分居多年。1985 年，刘先国通过对调的方式，终于到上海工作，与妻女团圆。他在工作上非常努力，吃苦耐劳，获得领导和员工的好评。经过 20 多年的努力，他成为上海科技图书公司的中层干部。他过着一种低调的生活，与外界来往很少。他女儿非常优秀，毕业于北京大学金融学院，现在是上海的英国汇丰银行的高级管理人员。

2002 年 8 月，我完成了 50 万字的纪实文学《我们要回家》，该书出版后在重庆和昆明举行了首发式，本书中先国为我提供了大量的珍贵的历史资料。先国拿到还散发着油墨香味的书时，心情一定是很高兴的！

今年 3 月初，我突然收到上海知青陈允龙的短信，他告诉我，先国被诊断为肺癌晚期。我怔住了，这个不幸为什么会发生在硬汉子刘先国身上？后来听说，他回到家乡重庆住了十来天，这明显是一次告别之旅。重庆的知青们纷纷去看望他，安慰他。5 月 6—23 日我去重庆采访 18 天，准备修订这本书，在国内重新出版。我与先国通电话，告诉他，现在医学进步，不乏有癌症治愈的例子，同时还告诉他，我正在修改此书。他希望我在修改时一定要大写特写知青对云南边疆建设做出的巨大贡献！我请他放心，我一定会这样去修改。

想不到，不到半年，坚强的先国就走了。我们不胜悲痛！

7 月 18 日上午，刘先国的告别仪式在龙华殡仪馆举行，在上海的近百名知青参加了告别仪式。灵堂里摆放着他的亲人和各地知青送的花篮，我送的花篮上写了一副挽联：“北上关山飞渡真英雄，东迁敬业乐群伟丈夫。”其中“东迁”是指先国工作调动到上海后，他的业绩。

现在，曾经那么坚强的先国安详地躺在白色的菊花丛中，在他的身上覆盖着《上海知青》杂志社送的绣着"知青"的红色锦缎。先国也许是第一个覆盖着"知青"旗帜去另一个世界的人，这是广大知青对他的高度评价！

在这个酷热高温的日子里，我写下以上这些文字，表示对他的哀悼和怀念。(2011 年)

风吹来，满天都是白色的伞

6月的一天，我突然接到深圳刘人云的电话，他兴奋地告诉我："我的文革小说《暮色大江》终于被北京的华艺出版社出版了！"他在电话中向我介绍这本书写作与出版的艰难过程。我为人云在阔别文坛20多年后"不鸣则已，一鸣惊人"的亮相而激动。我一直在等待他这一天，因为，我知道这是他一辈子的一个心愿。30多年来，他一直在酝酿构思这本书。我可以想象，20多年来，在湿润的南海风中，无数个早晨与黄昏，戴着深度近视眼镜的人云在书案前，在撒满落叶的小路上踽踽独行，在苦苦构思这部小说，小说中那一个个血肉丰满的人物在他眼前闪现；40年前江城芜湖那场腥风血雨的武斗的枪声，无数被愚弄的生灵的呻吟在痛苦地折磨他。拒绝遗忘历史，把那段血与火的日日夜夜写出来，才能告慰那些已经死去的战友，才能直面大多数已进入人生黄昏期的芜湖一中同学，这差不多是一种不可推卸的使命与责任。现在，他终于完成这一使命，以一本厚实的大书，向故土的父老乡亲，向全国的读者交了一份出色的答卷！

由于邮递的耽误，我是在7月中旬从云南旅游回来后，才收到这本书。我用两天时间读完它，掩卷我心情难以平静，想得更多的是我和人云在青年时代在精神领域的苦苦探索，这种精神探索成为我们人生经历中最珍贵的财富。

我和他的哥哥刘人全是芜湖三中的同班同学，我经常去范罗山下市新华书店宿舍找人全聊天，这样就认识了他的弟弟人云，当时他在芜湖一中读初中，已经有了才子之誉，好像在全国的中学生象棋和作文比赛中获奖。我们很敬佩他，他虽然比我小几岁，但是已经读过大量的中外名著。他的记忆力极强，能够大段大段背诵普希金和莱蒙托夫的抒情诗，我与他一见如故，两人有说不完的话题，成为无话不谈的好朋友。当时，我已经读遍芜湖三中图书馆有限的中外名著，我们特别喜欢欧洲19世纪批判现实主义的文学作品，如巴尔扎克的《高老头》、司汤达的《红与黑》、罗曼·罗兰的《约翰·克里斯朵夫》、托尔斯泰的《复活》、肖霍洛夫的《静静的顿河》等。我们之间关于读书和写作的谈话是非常丰盛的精神大餐，至今令人回味无穷。他生活在一个多子女的家庭，我们从来没有见过他父亲，完全靠他母亲一人在新华书店工作养活一家人，生活肯定是困难的，但是他们兄弟姊妹多才多艺，他的姐姐刘人秀是芜湖市文工团的歌唱演员，1964年由于在歌剧《江姐》中出色地扮演江姐而誉满江城。有一天，我和张在勤在无意中惊讶地发现，那个在北门邮政局门口趴在小板凳上给人代写书信的戴眼镜的落魄书生，竟然就是人云的父亲！因为我们听到他悄悄告诉别人："在歌剧《江姐》中扮演江姐的就是我的女儿。"

我们为无意中获悉人云家庭秘密而感到不安，我们死守这个秘密，没有对任何人说过，我知道这是一个大家庭深刻的伤痛，这一定是一个充满血泪的故事。一直到1995年，已经到深圳工作的人云出版了他的第一本文集《风雨花》，才披露了他父亲的不幸遭遇，这也是全家人心中挥之不去的阴影。他父亲是一个非常有才华的文化人，参加过抗日救亡的文化活动，但是1957年在市新华书店被打成右派，开除公职，没有了生活来源。为了不拖累子女，他毅然与妻子离婚，一人离开家庭，住在亲戚家，靠代写书信糊口。父亲的悲剧使人云过早地感受到人间的沧桑，培养了他不依靠任何人顽强自立的精神。一位哲人说："苦难是人生的大学。"正是这种磨难造就人云日后成为精英人才和作家。

1968年12月，芜湖市的老三届中学生开始上山下乡插队，伟大领袖巨手一挥，将近千万红卫兵改变成知青。刘人云和许多芜湖一中的同学去富饶的泾县的苏红公社插队，我作为社会青年又一次上山下乡，我选择到条件较好的南陵县弋江公社插队。离开芜湖前，我到他家去看他，我们有一次非常深入的谈话：由于我已经有两年在定远农村的下乡经历，所以对上山下乡不抱什么理想，觉得前程是暗淡的，根本不知道明天在哪里？而人云却认为上山下乡是我们这一代人的革命实践，在那里将大有作为。尽管见解不同，但是我们有一条共识，即在农村一定要充分利用时间，好好读书，坚持写作。临别，他将自己写的小诗《蒲公英》送给我：

蒲公英，任意地飞

我的心和它一样，

小小的花儿，在空中荡漾，

落在没有水、没有土的石滩上，

在那儿成长，成长。

绿色的枝干，披着白色的花朵，

风吹来，满天都是白色的伞，

蒲公英，小小的花，

又将落在更加贫瘠的土地上。

　　我非常喜欢他写的这首小诗，它是我们这一代人苦难青春的宣言！特别是这一句：风吹来，满天都是白色的伞！抒情而充满张力，留下空旷的想象空间，是一代人顽强的生命力的呼喊，正像那个时期北岛、舒婷和"白洋淀派"知青诗歌的风格，40 年来，我每读到这首诗都会触发创作的灵感。

　　那天我还抄录了人云本子上的一位外国女诗人（可惜将她的名字忘了）的诗《灯火》：

不知远在天涯，

还是近在眼前，

那盏我朝思暮想的灯火，

在孤单地落寞徘徊。

那似水流年，已有多少一去不返，

我依旧在灯火中，

寻觅我那一盏。

我深深地相信，

她也同样在寻觅我，

——用她的温暖，

拨弄我的心弦。

　　这首情诗太美了，是那么含蓄而忧伤，崇高而纯洁，凡是读过这首诗的人，没有不被它感动的。这首诗伴随着我们的青春躁动期——初恋，单恋，失恋，苦恋，它是我们情感世界一个隐秘的神圣的空间，成为我们青春的伊甸园。今天再也看不到这样能够拨弄我们心弦的情诗了。

　　在以后的日子里，我们仍保持通信，一张八分钱的邮票涂上浆糊后，放在水里浸泡，刮去浆糊，可以使用多次。读人云的来信，交换我们在煤油灯下读书和写作的经历，给我平淡乏味的插队生活带来莫大的快乐。一封封来信传递着他的好消息：

　　他兴奋地读完了《鲁迅全集》；

　　他一直在写诗，而且是莱蒙托夫式的政治抒情诗；

　　他入党了，当上联合大队革委会副主任了（他是芜湖市知青中最早担任农村基层干部的）；

　　1973年被贫下中农推荐上大学了（他上的是芜湖地区师专），成为幸运的工农兵学员。

　　1977年12月，我们同时参加"文革"后恢复的高考，刘人云被录取在安徽师大中文系。1978年4月我费尽周折终被录取在北市路39号的安徽师大芜湖市专科班，居然和人云等许许多多芜湖一中的同学成为同班同学。他们都是现在人云写的《暮色大江》书中的主人公。

几年后，人云担任深圳翠园中学的副校长，在这个位置上一直干到2008年退休。他成为全国著名的中学语文教师，出版了多部中学语文教学改革的论文集。20多年来，我们只能在电话中互通信息。期间，他曾经来华中师大和武汉大学开会、学习，我们有几次交谈，我批评他放弃了文学创作。我说："中国并不缺少优秀的中学语文教师，缺少的是像你这样的文学俊才。"他说："你放心吧，我会写的，等到退休后，我一定把反映芜湖'文革'的书写出来。"2008年夏天，他来电话告诉我，他已经动笔，让我帮助联系出版社，我非常高兴。

今年元月我去上海，住在刘志宣家，他告诉我，人云的大作已经完成，正在北京一家出版社审读。半年过去了，读到这本散发着油墨香味的书，所有的朋友都为他感到高兴，因为这太不容易了！它的文学价值正如本书封底的评述：

首创展示中国城市文革史的惟一的斑斓的历史壁画
罕见描写青年红卫兵斗争的惊心的可悲的时代长卷

人云为写作这部书作了长达30多年的准备，尤其是资料之全令人叹谓，他几乎完整地保存着当时每一天的日记及各种"文革"资料：红卫兵小报，传单，大字报的底稿，信件等，没有这些第一手的资料是写不出如此厚重的作品的，特别是大的历史背景和小范围的社会环境的描述，每一个细节的交代使当年的亲历者们读之如历历在目。因为历史的真实是通过细节的真实展示的，这是这部书最可贵之处。人云在这部书中，大胆地运用双线索的叙述结构，巧妙地将自己个人在整个"文革"期间的经历（单线）与雨江市"文革"期间的社会背景（双线）交叉在一起，相辅相成，相互交融，呈现一种全方位、多视角的宏大叙事效果，用心良苦也。我知道人云在安徽师大的毕业论文的选题就是探讨长篇小说的多样化的结构方式的，30 多年后，他将这种理论探索运用到他的文学创作实践中来。当然这部书也有它的明显不足：社会环境背景的交代过于琐碎，人物过多，主要人物与次要人物混杂在一起，使读者陷入云里雾里，人为地设置了读者的阅读障碍。说句不客气的话，除了熟悉芜湖市"文革"历史的读者外，其他人要想将这部书一口气读完是非常困难的，作者在情节与人物的繁简处理上缺少了功力。也许，人云有他自己的考虑，太拘泥于生活的真实，让当年的每一个战友都能够在书中找到自己的影子，他失之于为情所累。但是，瑕不掩瑜，它是一部震撼人心的作品。

作为那个时代的亲历者，读这部书，多半会陷入往事不堪回首的感叹中。

年轻一代的读者会困惑不解，那个时代怎么会这样？你们这些人怎么会这样？

今天，我们可以这样简单地回答：因为那个时代疯了，因为我们疯了！

我们热烈祝贺人云这部大作的问世，我们期待今后他有一系列有力度的新作品诞生！

他不会让我们失望，因为他那句诗还跳跃在我们心中：

风吹来，满天都是白色的伞。（2010 年）

第三辑——歌声随风而逝

李庆霖：一位斗胆向毛主席告御状的小人物

　　1973 年 4 月 25 日，毛泽东主席在中南海游泳池边，读了由外交部副部长王海容转交的一封人民来信，他边读边想，特别是读到悲凉处的文字，毛泽东控制不住自己感情了。写信人是福建省莆田县上林公社一位叫李庆霖的小学教员，他在长达 2000 多字的信中陈述了下乡知青们生活上的困难境遇和上山下乡运动中的一些阴暗面，揭露了地方上一些干部利用职权为下乡时间不长的子女们开后门招工、参军、上大学的不正之风。这位执教 20 多年的乡村小学教员从一个知青家长的角度，沉重地诉说了一个父亲的困惑与悲苦、不平和不安。他在信的结尾处哭诉道："毛主席，我深知您老人家的工作是够忙的，是没有时间来处理我所说的事。可是，我在呼天天不应、叫地地不灵的困难窘境中，只好大胆冒昧地来信北京告御状，真是不该之至！"信是 1972 年 12 月 20 日写的，辗转数月，终于交到毛泽东主席手中。毛泽东读到这封信后深为所动，当即给李庆霖复信，原文是：“李庆霖同志，寄上三百元，聊补无米之炊。全国此类事甚多，容当统筹解决。”他让时任中央办公厅主任的汪东兴，从稿费中取出300元，连同回信一起直接送邮局寄走。毛泽东还问，李庆霖是不是共产党员？如果是党员，可考虑选他为“十大”代表。如果不是党员，有入党要求，可吸收为党员。如果没有入党要求，可让他出席“四届人大”。他还说，可考虑将李庆霖的信编入中学课本。可见毛泽东当时对李庆霖敢于坦诚直言是很赞赏的，以及对统筹解决知青问题的高度重视。其实他对上山下乡运动中的积弊早有所闻，所以并不以信中揭露的问题为怪。李庆霖的告状，虽有锋芒，并没有否定知青上山下乡这个“新生事物”的大方向。毛泽东主席给一个素不相识的小老百姓寄钱，这在当时是绝无仅有的殊荣，生动体现了伟大领袖体恤民情的人格魅力。

　　20多年后，李庆霖回顾向毛主席告御状的动机时说：“当时我看到知青像鸭子般被赶到山里去，我的两个孩子都是。孩子们那么小，连照料自己都不行，还要去干农活，有时还吃不饱。我的孩子回家拿米、拿物、拿钱，我心里难受。当时我们这样有孩子在乡下的家长，一见面就唉声叹气。我相信毛主席说的话不会错，但他老人家对下面的实情肯定不完全知道，于是有了向上反映的念头。我先给周总理写了封信，信发出后，几个月后没有动静，但孩子们在乡下的情况越来越糟，我的忧虑更深了，看孩子们一天天长大，工作没有着落，生活没有着落，将来的婚姻怎么办？这使我这个父亲产生了一种无力保护孩子的自责，于是只能斗胆向毛主席他老人家告御状了。信写好后又不敢寄，经过再三推敲删去一些自己不很有把握的内容，决定多说说自己孩子下乡的实际情况，只捎带说一下干部走‘后门’把子女调回城的'阴暗面'，发泄一点自己的不平。信是用 300 字的稿纸工楷抄写的，一直不敢寄，怕信被人卡住，回头整我。我担心这封信毛主席收不到，便想起当时给毛主席当英文翻译的王海容能经常见到毛主席，就寄给她，请她直接送到毛主席手中。"就在李庆霖将信寄走后，莆田县城里发生一起知青张贴非议上山下乡运动的匿名大字报而被查出，被狠狠批斗的事件，他担心向毛主席告状的信被查出自己将步其后尘，但覆水难收，后悔也没用了。

1973 年 5 月 1 日，新华社福建分社记者赖玉章来莆田，找到李庆霖家中，向他了解知青下乡状况和写信给毛泽东主席的经过，还让他拿出信的底稿。李庆霖说没有底稿。记者走后，李庆霖一连几日，心中惴惴不安。

5 月 6 日，邮递员给李庆霖送来一封信，是牛皮纸大信封，上印着"中共中央办公厅"，他心里咯噔一下，直觉告诉他，这一定是自己那封信的回信了。他抖抖索索将信纸展开，头页是毛主席复信的打印件（毛主席回信的原件当时就留存在中共中央办公厅了），另几页是李庆霖给毛主席信的打印件，注明是供中央政治局常委学习讨论的，这份文件一共只打印了 12 份。李庆霖将毛主席的复信读了一遍又一遍，泪流满面。他不敢相信这真的是毛主席的回信，呆呆傻傻想了一天。第二天傍晚，他才清醒过来，找到莆田县委大院，将毛主席的回信给县委书记刘功看，他心想这下好了，毛主席说统筹解决知青问题，同时也为打扰了毛主席他老人家而不安，但就自己那一封信，他的孩子和全国几百万知青真的能改变自己的命运吗？

5 月 10 日，李庆霖收到毛主席寄给他的 300 元钱，邻里们闻讯来到居仁巷 15 号的李家，争相抚摸用大红绸挂在屋梁上的 300 元钱，叮嘱李庆霖："这是毛主席送的钱不能乱花了，要用红纸包好传给子孙后代。"李庆霖立刻将 300 元存入仓后街工商银行凤山路储蓄所，从那以后一直没取出。

毛主席的复信传到莆田，下乡知青及其家长们奔走相告。

"文革"时代的官方宣传素来"报喜不报忧"，李庆霖的信暴露阴暗面，却受到毛主席的鼓励，无疑是"石破天惊"之举。他在信中鞭挞所及，多为本地权要，这些人"走后门"的劣迹一旦上到中央，昭然于天下，自然于仕途不利，所以这些当官的坐立不安了。县委派出两班人对李庆霖信中揭露的问题进行反调查。县信访办某负责人将李庆霖的儿子找去大加训斥："你这二流子，不好好劳动，还欺骗毛主席寄钱！"还有人危言耸听地说："同志们，要提高警惕，阶级敌人把我们的社会主义说得一无是处啊！"最大的对手是一些有实权的干部，他们说："李庆霖专门跟领导过不去，这是对党没有感情。"但是，这些人不光彩的小动作，在当时是"蚍蜉撼大树"，有毛泽东复信为依托，往日忍辱负重的李庆霖现在腰板硬得很。中共莆田地委组织 20 人赴下属四个县调查证实，知青安置中存在的问题比李庆霖信中说的还要严重！

6 月 23 日，福州军区司令员韩先楚将李庆霖接到福州，赞扬他给毛主席的信写得很好，并说中央有交待，有困难尽可直说无妨。李庆霖提出一个要求：1958 年插在他身上的白旗要拔掉。韩先楚司令当即表态："教学生不比种庄稼，成绩基础差，短时间怎能拔高，把白旗插在小学教师身上是错误的，这是资产阶级反动路线，当然应该平反。"

昔日一介平民的李庆霖，此时大红大紫，他居住的幽静的居仁巷，一下子热闹起来。除了许多知青和家长来看望他，感谢他外，还有各种素不相识的人找他办事，称他为"李大胆"、"李青天"。在那一段时间里，李庆霖每天要收到来自全国各地的信件，少则几十封，多则 100 封。使李庆霖感到沉重和不安的是寄自黑龙江和云南的女知青们哭诉被奸污迫害的遭遇，她们希望通过李庆霖将这些情况直接反映给党中央，来解救她们。李庆霖悲愤地读完这些信，并且慎重地将这些信转寄给国务院领导。半年后，李庆霖收到国务院有关部门对这些奸污女知青案件查处的通报与回复。

以毛主席给李庆霖的复信为契机，全国各地上千万知青的命运发生了变化。就在毛主席给李庆霖复信的第二天——1973 年 4 月 27日，周总理在人民大会堂福建厅召开中央高层会议，研究统筹解决知青上山下乡工作中存在的问题，并抽调大批国家机关干部分赴 13 个省调查，周总理亲自起草的关于印发"毛主席复信"的《中共中央通知》（即中发（1973）21 号文件），经中央政治局讨论并报经毛主席圈阅后传达到全体上山下乡知青和广大群众，做到了家喻户晓。

同年 6 月 22 日至 8 月 7 日在北京的前门饭店召开了长达一个多月的全国知青上山下乡工作会议。中央全面调整知青上山下乡政策，使下乡知青在口粮、住房、医疗等方面的问题得到一定解决。各地严厉打击迫害女知青案件，大开杀戒，对一批罪大恶极的罪犯处以死刑，以平民愤。从 1973 年到 1976 年中央财政拨付安置经费总数达到33 亿元。对插队方式也作了改进，从以往的分散插队发展到适当集中，同时建立知青点。介绍推广了以厂队挂钩建知青点的"株洲经验"。明确了可以按照国家计划在下乡知青中招工、招生、征兵、提干，从 1974 年到 1977 年知青的返城人数高达 438 万人，相当同期下乡总人数的 57% 。

李庆霖的个人命运也发生变化，从小学的革命领导小组成员到县知青办副主任、县教育组副组长，直到福建省高考招生办副主任、国务院知青办成员、第四届全国人大常委。

李庆霖因毛泽东的复信而名扬天下，他因告御状之举，被人们视为"为民请命"的反潮流英雄。然而在"文革"变幻莫测的险涛浊浪中，一个被推到风口浪尖的小人物想要把握自己的命运之舵是困难的。小学教员李庆霖根本不具备政治家的素质、见识和城府，他只不过是风云变幻的政治舞台上的一个匆匆过客。

他"发迹"伊始，即被地方上极左势力大肆吹捧，认为他与中央领导声息相通，有很大社会影响，故极力结交他以壮大声势。这时的李庆霖被炫目的荣誉所陶醉，在当时揪党内"走资派"、"投降派"的狂潮中到处表态、作报告，这样便为他后来身陷牢狱埋下了伏笔。

这位迂阔的书生，此时正担任福建省高校招生办副主任，他在招生工作中严格把关，抵制任何企图利用职权为子女上大学"开后门"的不正之风。在这一点上他严以律己，他的大儿子李良模自毛主席复信后入了党，成了莆田县秋庐公社一名党委委员，李庆霖这时完全可以凭职权，将李良模招生、招工抽调上来，但他认为自己的儿子应该听毛主席的话，在农村扎根一辈子，否则太对不起毛主席了。1974年大学招生，省招办工作人员向他汇报，某大军区几位将军打了招呼，要为他们的子女留几个大学招生名额。李庆霖断然拒绝，说不能开这个后门，将军的子女和老百姓的子女一样，要通过基层推荐，不能搞特殊化，并在省招生工作会议上将这件事公开捅出来，让那几位老同志下不了台，他们愤然道："江山是老子打的，留几个招生名额怎么不行？"李庆霖理直气壮，认为自己是在执行毛主席的革命路线。

1976年10月粉碎"四人帮"后，"四人帮"在各地的亲信纷纷倒台，李庆霖自己也弄不清自己怎么会被视为"小爬虫"并在当年11月份被隔离审查，关押在某军军部，失去了人身自由，并被押到各地批斗，几次昏倒在地。1977年11月1日，李庆霖被宣布正式逮捕，又隔了一年多，莆田地区中级人民法院才对他进行宣判，以"反革命"罪判他无期徒刑，剥夺政治权利终身。对这个判决，他一直不服，他承认自己犯有严重的错误，说了一些错话，干了一些错事，但决没有犯被判无期徒刑的重罪。但他的申诉一直没有下文。

1979年底在离武夷山风景区不远的省劳改总队崇安县支队农场里，来了一位年近五旬的犯人，与周围那些蓬头垢面的刑事犯似乎有点格格不入，犯人们很快知道这位慈眉善目的犯人就是几年前名扬全国向毛主席告御状的李庆霖，于是都很敬重他，管教人员让他干些烧开水、办大批判专栏的轻活。

1980年代初，有一些去武夷山旅游的北京、上海知青听说李庆霖就在附近的崇安劳改农场服刑，买了水果、糕点，走了十几里路去劳改支队探望他，这些知青的真诚感动了监管人员，便让李庆霖来见这些人。这些不同年龄、职业的老知青像亲人般围住他，一一说起当年因为李庆霖给毛主席的一封信，改变了他们的命运，他们希望李庆霖保重身体，早日恢复自由。

1990年12月24日，福建省南平地区中级人民法院根据李庆霖的改造表现准予减刑，他将于1994年8月获得自由。1994年3月李庆霖提前出狱，回到莆田世代居住的老屋，他无限感叹道："自失去自由，直到获释回家，历时 17 个春秋，如此漫长的坐井观天，真不堪回首!"

李庆霖回到阔别 17 年的莆田县居仁巷 15 号，他和老伴没有生活来源。他曾先后给福建省委、莆田县委写信，反映自己的困难。县里很快通知他，每月到县民政局领取 210 元生活困难救济费，两位老人仅靠这点钱勉强度日。

在李庆霖的陋室里，只有一台陈旧的黑白电视机，一张古董似的旧竹桌摆在墙角，当年他就是伏在这张桌子上给毛主席写信的。现在这张桌上摆满了大大小小的药瓶，他和老伴都是老病号。在劳改期间，他患有严重的神经官能症，常常要服安眠药才能入睡。1997 年 8 月他老伴因严重的肺气肿去世，她因他的牵连受了不少罪，现在撒手西去，令李庆霖悲痛不已。莆田不少老百姓自发为李庆霖捐款，总数达万元，使得他还清医药费欠账，并为老伴办丧。

这些年赋闲在家的李庆霖经常拄着拐杖到离家不远的莆田市政府信访局看报聊天，向有关部门申诉要求复查他的案子，推倒一些不实之词，信访局的人对他很客气，茶礼相待，但对他案子的申诉，杳无音讯。

但是，这些年来，千百万老知青没有忘记他。在他们的心目中，他是一位值得尊敬的老人，他们在寻找他，关注他的命运。当李庆霖还在武夷山下劳改时，1989 年湖南人民出版社出版了一本书《位卑未敢忘忧国——文化大革命"上书"集》，收进了李庆霖给毛主席的告状信。1991 年后，在全国各地出现了一个知青文化热，一本本知青生活纪实和中国知青上山下乡研究文章纷纷问世。它们高度评价李庆霖当年给毛主席上书之举，认为这是一个重大的分水岭般的事件，使中央高层及时调整知青上山下乡政策，改变了千百万知青的命运。许多素不相识的人都在关注这个命途多舛的老人的近况，纷纷给他写信问候，寄钱给他治病。他们中绝大多数是当年的老知青，有作家、记者、虔诚的基督徒。信和钱多半是寄到莆田市信访局转交的。1998年2月，笔者专程去莆田采访李庆霖三天，写出报告文学《李庆霖——一个改变知青命运的小人物》，被国内外近30家报刊转载，产生了强烈的反响，李庆霖还挥毫赠送笔者两幅墨宝，其中一幅就是坦诚拳拳赤子心迹的——"位卑未敢忘忧国"。

李庆霖的人生最后几年是在病痛的折磨中度过的，他患的是最令人头痛的帕金森氏综合症和喘息型气管炎。前者是当代医学无法根治的病，他的三个子女为照料父亲疲于奔命，许多热心人也向他们伸出援助之手，但他还是在痛苦中走了。他在2004年2月19日带着许多遗憾离开了这个世界。

当天，笔者从他家人处获得这个消息，当即在"华夏知青网"发布了这个信息，海内外许多老知青在网上发唁电，悼念这位老人的去世。

现在李庆霖安眠在莆田福山墓园里，今年清明节，他的子女们新拓了一尊墓碑，上面镌刻着毛泽东主席那封复信："李庆霖同志，寄上三百元，聊补无米之炊。全国此类事甚多，容当统筹解决。"

秋风衰草，夕阳无语，这是一块举世无双的墓碑。（2005年）

京城寻访知青酒家

　　1995 年 1 月 22 日，我专程去北京观摩北京知青们举办的"老三届——共和国的儿女"大型文艺晚会。北京老三届经济开发公司总经理朱昆年在他的"老三届食乐城"为我接风洗尘。这座著名的知青酒家坐落在西城的宽街，其装饰朴实自然，处处流露出浓厚的知青文化氛围。墙上挂着那个年代才有的毛主席语录和纪念像章、黄书包、旧草帽、小马灯、黄澄澄的玉米棒、红彤彤的辣椒。它经营的是地道的东北农家菜：玉米粥、窝窝头、猪肉粉条、大马哈鱼汤等。来这儿吃饭的不仅有北京的老知青们，还有来自全国各地的知青朋友。这些鬓角染霜的中年人，不论当年是黑土地的、黄土地的、红土地的，还是大草原的、大林莽的、大戈壁的；不论是市长、作家、企业家，还是大款、下岗摆摊的——只要一踏进这个门槛，就立刻找到了当年共同的感觉。20 多年前的风风雨雨，就像发生在昨天，令人荡气回肠，魂牵梦萦。一些白皮肤、黄头发的外国朋友也喜欢光顾这里，称赞这里的饭菜好吃，乡土文化味浓厚。

　　使我感兴趣的是门厅吧台上陈列着许多知青文学作品，既有梁晓声的《年轮》《雪城》、叶辛的《孽债》、郭小东的《青年流放者》，也有各地出版的知青回忆录。还有一套《北大荒人名录》，以当年团连为单位收录了数万名知青的姓名与通信地址，前后对照，他们的人生经历形成强烈的反差。这里还陈列着《老三届人》杂志，封面就是当年的北大荒兵团知青姜昆的照片，还有他的题字："青春与热血，理想与事业，谁能够坚持住——中国老三届。"位于和平里南口的"黑土地酒家"是风靡京城的另一家知青酒店。这里的女服务员着清一色的东北小媳妇的大红布衫，长长的刘海拂在额前。这里经营的是极普通的东北农家饭菜：主食是响水米饭、酸菜水饺、煎饼盒子，菜肴有小鸡炖蘑菇、杏仁山芹、猪肉粉条等。店主是原北京市旅游局局长薄熙成，他别出心裁地将六个单间命名为"北安"、"密山"、"虎林"、"集贤"、"罗汉"、"宝清"，这恰好是当年北大荒生产建设兵团的六个师的师部所在地名字。墙上挂着几件文化衫，上面写着"建设北大荒，青春献边疆"，还有密密麻麻的知青签名，我们可以发现一些熟悉的名字：姜昆、梁晓声、聂卫平、蒋大为、王刚……另两面墙上贴满了曾经光临过这儿的兵团知青的名片，各种身份都有：政府官员、总裁、记者、艺术家、个体户，还有浪迹天涯的学者和商人。知青岁月早已经远离了他们，但是这里的农家饭、战友情常使他们追忆起当年黑土地上高高的白杨树，红红的高粱，鼓鼓的大豆，还有草原上的狼嚎。他们或带着妻子儿女来此，或约当年的连队战友来此相聚，或掩面相泣，或放声高歌。唱的都是那些老歌，包括知青自己创作的歌曲，其中最有名的就是那首兵团知青人人会唱的

《汤歌》："汤，汤，汤/革命的汤/兵团战士爱喝汤/从北安到嫩江/一直喝到建三江/汤，汤，汤/革命的汤/早晨喝汤迎朝阳/中午喝汤喜洋洋/晚上喝汤勤起床……"（1995 年）

我们曾经年轻

  在毛泽东关于"知识青年到农村去，接受贫下中农的再教育，很有必要"的讲话发表 28 周年之际，一部由董宏猷主编的武汉知青回忆录《我们曾经年轻》于 1996 年 10 月由武汉出版社出版。

  这是一部饱蘸血泪写成的，反映武汉地区 43 万知青人生经历以及他们在逆境中成长奋斗的书。这部 40 万字的回忆录封面以鲜红与墨黑为底色透视出那个荒乱年代的时代氛围。它的扉页是醒目的题记——"谨以此书献给——活着和死去的知青伙伴以及他们的父母、亲友、老师，他们所眷恋的父老乡亲，他们生命的延续——所有知青的孩子们。"一打开这本书便给人一种岁月的苍凉感和知青这一代人沉重的社会责任感。捧读这本书，顿时使人回味起上海知青作家叶辛的代表作《蹉跎岁月》的主题歌："青春的岁月像条河／岁月的河呀，汇成歌汇成歌……"

  在 20 世纪即将过去，历史在回眸之际，我们又一次将目光投向当年的知青们。从 1991 年开始，知青文化热在全国各地升温并产生了强烈的社会反响。北京、上海、天津、广州、成都、南京的知青们先后举办了各种形式的知青岁月回顾展，一部部知青回忆录纷纷问世。1994 年春节，武汉的知青们也在武汉展览馆举办了"武汉知青岁月回顾展"，参观者达数万人，媒体也作了广泛的报道。由于这次回顾展准备仓促，资料与实物收集不够，不少参观者提出许多建议。因此，我们几位参与这次回顾展的老知青，经过多次协商，决定编写一本武汉知青回忆录《我们曾经年轻》，以填补在全国知青文化热中，反映武汉地区知青生活的图书尚属空白的缺憾，为武汉 43 万知青留下一点历史资料。

自 1995 年 2 月在《长江日报》刊登征文启事后，在半年的时间里，我们编委会先后收到数百位知青的近百万字来稿，我们从中选取 60 余篇成集。武汉知青当年上山下乡的形式是以分散插队落户为主，43 万涉世不深的中学生全部插到农户，与广大农民同甘共苦，他们在物质生活和精神生活极端贫困的生存状态中对中国国情与农村社会有了切肤的体察，他们的每一篇来稿都是饱含热泪写的。这些来稿或击节高歌，或侃侃而谈，或冷峻调侃，多数作者并不刻求文学手法，看重的是写自己昨天生活的真实和昨天历史的真实，因为历史的真实是千千万万个人生活的真实再现，所以他们写实事，抒真情，不溢美，不隐恶，尽可能保留当年生活的原汁原味，将历史的原生态和自己的心灵赤裸裸地展现给读者看。

一位下放在汉阳索河，至今仍未返城的老知青带着妻儿寻到我家中，将淤积心中 20 多年的悲欢怨恨倾诉出来，一吐为快。一位当年去麻城插队的女知青，现在已经从工厂提前下岗，她将文章修改了四遍再送到我手中。她写出了昨天的艰辛和今天的无奈，以及在社会转型期，在重新就业的选择面前如何克服失落，旷达地对待人生。

几位旅居美国、澳大利亚、德国、日本的武汉知青也寄来了他们的征文。

在征稿过程中，我们了解到在当年的知青中还有两位烈士：一位是 1969 年 7 月 20 日在长江燕窝段溃堤时，抢险堵口中牺牲的大沙湖农场的上海知青朱高年；另一位是下放在房县的武汉知青陈寓平，他在 1974 年 1 月为保护群众与杀人犯搏斗而牺牲。我和几位编委先后到大沙湖农场和房县采访，将他们的事迹编入本书，以告慰烈士的英灵和他们的家人。

武汉地区的文化名人刘道玉、冯天瑜、刘纲纪、刘富道、黄曼君、陈美兰、方方热情地为本书撰稿，他们从各自的视角，阐述了对中国知青运动的精辟见解。

武汉知青回忆录《我们曾经年轻》的出版，催生了一个特殊的团体——武汉知青艺术团。这个团的成员绝大多数都有过知青生活的经历，他们多数已经年过五旬，最小的也有 40 多岁。他们中有优秀的歌唱家、作曲家、指挥家或电视台的节目主持人，更多的是普通的工人、教师、个体经营者，有的已经下岗或退休。他们中的许多人从未受过正规的艺术训练，有的甚至从未上过舞台。他们以一种真诚、热情以及对生命的真切体验，走向排练场，走上舞台。

1997 年 1 月 18 日，这个团演出的首场主题晚会"我们曾经年轻"在武汉剧院拉开红色金丝绒的大幕，舞台上响起了气势磅礴的由胡发云作词、姚峰作曲的主题歌——《我们曾经年轻》：

我们曾经年轻，像蓝天，像白云，像山涧小溪水盈盈。

我们曾经年轻，像花朵，像小鸟，像春风田野草青青。

我们曾经年轻，像烈火，像雷霆，像搏击长空的鹰，像冲锋陷阵的兵。

我们曾经年轻，在那贫瘠的土地上，在那遥远的小山村，听那冬夜的风雪声。

八千里路啊，坎坷风或雨，几十春秋变换阴与晴。

岁月冲刷着我们的额头，我们的额头深深浅浅刻上皱纹。

沧桑爬上我们的双鬓，星星点点，发丝如银。

只有那一颗不老的心，热烈地燃烧，照亮我们热烈的生命。

啊，朋友，朋友，伸出你的手，握住我的手。

啊，朋友，朋友，捧出我的心，温暖你的心。

我们有一个共同的名字叫——知青！

我们有一个共同的名字叫——知青！

这台晚会震动了武汉，影响波及全国。它使人们蓦然回首，发现历史依旧活着，活在人们的心灵深处，化成一种生命的激情，化成泪水奔涌而出。这台晚会反映的就是这一代人的历史，也是共和国的历史。

京山的宋河是当年武汉知青下放比较集中的地方，1998 年 12 月

19 日晚，在宋河镇大礼堂，武汉知青艺术团举行了"第二故乡行"的首场演出。这台晚会充满了浓厚的乡土气息，歌颂了 20 多年的改革开放，抒发了一代人的风雨人生。当演出《难忘故乡花鼓调》时，报幕员朗诵："难忘故乡的水，难忘故乡的桥，最难忘故乡花鼓调，曲儿含着米酒香，鼓儿锣儿经常在梦里敲。"接着改用京山腔："听到花鼓子呦，生了病都可以不吃药喔。"全场爆发出笑声和暴风雨般的掌声。在演出过程中，不断有来后台寻知青的老乡。在观众席上，一位 40 多岁的乡村干部看了节目后泣不成声，他对我说："不容易呀，那时我们农民很苦，你们知青比我们农民还要苦。30 来年过去了，你们还没有忘记这块土地，还回来看我们，我心里又高兴又难过。"

自 1999 年后，武汉知青艺术团的排练与演出一直没有中断。但是，岁月不饶人，几年来，几位艺术团的开创者先后离世，他们是企业家黄战，武汉市总工会宣传部长廖世昌，被誉为"金话筒"的武汉电视台节目主持人管伟，胡发云的夫人、作家李虹。

我作为武汉知青艺术团的发起人之一，近几年，由于教学与写作太忙，已经很久未与知青艺术团的朋友们联系了，但是，我听说武汉知青艺术团的排练活动仍然在继续，它已经成为渐入夕阳年龄的知青朋友们的精神家园。

那首气势磅礴的团歌《我们曾经年轻》永远激荡在我们的心中。
（2002 年）

青城邂逅张韧大姐

1999 年 8 月 21 日，大型纪实文集《中国知青人生感悟录》首发式暨研讨会在塞外青城——内蒙古自治区呼和浩特市举行，来自全国各地的知青名人、知青作家、企业家 30 多人参加了这次盛会。开幕式上，在会议厅里我邂逅了阔别 33 年的张韧大姐，我上前紧紧握住她的手："张大姐，你也许不认识我了，你曾是我们人生道路的引路人。"

现任上海文汇新民联合报业集团纪委书记的张韧脸上露出似曾相识的微笑："你是?"我忙提醒："还记得吗? 1966 年 3 月在安徽定远县大石塘水库?"

"哦呦，"她开怀大笑，"想不到，人生何处不相逢，30 多年都过去了……"

记忆的闸门豁然洞开，往事似潮水般奔泻而出。

张韧，对当时的插队的我们来说，是一个熟悉的名字。

33 年前，命运的狂涛将我们 4000 多名知青抛掷在荒凉的皖北十八岗。一天，雪后新霁，我们接到县委通知，全体知青集中到大石塘水库，社教总团派董加耕和张韧同志给我们作报告。听到这个消息我们很兴奋，因为董加耕和张韧是全国知青上山下乡的两面红旗。

虽然天寒地冻，但会场气氛热烈，嘹亮的革命歌曲似春雷滚滚，在我们热切的期待中，董加耕和张韧来到会场，他们以自己亲身经历介绍与传统观念决裂，下乡积极参加农村的阶级斗争、生产斗争、科学实验三大革命的感受和体会。报告结束后，我们围住他俩，请他们在我们的日记本上签名留言。当时张韧刚20多岁，齐耳的短发，戴着一副眼镜，很文静，她给我的题词是："听毛主席的话，走与工农相结合的道路。"题词我至今仍珍藏着。张韧是1962年从上海华东师大二附中毕业的，已经考取了上海戏剧学院导演系，但她放弃了，响应上海市委的号召，参加社会主义新农村建设，随母亲、弟妹一同到肥西县袁店公社安家落户，成为一个新农民，她的事迹很快在上海《文汇报》和北京的《红旗》杂志上刊登。作为上山下乡的前驱者，她的成长也鼓舞了我们这些热血沸腾的知青。那一次会见，她给我们留下了难忘的印象。

30多年前大规模的知青上山下乡运动作为一种社会实践已成为历史，但那段远去的艰难悲壮的经历，却使我们这些共和国的同龄人不堪回首，却又情不自禁地蓦然回首。走出历史光环的张韧大姐在会上坦诚人生感受："我们这一代，之所以在饱经创伤后仍激情不减，从大红大紫到大起大落时能坦然以对，正是因为一出校门就实实在在地投身了工农队伍。工农的方向、底气、期望、责难像一个个烙印打在我们身上，驱使着我们走过了劳累而又充实、艰辛而激昂的年年月月。30多年过去了，我并不后悔当年选择下乡当农民的初衷，跟着祖国在风风雨雨中走过的经历是使我安然和幸福的财富。"

　　会后，我们去鄂尔多斯草原观光，在从呼和浩特往伊金霍洛旗的路上，我们一直在娓娓交谈。张韧诉说 30 多年她所经历过的抗争、困顿、失落与欢欣，她可称得上是一块在炉中淬过多次火的钢，30多年来，她转换过许多不同的岗位，在每一个岗位上都闪闪发光，始终保持农民的朴实和知识女性的高雅聪慧。她下乡务农十年后，被招到《安徽日报》评论部当记者，兼任共青团安徽省委副书记，1978年担任中共当涂县委副书记，以后又调到省农委任信息中心主任，省计委商贸处处长。张韧酷爱哲学、文学和历史。1980 年，她在担任当涂县委书记期间，接待一个英国农村发展考察团，在陪同他们下乡调查时，她谈起基督教对西方文明的影响，谈起她所酷爱的英国现代作家高尔斯华绥的小说《福尔赛世家》对她的影响，令对方惊叹不已："想不到在中国还有这样博学多才的农村基层官员。"1993 年，她作为退休的军队干部家属重返上海，先任上海华亭集团党办副主任、宣传部副部长。1995 年又出任《新民晚报》党委副书记、纪委书记。1998 年又出任文汇新民联合报业集团纪委书记，并担任起 48层的文汇新民联合报业集团大楼的设计与施工的重任，她和同事们众采国内外报业大厦造型结构与环境规划之长，严格施工，加强监督，一年多后报业大厦竣工，成为国内第一流的新闻综合大楼。

　　会议结束时，我将主编的《沧桑人生》赠送给她，并在书的扉页题词"曾经同饮一江水"，表明我们曾有过共同经历。千禧年前我收到她寄来的一张《文汇报》印制的精美贺卡——"文心（新）雕龙"。她来信说："芜湖是她工作、生活过多年的地方，这里有她不少同事和朋友，等芜湖长江大桥建成了一定回来看看。"（2000 年）

寻找遗落在荒原上的碑

——访知青作家陆星儿

1999 年 8 月 21 日，《中国知青人生感悟录》在内蒙古的呼和浩特市举行首发式暨研讨会。来自全国各地的 30 多位知青名人、作家、企业家参加了这次盛会，其中有张韧、叶辛、曲折、柴春泽、陆星儿等。

陆星儿是广大读者十分喜爱的知青女作家，今年50 岁，与共和国同龄。陆星儿以写知青和女性文学著称，20 多年来她发表的中长篇小说不少是知青题材。这与她在北大荒的十年知青经历，并且一直在关注知青这一代人命运分不开。1968 年秋，在上山下乡高潮中，上海姑娘陆星儿去了北大荒建设兵团。开始是开拖拉机，以后又当文书，在场部当宣传员、新闻干事。1977年恢复高考后，她考取了中央戏剧学院文学系，毕业后分配到中国儿童艺术剧院任编剧，1988 年调至上海作家协会，担任过几年《海上文坛》执行副主编，现在闭门"爬格子"。

星儿告诉我，她的第一部成名作是中篇小说《达紫香花悄悄地开了》。她以女性作家特有的敏感与嗅觉，以细腻的、散文诗般的笔触，写一个在大返城狂潮中丢下一切离开北大荒的女知青潇潇，多年后已成为作家的她又蓦然回首，情不自禁，重返北大荒，寻找一直留在那里的儿子和丈夫，以及由此心灵所受到的巨大震撼。但母子见面不相识，小说男主人公——当年的七连副连长，现在的七星农场场长一直没露面，这是一个将自己的青春和生命献给黑土地的血性铁汉子，有点像海明威笔下的"硬汉性格"。她说写这篇小说的初衷是："当人们习惯地用'知青'这样一个称呼，概括一代人曾经有过的共同经历时，我总感觉到人们语气中，隐含着怜惜、哀叹，有的还不免带着无意的轻蔑。可是，知青这个称呼所拥有的真正内涵，以及这段经历所带给我们这代人的命运，决不应该只是哀叹和感慨。"

近十年来，陆星儿不止一次重返当年插队的北大荒农场。在创作冲动的驱使下，她写了一部部催人泪下的知青小说，如《啊，青鸟》、《精神科医生》、《留给世纪的吻》，小说塑造了一个个不向命运低头的知青形象，揭示了这一代人在面临社会的蜕变时期，负着沉重的精神包袱向前跋涉的经历。他们无论成功还是失败，无论是在哈佛大学攻读博士学位，还是在里弄工厂领导婆婆妈妈们，都为同一种精神所鼓舞。历史不会从我们这一代跳过！这一代人一直与共和国风雨同行，他们像死了一次那样，一切重新开始，依然要挣扎、奋斗。

两天后，在毛乌素沙漠边缘，我们攀登"响沙湾"，在沙丘上滑沙后，星儿告诉我几年前让她感动的一件事：1994 年夏天当《苦难与风流》出版时，她和叶辛、王小鹰等知青作家在上海签名赠书，一条狭窄的绍兴路，一大早就被数千名闻讯赶来的老知青们挤满了，一个上午他们签名赠出了 1600 多册书，该书第一次印刷的 6000 册书，两天内售完，出版社只得再印。老知青渴望读到写他们历史和人生的书，这使得星儿越发感到"为一代人立言"是知青作家们的责任和使命。今年 3 月，上海文艺出版社出版了陆星儿的新作《我儿我女》，她将视角转向知青的下一代，写两代人的代沟，写子女眼中的知青父母，写知青父母们对子女的期望与失望。我问陆星儿今后打算写什么，她说："写一部反映一个女人命运的长篇小说，依旧是知青题材。因为知青这一代人还活着，我预感到将有更多的知青题材小说，从更深更新的意义上反映这一代人的过去、今天和未来。"
(1999 年)

酒醉乌兰察布草原

1999 年 8 月 22 日上午,《中国知青人生感悟录》签名售书在呼和浩特市新华书店举行。下午内蒙古的东道主们安排我们去乌兰察布草原观光,车队翻过岩石嶙峋的大青山后,展现在我们眼前的是"天苍苍,野茫茫,风吹草低见牛羊"的塞外景色。对于我们这些常年居住在人口稠密、拥挤、空气污浊的都市客来说,草原的空气竟是这么清新、鲜畅,蓝天一碧如洗,初秋的塞外色彩是那么丰富:碧绿的草场,白色的羊群,粉红的荞麦花和成片的金色的油葵,散落在草场上一个个色彩斑斓的蒙古包。临近黄昏,我们的车队终于驶进四子王旗王爷苏木的杜尔博特村,我们受到牧民们的热烈欢迎。在铺着羊毛毯的蒙古包里我们席地而坐,热情好客的牧民们送来了奶茶、奶酪、奶豆腐和炒米。

草原上的黄昏落日是瑰丽壮观的,一轮西沉的红日,满天晚霞,残阳如血,晚归的羊群在欢叫。上海的张韧大姐、女作家陆星儿和戴文妍采来一捧捧艳丽的野花，插在每个蒙古包的水碗里，顿时飘来一股沁人的幽香。

场地上燃起熊熊的篝火，烧的不是木柴，而是一大块一大块内蒙古的优质无烟煤，只要浇一些柴油，划一根火柴就燃着了，火舌驱走了草原夜的寒气。为我们接风洗尘的晚宴就在这露天举行，科尔沁草原牧民的儿子、内蒙古师范大学的嘎热迪教授首先提醒我们，蒙古族同胞热情好客而且豪饮，他们的敬酒是非喝不可的。晚宴是丰盛的：烤全羊、手扒羊肉、马奶子酒是牧民款待远方客人的最高礼仪。东道主致欢迎词后，几位着蒙古族盛装的歌手就来到我们面前，一位叫巴图的男歌手弹起悠扬的马头琴，美丽的蒙古族少女乌其格用蒙古语高唱起《祝酒歌》，她高举盛满马奶酒的银碗首先向中国作家协会副主席、上海知青作家叶辛敬酒，牧民们都很喜欢他写的小说《蹉跎岁月》和《孽债》，而叶辛的酒量一般，抿了一口打算坐下，谁知乌其格的歌声不绝，看来不喝下这碗酒，她是不会停止歌唱的，叶辛只好将满碗的酒喝了。下一个是四川泸州知青集团总经理官国柱，他创立的"知青"酒品牌已经誉满全国，他的酒量好，乌其格刚放开歌喉，他一仰脖子就将一碗酒饮了。接着轮到我，我不胜惶恐，再三说明不会饮酒，但是，乌其格毫不领会站在我面前不停地唱，我只好拼出去了，分两次将那碗酒喝了，顿时满脸通红。下一个是北京的曲折，1967 年他第一个主动要求到内蒙古草原插队，获得周总理批准，是"文革"期间大规模知青上山下乡运动的"领头羊"，在锡林浩特草原插队十多年，他很熟悉蒙古族风俗，酒量也行，他用蒙古语和乌其格对起歌来，将全场的气氛推向高潮。在悠扬的马头琴和电吉他的强烈节奏中，赤峰的柴春泽翩翩地跳起独舞，像一只翱翔在草原上的雄鹰，这时的春泽轻松、空灵，一扫他白日里的沉默寡言、满腹心事。

在他们的歌声和舞姿的感染下，我们手牵手围着熊熊篝火跳起充满青春气息的集体舞，虽然我们已经过了知天命之年。

夜深了，篝火熄灭了，曲终人散，回到蒙古包里，我们依旧兴奋着，躺在被窝里，规定每个人讲一段自己插队的有趣经历。叶辛讲了1998 年重返当年插队的贵州砂锅寨与苗胞们相聚的感慨。北京老三届酒店老板朱昆年叙述了当年在晋南农村插队时抵制当地落后愚昧乡间风俗——"闹洞房"的趣事。柴春泽谈了不久前重返第二故乡——翁牛特旗的玉田皋乡的事。他当年带领老乡们引水改田种水稻，改变了当地的贫穷落后面貌，时隔 20 多年后，老乡们见到他仍然亲切地喊他："柴书记，你回来了！"我唱了一首当年在武汉知青中广为流传的知青歌曲《我爱武汉的热干面》，下一个轮到曲折讲了，不料大家都已经酣然入睡了，一会儿，蒙古包里一片鼾声。这一夜我们喝了太多的酒，说了太多的话，唱了太多的歌，几乎每个人都醉了，醉在乌兰察布草原热情好客的蒙古同胞们的盛情里。（1999年）

柴春泽重返玉田皋

　　2002 年 8 月中旬去北京的出版社交书稿，有两日之闲，我便去赤峰看柴春泽。去赤峰的 2559 次列车在永定门车站始发，与恢宏的北京西站相比，这个北京南站显得寒碜，乱糟糟的。8 月正是去塞外坝上草原旅游的黄金季节，所有的卧铺已售完，我只买到一张硬座，看来得在车上苦熬一夜了。晚上九点检票进站，我直奔10 号车厢，找到列车长，她姓魏，是个年轻漂亮的北方女子，听说我是去赤峰采访的南方来的作家，表示热烈欢迎，让手下人立即为我补办卧铺，而且是最舒适整洁的 2 号车厢。我连连向她道谢。

　　行车一夜，醒来已是曙光满天，车窗外是南方少见的清花瓷般的白云蓝天和辽西山地风貌：裸露的山崖，高高的白杨树，干涸的河床里一束束闪亮的清流，四合院的庄户人家，晚熟的玉米一片绿浪。

　　柴春泽和他的知青点的战友边全有（赤峰市蕙荣商贸公司经理）来车站接我。一声亲切的"大哥"喊得我心旌飘摇，我没想到来接我的还有安海燕，这是一位将女人的温柔与男人的豪爽集于一身的女强人，我们都是在 1999 年 8 月在呼和浩特召开的《中国知青人生感悟录》首发式上结识的。海燕可是一位知青名人，她的父亲是内蒙古大学的创办人，参加过"五四"运动，抗战时期是吉鸿昌部队的党代表，1957 年被打成右派，几经磨难。她母亲是内蒙古林果事业的奠基者。她自己在呼市郊区大青山深处一个贫穷、落后山村插队长达八年，是一名深受汉蒙同胞欢迎的女赤脚医生，是内蒙古自治区知青标兵之一，"文革"后她考上医学院，以后担任了内蒙古自治区精神病院院长。1990 年她辞职独自一人去海南岛创业，从一把手术刀做美容开始，到开发仙人掌系列产品，她研制的"古丽特"品牌享誉海内外，是兼具美容与医药的化妆品，一家美国公司要用 1000 万美元买她这个专利，被她拒绝了，她的创业史被人传为美谈。1996 年在第四届世界妇女代表大会上，她是被中国政府表彰的 200 位巾帼英雄之一。我们戏称她是"从草原起飞的海燕"，她笑着说："全怪我爸爸给我起的名字，是海燕当然要到大海上去飞翔，去叼鱼吃。"

上午我们去看红山文化遗址，红山因山体岩石呈深红色而闻名。中国史前文化中有红山文化，是北方燕山一带新石器文化的典型。真正的红山文化遗址在凌源县和喀左县、建平县的三角地带，特别是牛河梁村遗址，它使人们在中华文明的起源上，发现了新的研究线索。我曾在北京的历史博物馆看到从这里出土的高额、深目、大口、丰乳的陶制妇女裸体塑像，它被称为"早期的维纳斯"。1970 年代，在红山文化遗址上发现了玉雕的龙，经检测，有 6000 年历史，它把中国"龙"的起源提前了 1000 年，所以说赤峰是中国龙真正的故乡。海燕提议市政府应规划在红山公园建立中国龙博物馆，她已列出了百余项的系列龙文化开发项目，期望以龙的故乡和坝上草原风光并举，使之成为赤峰市旅游业的支柱产业。

午餐前，我们一行去造访位于市中心的"春泽信息服务部"，柴春泽的妻子刘立新前几年从辽河工程局下岗后开办了这个信息服务部，业务挺忙，除承接电脑打字、复印外，还创办了举世仅有的一份知青信息荟萃《信息服务》，每月一期，每期印 200 份，该报及时反映全国各地知青经济、文化活动信息，深受广大知青欢迎，被认为是一份极具收藏价值的藏品。

下午的活动是重返柴春泽的第二故乡翁牛特旗的玉田皋乡。180 里路程，由于路况不好，差不多到傍晚才赶到。1971 年 12 月，身为赤峰市中学红代会副主任的柴春泽率领赤峰市六中 61 名毕业生，来到昭乌达盟的翁牛特旗玉田皋公社插队落户，那年他刚 18 岁。

玉田皋，蒙语意为"水边的高地"。这地方地处红山水库下游，地势低洼，白花花的盐碱地，风沙大，玉米谷子的亩产不到 100 斤。柴春泽下乡的第一天，第一顿饭是在玉田皋公社吃的大米饭。公社书记高一对知青们说："我们这地方不产大米，听说你们来了，贫下中农特意买了大米给你们吃。"这句话深深印在他脑子里，这也许就是他以后率领玉田皋人种水稻的原始动力所在。

1973 年春泽在煤矿工作的父亲来信，告诉春泽已为他办理好了内招回城的手续。天真、单纯的春泽，考虑到自己是知青点的头，发过誓要扎根农村 60 年的，他决不能当逃兵，于是回信，谢绝了父亲的安排。他在信中写道："您是一个具有 27 年党龄的中国共产党党员，我建议你再考虑一下您的意见是否符合党的利益。"谁知道这封家信因当时的政治需要，先后被《辽宁日报》、《人民日报》、《光明日报》、中央人民广播电台发表或播出，全国各地报刊纷纷转载，一夜间，柴春泽成了敢于与旧传统决裂的反潮流英雄，在那个特定的历史条件下，他被推上政治运动的顶峰，大红大紫后接踵而至的是牢狱之灾，这是年轻的他始料不及的。

柴春泽不止一次对我们说："一些不了解内情的人都说我是凭着一封信出了名，捞到了政治资本。其实我吃了多少苦，干了多少活，他们根本不知道！我当时不愿返城还有一个原因，那就是在劳动中，在生活中，我与玉田皋的老百姓有了深厚的感情，我舍不得离开他们。"

1974年4月已经担任玉田皋公社党委副书记兼玉田皋大队党支部书记的柴春泽，受花都什农场种水稻获得成功的启示，向当时昭乌达盟的有关领导提出在玉田皋引种水稻的大胆设想，在得到昭乌达盟水利和农业部门专家认可后，他对土地进行了重新规划，决定先搞100亩试验田。当时农民群众对这一新生事物根本接受不了，宁可荒着田也不愿搞实验，经反复做工作，才勉强落实了50亩，柴春泽把试验田任务交给了党支部副书记刘立新。秋天到了，这50亩水稻试验居然成功了，老乡们听到消息后都高兴地跑到麦场上看热闹，有一位瘫痪在家多年的老大爷，硬是让人用手推车把他推到麦场上看个明白："呦，咱这地方还真出大米啦！"为解决水的灌溉问题，柴春泽决定从红山水库引水，辽宁省革委会批准他们在红山水库坝上戳一个窟窿，建引水渡槽解决自流灌溉问题，已经出名的柴春泽赶到沈阳求援，省革委会副主任刘盛田和沈阳军区参谋长杨迪特批拨款40万元修建渡槽。柴春泽带领玉田皋农民和知青们吃睡在土地上，奋战一个冬天，终于将渡槽建成了。春天，红山水库的水汩汩流向玉田皋的洼地。1976 年玉田皋三个大队水稻面积扩大到 1700 亩，盟里还派大洼县农业技术员来指导水稻种植技术，并搬迁了村庄，整平了土地，建立了林网。1977 年全公社水稻面积达到 7000 亩。

这一年，正当水稻成熟收割之际，柴春泽却被隔离审查，被开除党籍。有一次他被押回玉田皋批斗，看到批斗会上的柴春泽如此憔悴，玉田皋农民有的背过脸去抹眼泪，他们实在找不出痛恨柴春泽的理由来。

批斗结束后，大家都去公社食堂吃饭，伙夫给柴春泽满满盛上一大碗大米饭和一碗炖猪肉，轻声地说："吃吧。"柴春泽望着碗里自己亲自带乡亲们种出的大米，他再也控制不住自己的感情，禁不住哭出声来。押送车往回返了，公社党委特意给柴春泽带上了毛毯、被褥、枕头。他再次感受到党和群众的温暖。

1979 年 12 月，当他被落实政策释放后，第一件事就是回到玉田皋，他要看看稻田，看看沙丘上栽过的树，看看与他曾经朝夕相处过的乡亲们，乡亲们像以往一样拉着他的手说："柴书记，你回来了！"

1980 年 9 月 30 日，他接到中共昭乌达盟委员会关于恢复他党籍的决定，盟长办公室关于他招工回城的决定，和当地公安局关于为他平反的决定，他又获得了新生。

时间过去了 20 多年，柴春泽仍以一个普通人的身份生活在这个辽西的古城里，他在赤峰电大当教师，在这座城市里人们对他的口碑极好。

下午五时，我们一行风尘仆仆地赶到红山水库。红山水库于 1956 年动工修建，1960 年 9 月主坝截流，1965 年竣工投入运行。

它是以防洪为主，兼顾灌溉、发电、养殖、旅游等综合利用的大型水利枢纽工程，总库容量为25.6亿立方米，是内蒙古自治区最大的一座水库，在防洪方面保护着下游600多万亩耕地，十几座市镇，几百万人口和六条铁路干线的安全。水库管理局的张天恃书记一行早已在等候我们，他也是当年玉田皋的知青。他带领我们登上大坝，眼前是蓝天、碧水、绿荫、沙滩及水库下游秀丽的塞北江南风光，令人陶醉、流连。他告诉我们大坝前那座七个墩柱、五个跨拱的东西就是1975年冬天柴春泽带领社员和知青们建的引水渡槽。27年过去了，它一直在发挥引水自流灌溉的作用，浇灌着十多万亩水稻田。近年水利部拨款500万资金用以维护大坝，并将这座渡槽列入维护范围。

玉田皋乡离红山水库只有18华里，汽车一刻钟就到了，当我们的车队开进乡政府时，已等候多时的乡干部与老乡热烈欢迎我们这些远方的客人，一些中老年乡亲们握着柴春泽的手说："柴书记，你回来了。"这时的春泽满面春风。

接着，两位乡长带着我们爬上一块高高的岗地，这里成片牧草郁郁葱葱，岗头修建了一个大蓄水池。我们登高远眺，一条狭长的自流明渠一路浩荡而去，碧波粼粼，一眼望不到边际的水稻田呈现在眼前，完全是一派北国江南稻花香的景象，是一幅绿色的长卷。玉田皋乡领导向我们介绍，全乡水稻种植面积近三万亩，亩产量达到1200斤。"玉田皋"牌优质大米的浇灌水源——红山水库，水质清澈透明，无污染适于饮用和浇灌。"玉田皋"牌优质大米已被国家绿色食品发展中心评为A级绿色食品，经中国科学院沈阳应用生态研究所测试鉴定，大米有人体所需的各种氨基酸达18种，含量超过8%

以上，已远销关内外。

　　我被眼前的景象震撼了，我紧紧地拥住春泽说，这是我们知青的创业史，这是你大写的人生！人民不会忘记，历史也不会忘记！（2002 年）

鹭岛访舒婷

20 世纪 70 年代末，厦门青年女诗人舒婷以一组灿如星光的抒情诗《致橡树》、《一代人的呼声》给沉寂的中国诗坛吹进了清爽的春风。她这些具有朦胧色彩和审美情趣的诗行记录了一代人的心路历程，抒发了我们在那个特殊年代所拥有的理想追求、真诚和尊严，抛弃了政治与意识形态的禁锢，以鲜活的生命体验和自我情感的宣泄，恢复了诗的人性和文学性。舒婷的诗影响了一代文学青年。

1998 年是知青上山下乡运动 30 周年，我想主编一本反映中国知青人生的书，遂向全国各地的老知青征稿，我当然想到曾是知青的舒婷。4 月的一天，我将电话打到舒婷家，接电话的是她的丈夫陈仲义先生，他告诉我舒婷正在住院治疗青光眼，现在不能动笔，约稿的事只能往后推了。6 月底，我收到厦门知青作家谢春池寄来的舒婷写的一篇文章《房东和房西的故事》。

30 年前，舒婷作为厦门一中 67 届初中毕业生，到贫困的闽西山区上杭县太拔公社插队，在那里待了四年，和那儿的父老乡亲结下了深厚的感情，所以她这篇文章的题记是："回想起来，我的房东都是村里最可爱的人。"在这个富于情感的题记下面，她以极自然平淡的语言叙述房东和房西（即女房东）最日常的言谈、行为和举止，以一个个实实在在的生活细节透露出山民的生活方式，使我们感受到作者是如何在木讷朴实的山民中间把握着某种人生的要义，在芸芸众生的忙碌中如何触摸到人性清澈的感情。1998 年 7 月底，我去厦门出差，抵厦门的第二天，谢春池便陪我去鼓浪屿拜访舒婷，30 年前春池和舒婷同在上杭县插队。舒婷住在这个美丽的"海上花园"的一条幽静的深巷里，它是一座旧式的花园洋房，是陈仲义祖辈——一位南洋华侨的私宅。我们坐在她的书房里谈诗，谈知青文学和文坛上的众生相。穿一套黑色连衣裙的舒婷忙着削梨给我们吃，这是鼓浪屿上产的梨，滋味极甘甜。她的丈夫陈仲义也是厦门市的老三届，曾在闽西的永定县插队多年，现在也是中国作家协会会员，在现代诗学研究上著述颇丰，出版了《诗的哗变》等多部专著。他现在是厦门市职工大学的副教授。仲义告诉我，近几年舒婷由于眼疾，诗写得较前少了，但一直没有停笔，主要是写一些散文和随笔，去年媒体传出舒婷已经"封笔"了，纯系谬传。舒婷笑着说，有些记者总想挖空心思来制造轰动效应，令人哭笑不得。她说江苏人民出版社刚出版了她三卷本的文集即诗歌集、散文集、随笔集。今年 5 月由郝海彦主编的《中国知青诗抄》就收进了她的六首诗：《一代人的呼声》、《致橡树》、《祖国啊，亲爱的祖国》、《这也是一切》、《也许——答一位读者的寂寞》、《土地情诗》。舒婷很欣赏这本诗集扉页的题记——"你将在这部首次问世的诗集中，聆听到来自荒原、幽谷、水乡、胶林、沙漠里生命的颤音；你将直面一片青春的碑林，一种灵魂的极地，一枚聚蕴着太多风云、雪电，太多苦涩、孤独、悲怆、旷怀，太多失落、彷徨、稚拙、求索的精神化石。"

舒婷仲义夫妇在闽西山区插队多年，对那块红土地充满了眷念。最近她在为贾平凹主编的《美文》杂志上，写了篇专稿《干菜岁月》。闽西山区太穷，农民们很难吃上蔬菜，大半年靠干菜下饭。他们准备近期带着即将上高中的儿子，重返 400 多公里外的那个偏僻依旧的贫穷的山区，让他体验一下父母曾经苦涩的青春岁月。（1998年）

谢春池的闽西情结

  1993 年，在一次偶然的机会里，我读到厦门作家谢春池的散文《岁月的隐秘》，我被书中浓得化解不开的知青情结所感动，似乎遇上一位"众里寻他千百度"的知音，从那以后我就想认识他。

  1994 年 8 月，我第一次来到厦门。我突然想起了两个人：原福建化工学校的张文斌兄妹。我们是 1967 年冬天在上海大串联时，因同住在河南中路华东电管局接待站时而认识的，以后一同去杭州、绍兴观光，分手后还通过信，我至今还依稀记得他们的地址：霞栖路 103 号。这是厦门市繁华的老城区中一条静谧的小路，我寻到那里，未见到张文斌兄妹。他们的一位老姑妈住在这里，她说的闽南话，我一句也听不懂，全靠临街的一位鱼贩子一句句"翻译"给我听，我留下住在厦门大学招待所的电话号码，让他们和我联系。两天后，我接到了张文斌的电话，那种阔别 20 多年后重逢的惊喜溢于言表，我到他"不见天"的寓所做客，当时他是一家台资企业的副老总。他告诉我，"文革"中他被分到闽西山区的武平县一家化工厂，差不多是一个"带薪"的知青，他的住处差不多成了插队在武平的厦门知青接待站，他成了插兄插妹们的老大哥。我忙问他："你认识谢春池吗？"他说："只见过面，因为谢春池插队在上杭，你想认识他，不难，因为我的中学同学黄汉忠和他是至交。"

返回武汉不久，我就收到在厦门市台湾艺术研究所工作的黄汉忠热情洋溢的来信，接着我给他和谢春池寄去武汉知青回忆录《我们曾经年轻》一书和武汉知青艺术团的材料。

1995年深秋，我收到厦门作家谢春池主编的《厦门知青文学作品专号》，这本散发着油墨香的杂志每一页都倾诉了当年去闽西山乡插队的鹭岛儿女们凝重的岁月沧桑和青春的痛苦歌唱。我深为那大幅黑白照片所震撼：一群男女知青在离开厦门前在火车站的合影，一个个大义凛然的样子，悲壮而苍凉。

1998年7月，我去厦门，在厦门大学我和谢春池第一次见面。站在我面前的是一个典型的闽南男子汉，高额头，浓黑的剑眉，深凹的双眼大而黑，目光时而炯炯有神，犹如他写的那些优美的诗歌和散文，时而咄咄逼人，有点像他笔下犀利的文学评论。我们紧紧地握手。第二天，他陪我去鼓浪屿看望舒婷、陈仲义夫妇。春池告诉我，在今天的厦门文坛上活跃着一个生命力经久不衰的从闽西山区返回的知青作家群，如舒婷、陈元麟、张力、徐学、郑启五、王伟伟、黄汉忠、陈仲义、林祁、朱水涌等。他们经历丰富，作品充满激情与自信，但在写作的思路上经常被拽回昨天，较难得扑向现实的今天。厦门知青作家群这种创作倾向，在春池的身上体现得尤为突出。著名文学评论家孙绍振评价他的散文《寻找那棵橡树》时说："他和许多知青一样，并不把那段苦难的知青历程完全当作丑恶和灾难，相反，他总是怀着温馨的情致，赋予当年的苦难以审美的价值——他写得最为得心应手的是对现代城市的复杂情绪，作为厦门特区人，他自然有一份自豪，但是，他总是在这份自豪中掺入某种抗拒，即使最终认同，也夸耀着自己难以心甘情愿的样子。这两种价值观，在他的心灵深处总是默默无闻地挣扎着：一方面是贫穷的，但却是温馨、宁静的，一方面是繁荣的，但却是冷漠、喧嚣的。他从感情上，更为倾向于前者，但是，从理性来说，他不能不迁就后者。"

谢春池说："我生命的一半属于闽西。"在 1969 年的上山下乡热潮中，他是独子，可以留城，但闽西这块红土地对当时热血青年来说充满了诱惑，更令酷爱文学的谢春池心驰神往。他说："我要去那里写一部长篇小说。"他不顾父母的阻拦，把户口迁往上杭。这一年，他刚 18 岁，这一去整整十年。1990 年，他在离开闽西十年后，和一批厦门知青作家组成采访团，重返那一块洒满自己青春热血的土地，故地重游，百感交集。1992 年福建人民出版社出版了他表现知青生活心态和体验的散文集《岁月的隐秘》，这本集子在各地新华书店一上架，不出两个月即销售一空，在广大读者中产生了强烈的共鸣。1995 年初，他再度重返闽西，跋山涉水寻访留在那里的厦门知青，回来后他撰写了纪实文学《寻找最后的老知青》，在《厦门晚报》发表后，引起了广泛的社会影响，许多老知青纷纷找到他，诉说自己心中的感受，许多老知青自发为该文召开座谈会，并建议将它改成电视剧。

但是近几年谢春池最令人瞩目的作品，是他连珠炮般推出的反映闽西老区题材的中篇小说和报告文学。闽西是革命老根据地，闽西这块红土地馈赠给谢春池无穷的创作灵感，他收集、积累了大量的革命历史素材。他说："我依然喜欢红色，它曾饱浸了历史的尘烟，但在除去伪饰之后，历史还其本来面目，红色依然可爱，赤子之心，沸腾之血……"从1991年起至今，他多次重返闽西，足迹遍及长汀、龙岩、武平、上杭，朋友们不敢相信，他在一场大病后几近掏空的贫弱躯体竟蕴藏着如此坚韧的生命力。几年里，他以凌厉不群的胆略和才气，为哺育中国革命的红色土地捧上沉甸甸的祭品——中篇小说《喷薄欲出》和《东征之旅》，分别刊载在《解放军文艺》和《昆仑》上。这两部作品艺术地再现了人民军队初创时期的真实风貌，从而使毛泽东等第一代共和国缔造者的思想光辉，在特定历史情境中和复杂的人生旅程中自然流露、闪烁出来。《解放日报》、《厦门日报》与《厦门文学》分别全文转载了这两部作品。《喷薄欲出》荣获"解放军文艺优秀作品奖"、"福建省第七届优秀文学作品一等奖"。《东征之旅》获"福建省第八届优秀文学作品一等奖"。厦门大学中文系教授朱水涌在《历史的泼墨与写意》一文中评价说："这是谢春池择取重大题材的一次探索尝试，对于厦门文坛来说，则是厦门大手笔创作的令人惊喜的一次显示，也是在中国革命历史题材小说创作上一次富有新意的大胆探索。"接着谢春池又完成了《才溪世纪梦》这部表现革命老区长汀县才溪乡的历史与现实全景式的报告文学，并编写了《白鹭之旅》一书，它以中国百年近代史和共和国40多年当代史的大背景，生动再现了厦门经济特区建设15年艰难曲折而又壮丽辉煌的历史进程，多重地展示了这一片热土的物质文明与精神文明的独特画卷，从而证明改革开放是中华民族走向繁荣昌盛的必由之路。

春池告诉我他今后的创作计划：为鹭江出版社的"红土地的今天"丛书撰写报告文学《崛起的圣地》后，将以瞿秋白在闽西长汀壮烈牺牲的史实为素材写一部中篇小说，以告慰一代英魂。他说，这辈子，他的青春、他的人生和他心中的文字注定是要和闽西紧紧相连的。他还有一个最大的心事，他30年前许下的诺言还没兑现，他那部反映知青生活的长篇小说还没写出来，他将以"寻找最后的知青"为基础去丰富、完善它，一定要在50岁之前把它写出来。

几年来，我和春池一直保持着电话联系，交流各地知青文化活动的信息和文学创作近况。每次我拿起听筒，一听见那熟悉的闽南普通话，我便说："春池，你好！"

2001年12月8—9日，在春池的精心策划下，中国老三届知青文化周在厦门举行。这是中国知青文化活动的盛事，春池再一次显露了他出色的组织才能。文化周期间，来自全国各地的知青作家和学者侯隽、曲折、丁惠民、刘小萌、定宜庄、杨键、郭小东、郭晓鸣、官国柱、刘欣、郑梦彪、唐希、陈仲义、朱水涌等在知青论坛上作了精彩的专题发言。（2002年）

魂附于石的张宝贵

　　我认识张宝贵是 1996 年 10 月在北京召开的"知青与社会转型"理论研讨会上，与会者大多是有知青经历的企业家、作家、学者及艺术家。宝贵中等微胖身材，黝黑的脸，看似一个北方的农民，但他说起话来却像一个哲学家，他的发言充满了哲理与韵味。他慢条斯理地说："由于生活的经历与命运的安排，使我和艺术结下了难解之缘，并且真心实意地爱上它，也许注定要为此奋斗终生，生活对我们这些历经磨难的探索者，在及时有效地提供了巨大精神财富的同时，也给我最真实的创作空间……"

　　坐在我旁边的北京市"老三届食乐城"总经理朱昆年告诉当时还不识张宝贵的我，他就是造石艺术专利权人，北京宝贵造石艺术科技有限公司总经理张宝贵。当年，他们曾一同在晋南的运城农村插队。朱昆年向我介绍，宝贵是位对艺术真诚，富有创造力又有过传奇色彩的雕塑家。他用水泥等胶凝材料来造石，以古朴、自然的机理，坚固耐久的性能和富于创意的造型效果，做出的仿铜浮雕、壁挂和镂空装饰品已经应用到钓鱼台国宾馆、中国历史博物馆、北京有色研究总院、中国科学院、世界银行等几百个建筑物中，赢得了国内外艺术家和建筑家们的赞誉。谁也没有想到他是一名老知青，20多年来做过农民、工人、教师，但从来没有学过美术，也不曾在任何一所艺术院校深造过。他要学历没学历，要职称没职称，作为一个生活经历坎坷曲折的老知青，他是怎样成为雕塑家，怎样获得造石艺术的专利呢？

　　会议结束后，我与朱昆年专程去京郊昌平县西关造访张宝贵。我们径直去参观陈列在院中的雕塑群和样品室中造石装饰品。大大小小数百件作品或摆、或垂、或挂，它们以宏大的气势，典雅的风格，浪漫的线条，质朴的色调给人以美的享受和哲理的沉思。我们为这一件件造石艺术品的狂放或凝重的神韵所震撼，又为其精湛的仿铜技术所惊叹。

　　壁饰《小草》是他早期的代表作：日、月、风和小草是以太极图的变形曲线运动来组合的，寓意疾风骤雨、摧枯拉朽，小草依然成长。这小草是他的人生体验，反映了人世间深刻的内涵。

　　他创作的几百个浮雕、面具系列几乎概括了他迄今为止的丰富的人生经历，每一个面具折射了他一定时期的一个生活侧面。《吆喝磨刀人》留下他童年时代的美好回忆；《晋南麦收》《百乐大叔》记录了他插队生活的酸甜苦辣；《打的》《骑车人》则是都市生活的真实写照；《相依为命》是夫妻感情生活的艺术再现；《人性》是他对世俗生活的洞察与鞭挞。

　　他创作的浮雕《四大发明》构思独辟蹊径：以活字印刷为底座，

以造纸原料纤维为支撑主体，其上端象征火药的古代炮弹，其周边则旋绕伸展出指南针的造型。应该说，中国四大发明的文化信息实在太丰富了，该作品巧妙地选择以活字印刷造型为基础，表现了文字作为人类文明的基础价值，显示了张宝贵作为艺术家对文化现象的深层次的洞察及穿透力。1995 年他为钓鱼台国宾馆创作的《东方之舟》，以数十块古汉字的象形造型为中心的装饰性浮雕，更体现了他对中国古代文化的挚爱，表现出东方文化的含蓄与神秘，揭开了沉重的历史帷幕与华夏先民们蓬勃旺盛的创造力与生命力，艺术手法简洁、明快、流畅。

宝贵真诚地表达自己对美好事物的追求与理解，他决不照搬与模仿他人，他只凭借自己的直觉感受与智慧去创作。例如《十二生肖》这一题材是老而又老了，要想突破程式，创出新意，谈何容易。然而，宝贵的《十二生肖浮雕系列》给人耳目一新的感觉。例如《马》是用立体主义的方式重新组合的，马的原形已经难以辨认，只留下马的精神气质——张力、速度与豪迈。《猴》是用极简化的圆形勾勒的，几条放射状的直线更突出"火眼金睛"的神采。《蛇》的造型是一只破壳而出的雏鸡，稚嫩的大头，S 型弱小的身躯，竟是一副婴儿可爱的憨态。

在雕塑《老三届》这件作品前，我们流连很久，它不是人物的具象，而是一种高度概括的意象，其底座呈伏虎状，坚实踞地的四肢，刚劲有力挺直的尾巴，不仅象征着一种镇邪的力量，而且象征这一代人顽强的生命活力。底座上沉重竖立着一方顽石看似被穿透的洞穴，又似翻卷的涡流，这一创意将空间与时间融为一体，蕴含着深邃的哲理，透析了这一代人扎根厚重的历史与文化积淀，反思民族与时代命运，折射了这一代人难以磨灭的理想主义与英雄主义的精神面貌。宝贵很感谢我对他这件作品的领悟，他又诠释道："我们老三届一代人经历了风风雨雨，品尝了人世间的酸甜苦辣，艰难坎坷磨练人的意志，磨弱了人的欲望，智慧和情操因此得到升华，因而使我懂得了一点哲学。"张宝贵成为雕塑家与他当知青的经历是分不开的，他1950年出生于北京，刚满18岁，正赶上"文革"期间上山下乡的狂潮，他和许多北京知青一样，背着行李卷，唱着自编的知青歌曲《我要去遥远的山西把农民当》去晋南的运城插队落户，这一插就是20年。这期间他当过农民、工人、教师、工厂的办公室主任，20多年的风风雨雨给了他健壮的体魄、坚强的意志和做人的准则，也使他汲取了古黄河的文化精粹与营养。山西的民间艺术和风土民情熏染了他，同时他喜爱商周时期的青铜器和秦砖汉瓦，他也喜欢毕加索的立体主义风格和亨利莫尔的现代雕塑。有人评价说张宝贵的作品综合汲取了古代象形字、青铜器纹样、楚漆器图案及晋南民间剪纸的艺术风格，此言极为中肯。

1988年张宝贵离开晋南，放弃了在那儿优越的工作条件和宽敞的住房，带着妻子和两个孩子来京郊昌平落户，开始了他人生第二次创业。初来时住土坯屋，最困难时期翻箱倒柜寻找零钱度日，生活的艰辛没有难倒这个朴实的汉子，他说："有知青插队这杯酒垫底，天下所有的酒都能对付。"于是，从小酷爱艺术的他在朋友们的帮助下，开始了造石的试验和研究。他四处查资料，向行家登门求教，先后到过国家建材局、中国建材科学研究院、北京市建筑设计院、中央美院、中央工艺美术学院，结识了一大批在雕塑界、建材建筑界的名人学者，虚心地向他们讨教，不断地完善自己。

张宝贵对石情有独钟。魂附于石，之所以选择石作为他创作的原料与母体，他是这样思索的："人之初，住石屋，世界上留下的最早也是最伟大的艺术杰作都与石关联：埃及金字塔、尼罗河上神庙的石柱像、英国的巨石阵、中国的长城。先有石器时代，然后才有青铜时代、铁器时代。人类早于石器，石更早于人类。石贯穿自然的始终。"经过多年的潜心钻研，千百次实验，张宝贵终于在造石艺术材料技术上获得了突破，赋予古老悠久的以石头为主要原料的雕塑艺术以新的生命，这是一次艺术材料的革命。造石艺术是在装饰混凝土基础上发展起来的新材料技术，它是以水泥等凝胶材料为凝结剂，以石料等为材料的制作品，为防止水泥作品的龟裂现象，加入一些添加剂，它与水泥作品的不同在于它独特的艺术造型。作品表面粗糙很像大自然中的石头，但它比石膏、玻璃钢艺术品耐用，造价比石雕铸铜制品便宜。造石雕塑具有设计风格独特、制作工艺简单、古朴大方、耐久性稳定、制作价格适中等优点。

张宝贵的创造性劳动，受到社会广泛的关注与支持。昌平县当地政府向他提供了上百间房屋，近 20 亩土地，100 多位工人师傅聚集在他的周围。他创办起了宝贵造石艺术科技有限公司，国家专利局承认了他的再造石专利，认定了他为造石艺术专利人资格。这些外部环境及基本的物质条件使得张宝贵能及时地将他的艺术冲动转化为一件件艺术作品，他和他的作品在雕塑界声誉鹊起。

1990 年钓鱼台国宾馆改造，张宝贵的造石装饰品被施工方一眼看中，要定制 100 幅壁画，要求在一个月内完成设计制作，并必须能体现中国的传统文化的精髓。宝贵硬着头皮接下这批活，没有选择，只有夜以继日地拼命干，有一次他连轴干了 60 多个小时，没有休息，他沉醉在创作的冲动中，30多名职工与他一起毫无怨言。

一个月后，100幅造石壁画耸立在钓鱼台17号楼、15号楼、14号楼，订货方看着这些浸透着张宝贵和他的职工们汗水与泪水的作品非常满意，但张宝贵只收了七万多元的加工费。新加坡亚阁艺术公司总经理观后说："你这些作品，不算材料，光艺术构思创意，就值1000万美元。"

张宝贵却说："我对物质财富看得相对淡，艺术家都成了商人，就不能有真正的艺术。况且，我这些作品能陈列在国家最高一级的宾馆——钓鱼台，这本身就是一种辉煌。"

张宝贵的造石作品，不论是浮雕、镂空、仿铜壁挂、塑石、磨石还是套色装饰品，都显得空灵质朴，鬼斧神工，获得了国内外雕塑家和建筑家们的一致好评。著名的雕塑界权威钱邵武教授说："张宝贵在建筑材料（人造石）与翻制技术方面获得了两项专利，又搞了大量的创作，这些雕塑作品有具象的，也有抽象的。他有很多想象，很多感受，有很多来自亲身经历的令人激动的东西。有些东西提炼很高，具有某种哲理的思考。"

1995年，他在中央美院画廊首次举办个人作品展览。

1996年5月，他在中国美术馆举办"张宝贵造石艺术展"。

1993年至1997年，他连续四届参加中国艺术博览会并获优秀作品奖。

张宝贵的作品与他的公司的再造石装饰品销路很好，各路人马纷至沓来，争相订货。他的作品在钓鱼台国宾馆的几个大厅里镶嵌着，受到光临钓鱼台国宾馆的外国元首们的赞誉。他的作品还先后被中国历史博物馆、国家美术馆、中央美院和世界银行收藏。他的作品具有鲜明的民族风格和回归自然的现代美感，已经走出了国门。面对他的作品，世界银行驻华首席代表问他："你的前辈是搞艺术的？你是否在专业学校受过名师的指点？"张宝贵回答他说："小时候曾有过这样的梦想，但上帝没有这样的安排，我的艺术创作和灵感来自我的生活经历和对自然的热爱。"

张宝贵是当年普普通通知青中的一员，今天他成为一个卓有成就的艺术家和企业家，但依旧保留着知青的朴实。1997 年的岁末，我通过电话再一次采访他，他谦虚地说："小时候听大人讲，要听话，做个好人。上学了，老师说，要用心学习。1968 年去山西插队，1988 年回到离别 20 多年的北京，半生风雨坎坷，伴我创作和探索。世事无常道路长，清静无为师法自然，我愿永远学习农民和工人的样子，去进行新的创作和探索。"

我已经多年未见宝贵了，但是，从北京不断传来他在造石艺术上所取得的辉煌成果。

2002 年，在清华大学吴良镛教授的鼓励下，他为山东曲阜孔子研究院创作设计了凤型雕塑，展示了他独具匠心的艺术才华。自古以来，中国建筑屋脊的两端都是龙形装饰——人们称为螭吻。孔子在人们的心目中象征学问和仁义，用柔性的、包容的、生命的语言暗示孔子的人格魅力自然就想到凤，张宝贵在建筑大师吴良镛的指导下，以凤形装饰雕塑取代原来的螭吻，使整体环境充满了灵气，获得海内外建筑界人士的叹服。

2006 年，担任国家大剧院总设计师的法国建筑大师安德鲁，在全世界招标征求音乐厅吊顶的设计与施工，经过多方考察，安德鲁兴奋地发现张宝贵的造石公司用聚苯板做阴模的工艺和水泥加石粉的仿石艺术雕塑，正是大剧院音乐厅吊顶所期待的效果。宝贵承担了这项高难度的，却又是举世瞩目的工程设计与施工。1500平米的吊顶呈气势磅礴的大海的波涛型，显示了宝贵卓尔不群的艺术家胸怀与一流的施工水平，获得了安德鲁的高度称赞。张宝贵的仿石雕塑艺术——他称为中国农民的艺术还将创造新的高度——我们期待着。（2006年）

2009 年，在上海深秋寒雨中

  2009 年 11 月 20 日上午七时，我在深秋的寒雨中抵达上海，郭祖光在地铁 1 号线的黄陂南路站口接我，我们是 8 月 24 日在合肥军旅老作家沈默君的葬礼上认识的。沈老的葬礼结束后，我们曾相约今秋在上海好好聚一聚。老郭将我安排住进离他家不远的上海二医大的尔谊宾馆北楼，我们选择了 101 房间，因为沈老生前来上海总住这间房。这里交通方便，环境安静，属于卢湾区，以前是法租界，附近几条街道的老房子都是上海市的优秀历史建筑，有许多名人故居，充满了欧陆风情，老上海的经典诗意就在这儿了。比如刘海粟的故居，史沫特莱在上海的居所，20 世纪 20—30 年代大韩国流亡政府的旧址，老郭住的巴黎新村就是蒋介石的前妻陈洁如的居所。我非常喜欢这里安静而典雅的环境，今后我再来上海就住这里了。

  九点半钟，蒙城知青联谊会副会长陈嘉林开车来接我，我们一同去桂平路小区看望俞自由赵国屏夫妇。我早在 1973 年就知道俞自由了，她是上海知青的样板，她的事迹刊登在当时各大报纸上。我一直在想，如果"文革"不结束，知青上山下乡运动仍然继续下去，以俞自由为代表的蒙城上海知青群体将是实现中央改造目标，以先进的城市文明改造贫困落后的中国农村的一支最富生命力的力量。他们有理想与知识，而且全部是依靠踏实苦干来联系、影响广大农民，与农村落后势力作斗争，带领他们走致富之路。我一直以为俞自由群体可能是当时国务院知青办或上海市革委会树立的一面旗帜。前几年，我从上海知青网浏览了蒙城知青的许多文章，特别是俞自由写的《相知永恒》深深地感动了我，才知道她在担任蒙城县委副书记后，在当时的路线教育中由于坚持原则，弘扬正气，打击了农村干部队伍中的歪风邪气，获得了广大农民群众的拥护。一大批上海知青担任了蒙城县各级各部门的领导干部，这在当时是绝无仅有的。但是在"文革"结束后，他们却遭到地方势力的打击迫害，饱受冤屈。"文革"后大多数知青返回上海，俞自由仍然留在安徽，调到天长县担任县委副书记，分管工业。由于她与上海的密切关系，天长县的工业发展很快。此时她和赵国屏已经结婚，赵已经在美国留学，俞自由决定辞职去美国陪读。她说："我相信，天长和安徽如果没有我这个副县长，仍然可以找到比我更合适的副县长，但是我如果失去赵国屏，可能就再也找不到更好的丈夫了。"俞自由于 1985 年去美国陪读和留学，经过八年的奋斗，原先不识英语的俞自由获得经济学博士学位，回到上海交通大学担任经济管理学院常务副院长，再一次在人生舞台上站起来。最使人感动的是她和赵国屏至死不渝的爱情，他们一同在蒙城插队，同风雨、共命运，在那块贫困的土地上两人相知相爱。1979 年已经担任县委副书记的俞自由，冲破世俗观念，与赵国屏结婚，执子之手相爱一辈子。1985年赵国屏写了一首长诗送给仍在国内的俞自由，最后四句是："但需情意两相通，地久天长会重逢。霜雪更比青丝美，相知相爱乐无穷。"今年她查出患有肺癌，现在已经到了第四期，大半年来，在大家的关注下，她获得了最有效的治疗，因为赵国屏现在是中科院的院士，担任国家人类基因南方研究中心主任，他正领导一个团队在攻克治疗癌症的药物。俞自由明天就要去北京接受治疗，所以把接受我的采访安排在今天。我首先表达对他们夫妇的敬意，祝她早日恢复健康。本来想只坐半个小时就告辞，怕影响她的休息，不料俞自由不让走，她今天的身体和精神状态都很好，我们交谈了很长的时间。蒙城知青联谊会的孙小琪、朱正刚、薛松鹤也在座。我表达了我的观点，认为以俞自由为代表的蒙城知青是一个特殊的群体，他们在蒙城的所作所为是在践行中央政策，即以先进的城市文化改造贫困落后的中国农村面貌。俞自由和她的插友们向我详细介绍了他们在蒙城的经历及反思，同时，他们也实事求是地匡正了我对他们这段历史认识与评价的一些误区。他们告诉我，自1971年后，一大批上海知青被推上蒙城县各级领导岗位，并非国务院知青办和上海市委的安排，而是当时军管干部的要求。这些军管干部也是外来者，他们对经过大跃进、"三年自然灾害"和"文革"前的"四清运动"折腾的安徽农村和基层干部队伍是有些了解的，所以想利用来自上海、代表先进的城市文化的知青来为改造和建设安徽的新农村发挥积极作用，以留下有待后人研究的一段极为厚重的历史。俞自由接受了我的建议，决定抓紧时间，以口述体的形式，编写出版一本图文并茂的蒙城知青回忆录。

　　下午两点，按照"村长"叶儿（她曾经在安徽的涡阳插队）的安排，在斜土路的泰和茶馆，我与上海知青网的朋友们相聚，来了十来位"村民"，他们是叶儿、落霞、晓歌（同济大学网络学院）、南人北相（上海煤炭研究所）、晓雾山风（上海大学）、古道游侠（上海交通大学）、陈土豆（我们第一次见面）、猫鸦等。在深秋的寒雨中，我们再次相聚，大家非常高兴。我们在一起交流了知青历史文化研究和各地知青活动的情况。我将芜湖腌香菜送给美丽的落霞，她送我一本她的插队知青编写的《又见昨天七星泡》。我们期待 12 月底由张刚、阮显忠发起的"上海知青历史文化研究会"的成立大会和"2008，上海知青学术研讨会"的论文集首发式的召开。

2010 年 3 月 29 日，我分别收到上海交通大学万漫影和上海知青网叶儿发来的短信，两人告诉我：深为广大知青尊敬的喻自由大姐于 3 月 29 日晚 8 时 13 分去世。对她的逝世，我深感悲痛。自 2009 年春天起，她被确诊为癌症以来，在病榻上与癌症作了一年多的顽强搏斗，在今年多雨的春天里，她终于离开了我们。此刻，她的亲人们，还有蒙城知青和蒙城的父老乡亲一定会沉浸在无限的悲痛中。她的追悼会将在 4 日举行，我远在千里之外，只能希望其家人节哀顺变，请他们代我送上一朵素花为她送行。喻自由的一生是奋斗的一生，无论是在知青时代，还是在后知青时代，她都是时代的弄潮儿。她有远大的理想，又脚踏实地，她是优秀的知青带头人，在她的心中永远装着父老乡亲。喻自由是中国知青的优秀代表之一，这个口碑不是官方授予她的，这是她一生奋斗和人格魅力获得的来自民间的高度评价。

当天，我在上海知青网发出我为她写的悼文《深切悼念喻自由，她是中国知青的优秀代表》，以表达我的哀思。（2010 年）

八宝山告别赵凡副部长

2010 年 4 月 27 日我北上北京参加全国知青爱戴的原农业部副部长、国家农垦局局长赵凡的追悼会。上午 9 时，国家农业部在八宝山公墓举行赵部长的告别仪式。去了很多人，其中最引人注目的是来自全国各地的知青代表。1979 年元月，赵凡受命于危难之际，作为国务院调查组组长深入到云南西双版纳各垦区调查了解广大知青的生活状况，知青们十年来生活之艰难超乎他的想象，他深受震动。接着他又星夜赶往孟定农场，那儿的数千知青为了争取回家的权利，已经绝食多日，面对 1500 多名跪在他面前的知青，他的心碎了，一个老布尔什维克的良知和同样也是知青父亲的经历，使他把乌纱帽置之度外，他立即向中央真实地反映了云南知青的困境，并说服知青们停止绝食。半个月后，中央领导同意云南知青可以回家，从此，揭开了全国知青大返城的汹涌大潮，长达 25 年的中国知青上山下乡运动画上句号。云南知青们一直没有忘记赵部长，这些年，许多知青都在寻找这位知青之父。2002 年 6 月，我为了《我们要回家》的创作，经朋友提供的信息，北上北京，在月坛南的国务院部长楼找到我心仪已久的赵部长。他已经 87 岁，离休多年，正在家中写回忆录，1979 年去云南调查知青闹返城问题是他革命一生中面临的最棘手的问题。他欣然接受我对他的连续三天的采访，他的口述和提供的大量资料，成为我完成《我们要回家》一书最宝贵的资料。

从那以后，我和赵部长一直保持着联系，经常和他通电话。他对我写的《我们要回家》一书的出版表示关注。我告诉他，我这本书是基于 1978 年后时代出现了大拐点，邓小平拨乱反正，冷静而妥善处理云南知青闹返城问题的立场来写的。几经周折，这本书终于出版了，并在国内外产生较大反响，评价它是"中国知青文学里程碑式的作品"，首印几千册很快销售一空，成为广大知青，特别是云南知青的珍藏品。2009 年元月底，我去北京女儿处过春节，和赤峰的柴春泽一同去看望赵部长，我将刚出版的《我们要回家》送给赵部长，他很高兴。他将他写的回忆录《忆征程》送给我们。他的大女儿赵洁平告诉我们，赵老几个月前做了一次脑手术，留下后遗症，不能多说话，我们坐了半个小时就告辞了。4 月 15 日，我接到赵洁平的电话，知道她父亲去世了。我立刻将这个信息发到上海知青网，这时重庆版纳知青网和成都的中国西部知青网已经设立网上灵堂，每一天都有许许多多知青在网上发布悼念赵部长的文章和图片，以表达他们的哀思，同时各地知青也在商量派代表去北京参加 4 月 27 日上午在八宝山举行的最后告别仪式。

赵部长的告别仪式现场庄严肃穆，灵堂前摆满花圈，其中最多的是全国各地知青送的花圈。成都知青作家范晓嘉写的挽联特别感人：

"再造之恩再生之德临危南行拯救多少无助羔羊，赵老慢走留下灵魂回望天府温暖万千悲伤孩子。"重庆女知青荷塘写的挽联是："风雨中温言款语问民苦报直言知青感谢您，人世间刻骨铭心立新志酬宏恩赵老请放心。"在哀乐声中，人们排着长队缓缓进入吊唁厅，向赵老三鞠躬，向他的遗体献上一枝白菊。而我们20多位来自北京和外地的知青在成都知青许世辅的引领下齐刷刷地向静卧在鲜花丛中的赵老下跪，大放悲声，时光又倒回31年前，知青们又一次向这位可敬的老人下跪，而这一次是向他永远的告别！我们的下跪打破了八宝山公墓对一位并非亲人却胜似亲人的告别仪式行跪礼的先例，令所有在场的人无不动容，特别是赵部长的子女们。

下午，赵部长的子女们在圆明园的中国财保总部会议室，请我们这些来自各地的知青举行了一个对赵老的追思会，我们都发了言，高度评价赵老的丰功伟绩和人格魅力，表达了全国各地知青对他的无尽的思念和哀思。我们商量将在2011年4月赵老的祭日，在知青网上召开一个追思会，以表达我们知青对他的怀念之情。（2010年）

回望大寨，情系农村

2010年10月11日上午八时我乘 K522 次到达太原，然后转车去阳泉，中午才赶到昔阳县。我是应昔阳县政府的邀请来参加"回望大寨，情系农村"活动的，这是昔阳第三次组织全国各地知青代表来大寨。我是第二次来大寨，第一次是在1997年10月初，我在山西省审计干部培训中心的同仁们陪同下来这个太行山中的村庄，实现了我一个很久的心愿。那次大寨之行收获很大，回到武汉后，我写了一篇通讯《金秋访大寨》，刊登在《武汉晚报》的头版头条，向武汉人民介绍走出"文革"阴云低落期的大寨的崭新面貌。

大寨村离昔阳县城只有几里路。参加这次"回望大寨，情系农村"主题活动的有来自全国各地近百名知青代表，有知青名人如董家耕、周秉和，大多数是知青企业家、学者、知青联谊会负责人，还有一批书画家。我和辽宁知青联谊会会长于立波住在一个房间，我们是在新疆参加中国知青论坛活动时认识的，他创建了

"共和国知青网"，将自己的全部精力献给了辽宁的知青文化事业，有一种拼命三郎的精神，令人感动。距我上一次来大寨，已经过去13年了，大寨的变化很大。这里已经形成一个比较成熟的旅游景点，窑洞式的农家饭店一家挨一家，旅游品商店也很多，出售大寨的土特产。我去看望宋立英老人，她已经81岁了，身体很好，一点也不显老，她和儿子在大寨村头开了一家旅游品商店，生意很好。我惊讶地发现，宋立英大妈将自己的照片做成纪念邮票，以100元一套出售，这说明今天的大寨人的商品意识已经非常浓厚了。这次"回望大寨，情系农村"三天活动安排得非常丰富，昔阳县政府组织了强大的班子，会务的每一个细节都安排得很周到，给我们留下了美好深刻的印象。10月12日上午在虎头山广场举行了隆重的第三届"回望大寨，情系农村"主题活动的开幕式，许多领导上台讲话，其中大寨村党支部书记郭凤莲的讲话获得人们热烈的掌声，她已经64岁了，依旧风采不减当年，充满活力，现在是全国人大的常委，她将大寨村带进市场经济，使它成为社会主义新农村的样板。我们观赏了焦作市和昔阳县文工团的精彩演出，著名军旅歌唱家耿莲凤（76岁）和克里木（70岁）上台演唱，还与哈尔滨女知青杨芬芳同台翩翩起舞。下午的活动是参观大寨村、虎头山林场和大寨纪念馆，晚上去昔阳剧场欣赏由昔阳县文工团演出的反映大寨人艰苦奋斗精神的歌舞《岁月如歌》。参加会议的知青们在虎头山下的知青林一幅红色的布幕前久久驻足，激动不已，上面写着大寨人对知青高度评价的滚烫的文字："他们有一个共同的名字叫知青，这两个字深烙着中国印，对共和国而言，它作为一个特定的历史时期的特殊社会群体已被载入了史册，而对于数千万曾为知青的人而言，它是生命的一部分，是在自己宝贵的青春岁月里，远离都市生活上山下乡，演绎着知青潮流大迁徙，在艰辛的农业劳作中认识社会、感悟人生，在艰苦的环境中体味付出、奋力拼搏。知青们用青春谱写着为国分忧的民族精神，执着奋进的时代精神，艰苦奋斗的创业精神，无私奉献的主人翁精神。中国历史忘不了他们，中国共产党忘不了他们，人民忘不了他们，我们大寨人忘不了他们。"我们非常感谢大寨人至今没有忘记知青，他们对众说纷纭的"知青精神"作了最准确的评价，我们全国的知青永远忘记不了大寨人！

13日上午，昔阳县政府组织我们去太行山深处一个山村——井沟参观，在途中我发现崖边有两个保存得非常完整的具有晋中风格的民居群落，我建议一定要严加保护，开发成为晋中民俗旅游的景点。井沟原来是一个非常贫穷落后的山村，前几年，一对在外地工作患癌症的夫妇回到这个故里，投资300多万，对这个山村重新规划建设，修桥修路，建广场，把它建设成为一个名副其实的社会主义新农村。村民们扭着大秧歌欢迎我们，我们走访农户，家家窗明几净，屋檐下挂着玉米、红辣椒、大蒜头，窗户上贴着山西风格的剪纸，还有村史展览，花灯展览。我特意走访了村里的红白喜事协会，村图书室。我们和村民们在广场上扭大秧歌，可谓欢天喜地。中午，我们还有幸品尝了村民们送来的"地头挑饭"，有杂面汤、油饼、窝窝头、枣糕，最后他们还送我们每人一只砂锅作为纪念。

下午是分专题的座谈会，我和我的好友、上海航空传播公司党委书记王真智选择参加"昔阳旅游发展座谈会"，来自各地的几位旅游公司的老总，昔阳县旅游局的领导，昔阳县几个旅游景区的负责人也应邀参加了此次座谈会。我对昔阳旅游业的发展提出了一系列意见。

会后，凤凰卫视知青频道的记者对我进行了采访，我将采访的内容摘要如下：

我是第二次来大寨。1997 年，我第一次来大寨，那时，大寨开始走向新的发展，郭凤莲回到大寨，重新担任大寨村党支部书记，在全国各地改革开放的大好形势的推动下，开始走出去看一看，得到了大邱庄和华西村的支持并创办了羊毛衫厂和衬衣厂，开始进行旅游开发，我上次来大寨，这里已经成为省级国家森林公园。

我作为在安徽农村插队七年的老知青，大寨精神永远流淌在我的血液中，因为在我们上山下乡的这段时间里，正是在全国掀起"农业学大寨"的日子，"农业学大寨"可以说凝聚了全国人民艰苦奋斗自力更生的精神，凝聚了全国老百姓改变贫穷落后面貌的愿望。全国范围内的大型农田水利基本建设，都是在这段日子里完成的。"农业学大寨"期间兴修的这些水利建设，到今天还在发挥作用，它是一个看得见的历史见证。

我们这些当年的知青在学大寨的热潮中，懂得了艰难，了解了农民，知道了中国的基本国情。虽然时间已经过去 40 多年，知青这一代人的命运已经发生了很大的变化，有的成为国家栋梁、社会中坚，还有许许多多知青依旧生活在社会的底层，但是，我们都没有忘记大寨，大寨精神永远激励我们为国争光，与生活抗争，我们还要教育我们的下一代，要继承大寨人艰苦奋斗的精神。今天的中国，最可怕的是许多人失去了信仰，没有精神追求，所以重塑大寨精神，是我们国家构建和谐社会，带领全国人民奔小康必须要重铸的一种精神。我们非常感谢大寨人没有忘记知青，给我们知青这一代人对国家的发展和进步做出的贡献予以较高的评价，这让我们非常感动。我们知青永远和大寨人心连心，祝愿大寨的明天更美好！

在全国农村中，大寨的现代化程度还不够，但是，大寨作为全国十大名村之一，它的历史文化资源是不可取代的，今天的大寨早已不是太行山的一个贫穷的小山村了，七沟八梁一面坡，漫山遍野是绿色，生气勃勃，是生态旅游宝贵的资源，大寨的旅游业大有希望。大寨的历史和现在的生态环境就是一块金字招牌，来大寨旅游的人将会越来越多。所以，我们要挖掘大寨的文化内涵，把它打造成为中国红色旅游的品牌景点。要认识到旅游不仅是消费，更是一种文化。我们要从现代旅游的行、住、食、游、娱、购六大环节来找出现在大寨旅游仍然存在的不足：一是交通的可进入性。目前到大寨的交通还不够通畅，但是，明年随着从北京到武汉的高铁通车，其中石家庄是一个大站，一定要做好石家庄的中转工作，从石家庄到大寨只要一个多小时，这将大大增加到大寨的客源。二是开发具有大寨本土特色的旅游项目，如晋中民俗文化的展示，要有游客参与互动的内容。三是提倡住在农家，吃在农家。大寨的餐饮应该有自己的本土特色，特别是面食和五谷杂粮。四是大寨的旅游小商品的开发处于无序状态，没有打造出特色产品，建议它们多学习桂林的做法，做好当地农产品的深加工，加大宣传力度，促进地方企业的发展。五是大寨为了适应知青红色旅游的发展，除白天安排的旅游活动外，还应该多开发一些晚上的娱乐项目，如播放当年农业学大寨的电影、纪录片，播放农业学大寨的歌曲，也可以安排游客参与一些活动，比如扭秧歌等。（2011 年）

从青州到南戴河

——2011 年夏，知青文化活动的盛会

　　2011 年 6 月 15 日下午，我们到达古城青州参加"第七届泛长三角知青文化研讨会"。参加这次研讨会的代表主要来自上海、北京、武汉、南京、镇江、宁波、重庆、青岛、芜湖、福州等地，共有知青 160 多人。青岛的知青们为筹备这次会议差不多用了半年时间，几经周折，终于如期开幕。与会代表中，最引人注目的是拥有 40 多人的镇江知青代表团，他们包了一辆大巴，一路风尘仆仆赶来。另外就是由大队长老童和张德蓉率领的"重庆女知青"代表团，老童一身老红卫兵的打扮，见人就送毛泽东的像章，几年来，他已经送出了 2 万个毛泽东像章。他们的队伍一色的蓝色服装，给我们带来了快乐和笑声。

　　研讨会的开幕式在潍坊市教育学院的多功能厅举行，由东海知青联谊会秘书长、嵊泗县政协副主席邬志林主持。

首先，由青州市副市长刘金国致欢迎词。

各地知青团队代表上台展示各地知青团队旗帜，各色旗帜在华灯下迎风飘扬。

接着，"第七届泛长三角知青文化研究会"秘书长、《上海知青》杂志总编王建国致辞。

随后，潍坊市教育学院艺术团在开幕式上向与会代表献出一台《文化青州》的歌舞表演。

6月16日，全体代表参观闻名天下的"青州博物馆"。我早就听中国社科院的刘小萌博导介绍，青州博物馆的馆藏极其丰富，在全国县（市）级博物馆中首屈一指。通过参观使我们大开眼界。青州的历史可以追溯到七千年前，早在西周，天下分为九州，青州便为九州之首。青州博物馆展示了东夷文化的丰厚底蕴。镇馆之宝为明代万历二十六年（公元1598年）状元赵秉忠的殿试卷。赵秉忠（公元1573—1626年）字季卿，明青州府益都县郑母村人，明万历二十六年殿试第一名，赐进士及第（即中状元），官至礼部尚书。他生性刚直，曾与阉党魏忠贤作过斗争，被其迫害，辞官回乡。归乡不久，受案件牵连而获罪，愤懑而死。崇祯初年为其平反，复原官，加太子太保衔。赵秉忠的殿试卷，1983年在他的家乡山东省益都县郑母村发现，现存于青州博物馆。试卷以绫装裱，为一折子式的书册，每折八开纸大小，共19折，长3.48米，宽0.46米。正文前有本人简历，并开具了所学经书。卷面以娟秀的小楷书写，共2460字，阐述了他的安邦治国之道。卷首有朱笔御批："一甲第一名。"卷尾列有九位阅卷官的职务、姓名。它是我国历史上留下来的唯一一份殿试卷的真品，对科举制度的研究具有不可替代的价值，被列为国家一级文物。

　　馆内还珍藏着苏轼、何绍基、林则徐、蒲松龄的手迹，明代仇英、清代郎世宁的画，馆藏真是价值连城。

　　青州博物馆附近有范公亭，用以纪念曾经担任青州太守的范仲淹，还有李清照纪念馆，因为这位女词人也曾经在青州生活过多年。在范公亭公园内，大多数已经快进入花甲之年的知青们"老夫聊作少年狂"，各地的知青组成方队，举着各自队旗，在重庆大队长的葫芦丝演奏的《社会主义好》、《我们走在大路上》、《大海航行靠舵手》等老歌曲引导下，迈着方步游行，我们差不多有30多年没有游行了，我们仿佛又回到了激情燃烧的岁月，忘记了自己的年龄。这是多么开心的一刻！

　　下午是游览云门山，在新建的青州古城广场上各地知青纷纷留影。一群年轻的好奇的大学生围着穿着红卫兵服的大队长合影，给人恍如隔世之感，知青一代人真的老了，这是大自然无情的新陈代谢。

　　晚上，研讨会在潍坊教育学院举行隆重的闭幕式。主持人宣布经过组委会认真评选，授予多年来在知青文化活动中富有成果的先进知青团队黑陶奖杯，它们是：厦门知青文化活动组委会，中国知青网，北京知青网，上海知青旅游联盟，辽宁知青历史文化研究会，香港知青联谊会。接着举行研究会会旗的移交仪式，青岛知青金红星等将会旗移交下一个举办单位——武汉知青手中。我们武汉知青将于今年11月中旬，在武汉市举办"纪念辛亥革命百年暨第八届泛长三角知青文化研讨会"，我代表武汉知青，热烈欢迎全国各地知青11月光临江城武汉，参观武昌首义的胜迹，共同研讨我们知青如何弘扬辛亥革命志士为民族复兴而英勇献身的精神，为中华民族的崛起而努力奋斗！青岛的知青们和来自各地的知青们，演出了一台精彩的文艺节目，大会在雄壮的《团结就是力量》的歌声中结束。

6月17日上午，在青州大酒店会议室，我们举行了一个小型的研讨会。各地知青领队汇报了知青文化活动开展情况。给人印象最深的是，镇江知青文化活动开展得轰轰烈烈。2009年3月，在镇江召开的第三届长三角知青文化研讨会有力地推动了镇江知青文化活动的发展，他们通过积极的努力，争取到镇江市民政部门的批准，成立了"镇江市知青文化研究会"，以当年镇江知青上山下乡的三大国营农场为分会，开展了一系列的知青文化活动。他们创办了《镇江知青》杂志，在网站上开设了《镇江知青频道》，还成立了"镇江知青旅游有限公司"，在长三角地区可谓"一枝独秀"。

午宴后，各地知青们依依惜别，重庆的大队长抱着上海知青老杨挥泪相拥而别。这次研讨会，没有获得一分钱的企业赞助，是青岛知青金红星、惠杰私人出资，解决了本次研讨会的经费不足问题。青岛知青老谭子等朋友，不遗余力为研讨会的顺利召开付出了艰辛的劳动。我们向他们表示了敬意！

中国红十字基金会崔永元口述历史工作室的记者们报导采访了此次会议。

下午，知青们陆续离开青州，有的踏上返程，有的西行去青岛、大连旅游。我们武汉、镇江、宁波的知青一起北上参加南戴河的首届中国知青文化旅游艺术节。

这次知青文化旅游艺术节的发起是在去年10月中旬，我们结束在山西大寨的"回望大寨，情系农村"活动后，应中国知青网邀请去北京参加中国知青网成立两周年的网庆活动，在北海宾馆，各地知青代表和几家旅行社讨论议定：2011年夏天，在南戴河举办首届中国知青文化旅游艺术节，中国知青网是发起单位。经过大半年的筹备，终于如期举办。本次旅游节的指导思想是：为了隆重纪念中国共产党诞生 90 周年，积极推动全国知青文化活动，满足广大知青精神文化需求，共同构建和谐社会。由中国老年学会老年旅游专业委员会、中国知青网、中国光华知青旅游联盟在 2011 年 6 月 18—20 日在南戴河举办首届中国知青文化旅游艺术节，其宗旨是：旅游搭台，文化唱戏，相约海滨，共叙友情。

南戴河距离北戴河仅 15 公里，属于河北省抚宁县，这里的海滩风景如画，多年前，该县投资四亿多元，将它打造成为又一个滨海风景区，而且规划成具有江南水乡风味的景区。其中中华荷园广集天下荷花种类，每年夏天形成"映日荷花，连天碧叶"的美景。18 日晚，在南戴河景区广场举行了露天的知青联谊晚会。宁波知青的器乐合奏，云南知青的傣族舞蹈，河南知青的豫剧，哈尔滨知青的大合唱，重庆知青的歌舞，天津知青的合唱均令人叫好。更令人兴奋的是在广场上，无论是认识的，还是不认识的男女知青们均翩翩起舞，有的舞姿是那么优美，已经年届六旬的老知青们，仿佛又回到激情燃烧的岁月，这是一个令人沉醉的夜晚。

6 月 19 日上午，在中华荷园的大舞台上，首届南戴河知青文化旅游艺术节拉开序幕。近 40 辆大巴把住在不同酒店的 1700 多名知青送到会场，穿着不同颜色文化衫的各地知青举着团旗入场，北京阳光健身知青艺术团的女鼓手们以激昂的鼓点迎接各地的知青们，这里已经成为红旗的海洋，欢乐的海洋。各地的知青们举着各种题词的团旗涌上舞台，展示他们的风采，这场面太壮观了。中国知青网的志愿者们和当地武警维持秩序。本次旅游节由秘书长马运昌主持大会，由中国光华科技基金会知青关爱基金会理事长、周恩来的侄儿周秉和致辞，全国知青的模范邢燕子及抚宁县政府领导均上台讲话。这时会场涌动起来，原来著名的舞蹈家程爱莲来到舞台上，已经72岁的老艺术家即席发表热情洋溢的讲话，她说"我要将72岁当着27岁来过"，并且翩翩起舞，表演舞蹈《天路》。她舒展、优美的舞姿出神入化，根本看不出她是一个72岁的老人，赢得了全场暴风雨般的掌声。接着一个长相与讲话酷似周总理的北京知青穿着中山服，上台模仿周总理的讲话，他向全国的知青问好，高度评价知青上山下乡为国家的发展、社会的稳定做出的巨大贡献，祝全国知青安度晚年、身体健康。同样是暴风雨般的掌声！上午的文艺展示一直到中午11点半，许多人的皮肤都被烈日晒红了。

下午分场次活动，有文艺演出，有书画展、摄影展览。我参观了书画展览，我非常欣喜地看到重庆大足知青伍湖将我的题词"我们能熬过苦难，但决不赞美苦难!"写成条幅进行展示，更多的知青去海滩上戏浪留影。晚上8时，在"槐花大剧院"进行精彩的专场文艺演出，演出整整四个小时，没有一个人感到疲劳。给我印象最深的节目有：哈尔滨老知青艺术团的舞蹈，北京牧人合唱团演唱的《嘎达梅林》，天津大港老年艺术团的舞蹈《自由飞翔》。我们武汉知青也表演了配乐配舞诗朗诵《我们年轻》。晚会结束已经是子夜，海滨大雾弥漫，月色朦胧，知青们意犹未尽地散去。

6月20日上午，全体知青离开南戴河，去北戴河旅游。我应天津知青们的邀请去了天津。重庆知青邹盛永从山东烟台赶来与我会合。

6月21日上午，我陪同邹盛永参观天津的古文化街和位于鞍山道上的"静园"。这里曾经是末代皇帝溥仪于 1928—1931 年在天津的寓所，前几年重新修复为天津市特别保护建筑。下午，"文革"前去甘肃生产建设兵团的天津知青崔可陶和他同连队的五位战友来我的住处座谈。这是一个非常特殊的知青群体，当年他们去祁连山下条件最艰苦的酒泉地区上山下乡，受尽磨难，与其他地区知青经历不同的是：在多年的知青生涯中，他们经常吃不饱饭，哪怕是粗粮也吃不饱。2009 年，他们出版了一本回忆录《祁连山下》，沉甸甸的两册书。他们与天津其他知青几乎不相往来，只与同连队知青保持联系。我向他们表示敬意，老崔还送我一张纪录片《夹边沟》。

6 月 22 日下午，由徐宝满教授安排，在南开大学的文科创新楼，我们召开了一个座谈会，由唐勇主持，交流了各地的知青文化活动情况。与会者一致认为南北知青的交流非常有意义，对这次南戴河知青文化旅游艺术节的隆重举行给予了高度的评价。晚上，天津著名的知青企业家、天津宝恒生物科技有限公司董事长李宝恒在天津最好的酒楼，请我们品尝最地道的天津风味的美食佳肴。

6 月 23 日，在大雨中，我离开天津，踏上归程。长达 12 天的北方知青文化之旅，使我回味无穷。(2011 年)

第四辑——不要为苦难加冕

青春无悔的深情呼唤

　　"知青"这个名词，是对一代人具有特殊历史文化内涵的称谓，它凝聚着一代人的坎坷和自强不息的奋斗精神。

　　对于知青文学，广大读者并不陌生，追溯其滥觞始于"文革"期间的知青歌曲和以手抄本形式流传的小说。它是知青生活的真实写照，如任毅写的《南京知青之歌》和张扬写的《第二次握手》，他们主要表达知青们悲凉、凄婉的思乡情绪和青春失落的感伤，是研究"文革"历史和知青上山下乡运动的宝贵史料。

　　十年浩劫后，知青文学成为新时期伤痕文学的重要组成部分。群星灿烂的知青作家以饱蘸血泪的笔墨控诉了极左路线对一代青年的影响，批判了作为"文革"的伴生物的知青上山下乡运动的非理性。这一时期的知青文学既有梁晓声的《今夜有暴风雪》、《雪城》等激扬着知青理想主义与英雄主义的力作，也有老鬼的《血色黄昏》，以撼人的真实，唱了一曲"热血更凉，世界更冷"的理想主义挽歌；既有史铁生的《我的遥远的清平湾》，描绘了在那贫困的年代一幅忧伤的陕北黄土高原的风俗画，也有钟阿城的《棋王》、《树王》，以平淡的叙述，将知青生活的苦难淡化，最终走向参禅悟道，淡泊而清冷。这一时期的知青文学，感伤和怀旧的作品占了相当大的比重，理想的激情、幻灭的感伤以及对岁月流逝的惆怅，这些东西构成一代知青作家一个时期写出的作品中共同的精神内容。

此后相当长一段时间里，知青文学沉寂了。因为历史在前进，人们不能总沉沦在昨天的阴影与呻吟里，滚滚而来的时代大潮席卷着这一代人，去熨平昨天的创伤，全身心地投入新的垦拓，在新生活中寻找自己新的位置。但是，他们一直是驮着历史的重负在跋涉，这样，那段知青生涯注定要成为他们解不开的情结。当他们好不容易将命运之舟泊进平静的港湾，蓦然回首往事，心境又怦然躁动起来。

"每一代人对自己的青春都有自己独特的诠释方式"，知青这个称谓，今天成了有几分苦涩、几分自豪的名词。发生在 20 世纪 60—70 年代的中国知青上山下乡运动，它的产生、发展直至消亡有其复杂的政治、经济、历史文化原因。它波及当时城市每一个家庭，它延误了一代人的青春，但是，这段经历也磨练了这一代人。这是奇特的"种豆得瓜"的历史反刍现象。经过 20 多年的历史和文化的积淀，这一代人反思这段个人命运伴随共和国命运的沉浮的历史，必然会从心底发出"青春无悔"的深情呼唤，倾吐对那个失去的春天的追怀。"青春无悔"，这是走出苦难、迎接新生活的旷达乐观的人生态度。那辉煌而苦涩的岁月，绝不仅仅属于这一代人，它所显示的思想色彩、性格力量，将带着无数青春的挫折和骄傲，构成中国历史上奇异、悲壮的一页，为人们留下一笔宝贵的财富。

但是，在纷至沓来的巨大社会变革面前，怀着强烈失落感和时间错位的知青们，克服了因袭的颓废与迷惘，在心理活动和行为方式上做出调整，投入改革开放的实践，体现了他们勇于拼搏、自强不息的精神特征，显示了思想上的成熟，他们向时代和社会证明"我们是优秀的"。梁晓声在《北大荒风云录》首发式上讲："只有穿过历史的思想才能面对现实，在心灵的阳光下任何艰辛、困难、忧愁、恐惧，都可以用宽容的心境包容，而沉淀下来的，是对祖国、对民族、对人民永远的责任。""青春无悔"的心态必然促使知青文学在近期重新崛起，并向历史深度开拓。这是一种具有深远内涵的复杂文化现象，它表明这一代人已经超越个人命运和历史的局限性，以深邃的目光去反思那段经历和整个民族的历史。

从 1990 年开始的"知青文化热"在全国各地引起巨大的连锁反应。首先，北京的知青们举办了"魂系黑土地——北大荒知青岁月回顾展"，据悉在半个月时间里，来自全国各地的 20 多万北大荒知青们来此参观。在展厅里，有几株从北大荒运来的白桦树，落叶萧萧，高傲挺拔，象征着知青们不寻常的青春岁月。在北京、天津还举行了《北大荒风云录》及《北大荒人名录》的首发式。成都、重庆、广州、武汉、南京、西安、昆明的知青们纷纷举办了"知青岁月回顾展"。还有许多老知青不远千里寻根，重返当年插队的农场或村庄，去寻找撒落在那片土地上的青春的脚印，去回味那段被茅屋和油灯温暖的艰难日子。

这些年，在严肃文学遭受冷落，平庸的通俗文学和黄色文学泛滥书刊市场的情况下，当年的老知青在寻找：写我们的书在哪儿？伴随知青文化热的升温，一批批知青文学作品纷纷问世，有的甚至一版再版，供不应求。在全国各地，知青文学作品被列为畅销书——因为它的读者层次品位较高，人数众多。

　　成都的知青们编写了一套"知青岁月书系"，有《青春无悔》、《知青档案》、《命运列车》、《知青小说》，这套纪实丛书实际上是这一代人的青春档案，它记录了这一代人的热血和激情，也记录了他们的幻灭和困惑及他们的呐喊与抗争，以历史的真实、情感的真实再现了这一代人曲折的生活道路。

　　最早出版的是《北大荒风云录》和《草原启示录》，这两部纪实作品的作者向读者展示的是他们在那个时期的社会生活和文化心态中的亲身经历的片断。他们不苛求文学价值，不溢美，不隐恶，重在写事实，抒真情，把往日生活的原生态和灵魂坦露出来，实际上是一部初为狂热、继为彷徨、终而苍凉的知青心灵史。

　　上海知青、女作家王小鹰和陆星儿分别推出她们的新作《我们曾经相爱》、《精神科医生》，讲述了老知青们在改革开放中的理想和现实的碰撞，在社会转型的无情选择面前，如何再一次去直面人生等社会问题。旅居美国的上海女知青周厉写的《曼哈顿的中国女人》是一本引起争议的小说，她以亲身经历描写暴风雪中的北大荒的小木屋的人生况味和毫无希望的爱情悲剧，从多侧面反映了那些从土插队到洋插队知青们的抗争。

　　曾经以《蹉跎岁月》奠定中国知青文学基石的知青作家叶辛，在离开生活 21 年的贵州，回到故乡上海之后，在巨大的时空反差面前，他以一系列真实素材——当年云南知青大返城，一些知青为了返城，仓促地与当地配偶离婚，将子女遗留在当地，在时隔 15 年后，这些子女结伴来上海寻找父母为背景，写成小说《孽债》。以大上海的高楼大厦，拥挤狭窄的里弄，美丽而蛮荒的西双版纳的坝子、竹楼为不同背景，叙述了五个家庭两代人的悲剧，好不容易结痂的伤口又被捅破，昨天的噩梦又来困扰这一代人已经平静的生活，而且使两代人心头再度流出脓血。这就是令人尴尬的、不可回避的生活真实。一位作家这样评论："作为权力生命的'文革'已经死了，但是，作为社会生命和文化生命的'文革'依旧顽强地活着。"这部小说显示了作家在思想和艺术上的成熟。

湖南知青作家韩少功在主编《海南纪实》时，为纪念中国知青上山下乡20周年曾经向全国知青征稿，该刊停办后，他从堆积如山的来稿中，选编成一本《辉煌的青春梦》，首次向外披露了中国知青参加缅甸共产党游击战和云南知青大返城的内幕。

广东知青作家郭小东的《中国知青部落》写出了已经站在世纪末交接点的老知青们在人生转轨期面临的困惑与选择问题。小说的主人公是几位推动知青大返城的风云人物，他们虽经历了反差鲜明的生活历程和感情大起大落，仍然高举理想主义和英雄主义的旗帜，战胜了心灵的失落，得出新的人生感悟。

一些知青作家寻找新的视角，向读者展现鲜为人知的知青生活的隐秘。陕西知青作家白描的《陕北：北京知青情爱录》，他写的是知青中命运最悲惨的那些与当地农民结婚的，再也不能返城的北京女知青的故事。她们曾经给贫穷落后的黄土地带来现代文明，但是，特定的历史条件、地域环境酿成她们的畸形婚姻。她们忍受着因文化反差带来的冲突与歧视，被死死地禁锢在落后的小生产方式和农民生活的藩篱中，吞咽着苦果，但她们以母亲般的胸怀接受了这一切残酷的现实，并为维护自己的尊严作了不屈的抗争。民族的传统美德在她们身上流光溢彩，令人肃然起敬。

"不知从何时起，有知青经历的一代人悄悄辐射向地球的各个地方——可谓世界上任何一个角落都留下了知青的足迹"，云南知青作家晓剑写的《中国知青在世界各地》向读者展示了另一幅人生搏斗的画面。老知青们在异国他乡闯荡江湖，在截然不同的社会环境、文化氛围中去创造新的人生。

反响最强烈的作品当推四川知青作家邓贤写的《中国知青梦》。他以云南十万知青大返城为主线，讲述了一个又一个苍凉的故事，那是一千多万中国知青做过的噩梦，很多老知青们是流着眼泪读完了它。作者恢宏的历史气度，史诗般的笔触感动了老作家王蒙，他评价说："这里有残酷的真实，青春的魅力和危险，理想的破灭和执着。"人们称它是一支昨日知青英雄梦破灭的安魂曲，是一首中国知青运动悲壮而雄奇、困惑而低回的挽歌。

与此同时，首次出现了从理论上研究中国知青运动的专著——天津知青杜鸿林的《风潮荡落——中国知青上山下乡运动史》，作者基于不能坐视局外人评价我们这一代人历史的初衷，以翔实的历史资料，缜密的逻辑，从政治、经济、文化诸方面因素来分析中国知青运动的起源及其发展的各个历史阶段，评价了知青运动的功过及其必然性。

成都知青费声的《热血冷泪——世纪回顾中的中国知青运动》是近期出版的另一部研究中国知青运动的专著。他以哲人的睿智、犀利的文笔剖析了中国知青运动的兴起与当时中国的人口、粮食、就业、红卫兵运动等社会问题的关系，特别是真实、详细地披露了震动世界的上海知青丁惠民带领的云南十万知青赴京请愿、罢工绝食、胜利大返城的曲折经历与真相。作者称它是"小说般的一部历史，也是凝聚一代人的热血与冷泪的一部悲情史诗"。美国研究中国知青运动的学者约翰·拉富尔评价这本书为："广阔的历史眼光，抒情般的感人笔触，悲剧般的冲突，这是我读到的关于中国知青问题最富于思想性的一本书。"

近期的知青文学热，触发了一系列以知青群体为媒介的经济、文化热点现象。不少知青文学作品被改编、拍摄成影视片，或被搬上戏剧舞台，而且收视率很高，如《中国知青部落》。

流行歌手李春波自编自唱的《小芳》，这首唱知青的歌被列为1992年十大金曲的首位，成为最抢手的流行盒带，抢购它的不仅仅是那些年轻的"追星族"，还有许多年届不惑的中年人，这首深情、悠长的乐曲把他们带回到那个风风雨雨又不乏真情的青春岁月。它的流行、畅销也反映了新一代人对老知青这一代人的理解。

全国第一家以老知青为对象的刊物《老三届人》已经在成都创刊，成为这代人的精神栖息之地。

在北京出现了由老知青创办的酒家饭店。位于中关村的"老插酒家"、西城宽街的"老三届食乐城"、和平里的"黑土地酒家"成了来自全国各地老知青们聚会的理想场所。"老三届食乐城"总经理、曾下放在山西的老知青朱昆年说："我们办这个餐馆，就是让我们这一代有特殊经历的人们，在特殊的环境和氛围中，怀旧启新，交流感情，沟通信息，相互鼓励。"

作为文化和经济的结合，成都老知青们组建了"老三届企业集团公司"；北京的一些老知青成立了"北京老三届经济开发公司"，该公司宗旨为："为在蹉跎岁月中流失了青春的那一代人追回并实现儿时的理想提供一个宽松的环境和舞台，公司将把老三届中的优秀人才凝聚起来，在社会主义市场经济舞台大环境中形成我们的独特优势，全方位地投入到市场经济的大潮之中。"

对近期升温的知青文学热，笔者作为知青的一员认为不能简单地归纳为仅仅是一种怀旧，其实质是反映了这一代人要求对历史和自身的价值重新认识的自身意识和文化心态。从沼泽和荆棘中走出来的这一代人，不论是那些声名显赫的学者、作家、艺术家、企业家们，还是那些仍然为生活而奔波、烦恼的千百万普普通通的老知青们，他们大多数已成为各行各业的骨干，是社会的中坚。在中国社会结构已经发生变化的今天，由于那段共同的经历所经受的洗礼，使他们已经形成一种隐形的利益群体。"青春无悔"的深情呼唤，正是已经成熟的这一代人对参与社会的强烈呐喊，跨世纪大交替已经历史地将他们推到唱主角的时代大舞台前。（1994年）

补记：本文发表于1994年《通俗文学评论》第一期，这是我初涉知青文学研究的观点和看法，当然是不成熟的。随着时间的推移，在与全国知青朋友的交流和我对知青文学研究的深入中，我基本推翻了"青春无悔"的观点，形成"不要为苦难加冕"的观点，这是与许多知青朋友的共识。但是，作为作者对知青文学认识的一种渐变的过程的痕迹，仍将本文收入此书。

不要为苦难加冕

　　发生在"文革"期间的大规模的知青上山下乡运动，是一种改变整整一代人命运的丰富复杂的社会历史现象，是一个以响亮的革命口号、以政治运动方式来解决千百万城镇知识青年就业困境的一次不成功的社会实验。

　　有位哲人说，苦难是一所学校。不能否认上山下乡的苦难经历磨炼和造就了他们中的不少人，这是一种"种豆得瓜"的历史反刍现象，但绝不能因此而美化苦难，为苦难加冕。社会发展的进程难道非得以整整一代人青春的丧失为前提吗？当年的知青们都已近知天命之年，昨天的创伤早已结痂，回顾往事，竟有不少人颂扬起"青春无悔"来，一句浪漫的口号是无法掩盖无情的事实和整整一代人被埋葬的青春的。他们的心灵创伤，他们所经受的人生苦难，他们被剥夺的种种机会，怎一句"青春无悔"了得？

　　历史要求沉痛的反思，"青春无悔"不过是一种不敢面对历史真实，逃避深刻反思和真诚忏悔的盾牌，是在巨大的社会变革面前缺乏自我批判勇气、心灵苍白的表现。"青春无悔"这种对苦难的自我崇拜意识，也恰恰反映了在处于社会转型期的这一代人的分化和认识上的错位。

不能否认在当年的知青中，不少人已成为社会的栋梁，在许多领域力擎大任，但是，成为精英的毕竟是少数。今天，大多数知青仍在为生存而奔波，面临诸多的困惑与艰难。这一代人"一只脚踏在昨天，一只脚伸向未来"，承载着历史与现实的双重负荷。在商品化意识和世俗物欲观念日益盛行、生存竞争激烈的今天，他们的年龄正处于临界点，人到中年，对社会的适应能力正在减弱，体力和精力正在走下坡路，在技术和专业知识上也正被新一代人所取代，很多人提前退休或下岗，面临着再一次择业的尴尬。在再就业的下岗职工中，有多少我们知青的兄弟姊妹们，30年前，他们无法选择，上山下乡，为国分忧，今天，他们将再一次为国分忧，以双肩扛起命运的沉重闸门。他们急需要社会的关怀，知青岁月的经历给予他们的将是一种面对艰难的勇气和信心，使他们冷静直面人生，克服自卑与失落，重新进行社会角色定位，迎接人生新的挑战，从这种意义而言，一句苍白的"青春无悔"不啻是阿Q的自慰，是一种怯懦的逃避。（1998年）

爱情的放逐与忏悔

前不久，我收到中国工人出版社岳建一先生寄赠的书籍《中国知青情恋报告》，厚厚的三册，110万字。1988年，他曾以过人的胆识编辑出版了老鬼的《血色黄昏》，这位前北大荒知青以"为一代人立言"为己任，又编辑出版了《血色炼狱》、《中国知青诗抄》等。自1989年始，他又耗时八年，克服重重困难，编辑出版了这套《中国知青情恋报告》，以纪念中国知青上山下乡运动30周年。

这套丛书，以知青情恋为切入口，深入到广大知青最隐秘、最丰富、最复杂的男女相悦的情感世界，来真实反映在"文革"历史大背景下，一代人从城市下放到农村，整体生存状态的转变和命运的不可选择。他们被放逐的青春的痛苦和不幸，在爱情祭坛上血肉淋漓的抗争，种种难以想象的感情扭曲，以及时过多年后发自内心的刻骨铭心的自责与忏悔均一一呈现在该书中。

尽管岁月的风尘已淹没了当年知青们的足迹，人间已是几度沧桑，今天当我们直面这一篇篇知青情恋实录时，依然肝肠寸断，不忍卒读，为文章中一个个男女主人公的命运和爱情的磨难而惊悚、震撼。本应是一种美好、崇高、透明的向往，但是在那个该诅咒的、缺少阳光的年代，却因无罪而获罪，被钉在耻辱柱上，横遭唾骂、鞭挞。这里既有被爱情照亮的生命和痴情的极致，是轻易不启的情感珍藏，但更多的是情感的畸形、浑浊、错乱与苦涩。这里，爱情世界遍布孤独、失落、迷茫、焦虑、恐惧、无奈、惨烈和悲凉。这里，没有花前月下，没有缠绵细语，没有神秘而浪漫的生命体验，无数少男少女渴望爱情而又谈情色变。一位公开别人情书的女知青，由于放声朗读义正词严的回信，批判资产阶级的爱情观，而成为红得发紫的"无产阶级爱情专家"。因为犯了"恋爱罪"，有的心上人斗争心上人，有的自杀身亡，有的断绝关系饮恨终生。一位男知青谈恋爱遭批斗，渴望返城未果，口含雷管自杀，从此他的心上人也精神失常了。更有合法知青夫妻遭五花大绑，严令交代最隐秘的细节，被冠以"大流氓大破鞋"被批斗，强行遣送两地。还有的留下一份遗书："永别了——我们要光明正大地死在一起。"多少花蕾一样鲜活的生命，一去不返，带走了破碎的心灵，为维护爱情最卑微的尊严，他们以灵魂的相依，只为留给苍凉人世间这最后的圣洁。

更有一批女知青，为返城而选择了形形色色的错误婚姻，有的甚至出卖肉体，在与其说是大返城，莫如说是惊天动地的大逃亡中，多少知青的情感世界有着光明不能穿透的苦涩与沉重。这些沉甸甸的记述文字，一如主人公们沉甸甸的人生与命运。即使在时代的大变迁中，他们历尽艰辛结束了知青生活，重返城市，去寻找生活新的位置，但那段梦魇般的岁月阴影仍在困扰他们的心灵。有一些女知青嫁给当地农民，至今家徒四壁；有的流落到撒哈拉大沙漠，当了原始部落酋长的女婿；有的走上贩毒生涯；有的成了贩卖人口的蛇头；有的成了贵妇人，却寂寞地自杀在异国。有的离散 30 年，苦恋 30 年，女主人公从红颜到白发，写下 4000 多封情书，终于熬到相见时，心上人却意外死亡。这一百多篇文章，一页页无不是来自历史的瓦砾与灰烬，热血融入冷泪，控诉中掺杂着忏悔。另外，这套书也编选了当年显赫一时的张铁生、柴春泽、朱克家等知青风云人物的情恋经历，他们与众不同却引人深思，是一份研究知青情爱历史的翔实史料。

流年似水，往事悠悠。这套书与出版的知青文学与纪实作品的明显不同之处是，它不仅仅倾诉了一代知青被放逐的爱情苦难，而且充满了他们勇于直面历史的忏悔意识。因为属于历史的，不应永远空白于历史；理应忏悔的，不能再永远拒绝忏悔。在知青中的老三届中有不少人，他们从红卫兵到知青，从大抄家、大批判、武斗、派战到上山下乡，从轰轰烈烈到不可选择走向农村，可谓磨难重重。他们经历过苦难，他们在"文革"的政治氛围中也曾制造过很多苦难，他们被剥夺青春与爱情，他们也曾损毁过其他人的幸福和爱情。在本书中那些惨不卒读的爱情悲剧中，有不少正是我们"同类相残"所造成的，远非今天一句轻飘飘的"当时我们也是违心的"话语就心安理得地搪塞过去的。书中不少文章能拒绝遗忘，躬身自省，勇于正视自己的灵魂，忏悔自己昨天心灵的怯懦与丑陋，行为的卑劣、龌龊，充满了坦荡以对的反思与诚实的自省，乞求得到在萋萋荒草下长眠的知青和曾受其伤害的同伴的宽恕与谅解。而这种直面历史、反思苦难、勇于忏悔的自我批判精神，正是一个民族振兴的道德追求。（2000年）

我们能熬过苦难，但决不赞美苦难

知青文学在 1990 年代春潮陡涨，大红大紫后，近年却走向低谷，但在一片冷寂清凉中，近期由唐希、施晓宇主编的福州知青文集《永远的脚印》由海风出版社出版了。这本书厚达 874 页，长达 78 万字，仅印了1500 册，内容翔实丰富，装帧精美，与前几年由厦门大学出版社出版的厦门知青回忆录《告诉后代》南北联袂，珠联璧合，整合了福建省近 30 万知青人生历程的苦难与风流。和以往各地出版的纪实文集不同的是，这本知青文集不仅收录了 114 篇文稿（约 50 万字），还收录了知青日记、书信、诗词、剧本、知青油印报、女知青的绝命书、实物照片等资料 240 多份约 22 万字，抢救了大量弥足珍贵的即将散失的史料物证。

早在"文革"以前，1963 年一批福州市知青以自愿的形式到闽北和闽东山区插队或半农半教，福建老作家马宁在深入闽北山区采访后，写了关于知青的小说《落户的喜剧》，在《热风》杂志上发表，以后上海电影制片厂将小说改编成电影《青山恋》，由赵丹、祝希娟主演，轰动一时。"文革"期间福建省 30 万知青在狂热的政治运动的裹挟之下，被卷入从城市往乡村大迁徙的洪流中，这是对整整一代人的流放。厦门知青去的是闽西山区，福州知青去的是闽北山区。福州知青们的回忆录不仅真实地反映了那令人窒息的时代，而且表达了一代人与命运不屈的抗争精神。曾在闽西上杭插队的女知青、诗人舒婷 1980 年写的诗《一代人的呼声》，就是知青一代人的宣言：

我决不申诉，
我个人的遭遇，
错过的青春，
变形的灵魂，
无数失眠之夜，
留下来痛苦的回忆。

我推翻了一道道定义，
我打碎了一层层枷锁，
心中只剩下，
一片触目惊心的废墟……

但是，我站起来了，
站在广阔的地平线上，
再没有人，没有任何手段，

能把我重新推下去……

回眸知青群体的命运，又显现出不同的个性差异。对于那些出身红五类家庭的知青来讲，起初上山下乡是一条革命道路，他们怀着改造农村、教育农民的理想，想在广阔天地大显身手，然而无情的现实撞碎了他们浪漫的理想，一场接一场的劫难粉碎了他们的美梦，冷泪洗面之时他们重新思考自己走的道路，如乔梅的《冷寂的辉煌》是对当时中国农村现实冷静思考的"政治经济学札记"，廖克的《石村"乌托邦"》是对改造农村的理性思考与实践。而对于那些背着沉重家庭出身包袱的"黑五类"子女来讲，知青是一条炼狱般的被改造之路，在社会的最底层，在政治歧视的高压下，在悲惨的遭遇中品味到山里人像大山一样敦厚的情怀，如丘喻的《天若有情天亦老》，蒋晓勤的《阿婆请饭》，马照南的《殒身在苍凉幽怨中》，同时也不回避以反思的角度来反映当年知青与农民之间发生过不愉快的冲突，包括械斗，如孙永强的《那目光》，南帆的《追问往昔》，宣泄了当年一部分知青的"流浪无产者"的怨愤，这在其他地方的知青回忆录中是少见的。

知青们不可选择地遭遇了那个特定的年代，以他们稚嫩的双肩扛起命运沉重的闸门，当他们将自己青春的生命融入广袤的田野和基层农村社会时，有人选择了默默耕作，也有人选择逃避。如黄振根的《建阳旧事》用一种调侃的语言叙述在闽北山乡的插队生活。头一年他挣了不到 200 个工分，难以解决温饱，索性外出浪迹天涯，足迹几乎遍布凡有知青点的山村，他以讲述中外文学名著故事为谋生手段，成了福州知青中的"说书大户"。当黄振根记述这段奇特的"流浪者"经历时，才发现自己至今还留在一所乡村中学任教，无意中成了一个真正的"扎根派"，他的漂泊人生是知青中很有代表性的另类。同时他也是一个才华横溢的浪漫诗人，在那些没有希望、没有爱情的阴沉的日子里，他写的诗《太阳》、《看见你，我就消失了苦闷》等，曾在闽北知青中流传，今天我们读这些诗也为其所动，它们喷涌的激情，抒发出被残酷现实压抑的青春苦闷，绝不逊色于"食指"（郭路生）的《相信未来》和白洋淀派知青诗人们的作品。

据统计，数万名福州知青中有 243 人死于非正常死亡，他们中每一个人的死都是一个悲惨故事和愤怒的控诉，如本书中王基鸿的《知青姐弟》叙述了一对平民出身的姐弟插队山村多年，招工回城无望，弟弟年少体弱，劳动生活上一直靠姐姐照顾，最后姐姐终于被村民推荐招工了，但姐姐不忍心丢下疲弱的弟弟，坚持要将招工指标让给弟弟，但社队领导认为弟弟出工太少了，不符合上调条件，没有答应姐姐的要求。眼看招工最后期限临近，于是在一个寂静的夜晚，姐姐留下遗书，要求用年轻的生命来换取弟弟招工的指标，弟弟抱着姐姐的尸体哭得死去活来，这是一个令人颤抖的悲剧。高学冠的《决不赞美苦难》写了知青中的两朵花——小英和阿秀原是福州少年业余体校的跳水运动员。她们俩下乡不到两年，死于一次春季山洪过后的一次翻船事故中，她们俩的坟建在公路边的山坡上，像一双眼睛直勾勾地盯着通往故乡福州的路。

这本书中还有一些知青生活细节的文章，体现了无奈中知青的心态，比如关于吃的一组文章：《打赌吃肉》、《口水为什么流得这样长》、《一餐吃了十三碗》，这些因物质生活和精神生活的双重匮乏而被扭曲的心态，实际上反映了那个年代残酷的饥饿现实。

今天知青们以审视历史的目光写在那个黑白颠倒、真理和善良遭受奸污的年代里，人性中美的一面依旧不会泯灭，反映闽西北山区父老乡亲们一颗颗金子般的心。如孙原《感激一生》中的茶子姑娘；陈震的《矮脚牛》是一幅沉重而鲜活的民风敦厚的山乡风俗画，刻画了生活底层者卑微心灵的纯真与质朴，亦如沈从文先生《边城》中的撑渡船的老汉与翠翠。

35 年过去了，像海浪似的知青潮，在神州漫漫历史时空上划过一道弧线，留下一片海滩，每一个知青就是海滩上遗留的一枚贝壳，于是在 20 世纪末又引发了一场场知青寻根的热潮。步入中年的知青们开始频频回首那些插队山乡的日子，关心起自己曾经流血、流汗、流泪的山乡土地和那些曾经善待自己的父老乡亲，于是出现了知青返乡热潮。本书以"重返山乡""父老乡亲"和"儿女视角"三个主题分别介绍了 1998—1999 年福州近万名知青分批组织的"闽北知青第二故乡行"的返乡探亲活动。如唐希的《闽北，福州知青寻访记》记录了作者 1995 年深入闽北一个个山村，寻访至今仍滞留在那里的福州知青，反映他们的生活现状、他们的失落与无奈。李海因的《回乡之路》以充满诗情的语言描述道："故乡是一座小山村，是这一栋小木屋，是这一条小山溪、老泉井，抑或是你睡过的那一架木板床。事实上，我们所追寻的故乡，是一个精神家园，是一种理念中的情感。"

读罢这本厚厚的福州知青文集《永远的脚印》，我的心情久久难以平静。时间的激流与岁月的风尘无情地溶蚀世间所有的苦难与辉煌，毁灭一代人青春的知青上山下乡运动已成为遥远的历史回声。

我们对那段沉重的历史要说的只是一句话：

"我们能熬过苦难，但决不赞美苦难！"（2003 年）

从辉煌走向低谷的知青文学路在何方

那场在今天的年轻一代看来颇有些不可思议的上山下乡运动，距今已有30多年，知青文学也走过了30多年，它已构成反映当代中国社会变迁、一代人心路历程的特殊窗口，成为当代文学史上的独有景观。

一、曾经辉煌的知青文学的三个发展阶段

呼唤人性——早期知青文学的共同主题

发生在"文革"期间的大规模的知青上山下乡运动，是一种改变整整一代人命运的丰富复杂的社会历史现象。他们在整体生存方式的根本改变中，扎根于坚实的现实和中国社会的最基层，广大知青从红卫兵和"造神"运动的狂热中清醒过来，开始用自己的眼睛观察世界，思考自己和中国的前途和命运。在"广阔天地"里，知青们的思想探索和文学创作，如在坚冰下有无数条细流在汇聚交流一样，这样便产生了最初的知青文学。

　　最初，知青文学是以口头和手抄本形式流传在广大知青中的歌词和诗，如任毅的《南京知青之歌》，表达了知青们思念故乡和青春怅然失落的感伤。最有代表性的诗歌是北京知青郭路生（笔名食指）写的《相信未来》、《这是四点零八分的北京》等，诗人以一代人的心路历程，抒发了在那个特殊年代所拥有的理想、追求、真诚和尊严。这些诗抛弃了政治与意识形态的禁锢，以活生生的生命体验和自我情感的宣泄，恢复了诗的人性和文学性。

　　十年浩劫后，在改变中国命运的历史转变中，广大知青历经艰辛大返城，知青文学又成为新时期"伤痕文学"的重要组成部分。群星灿烂的知青作家以饱蘸血泪的笔墨控诉了极左路线对一代知青的摧残，批判了作为文化大革命伴生物的知青上山下乡运动的非理性。

　　这一时期的知青文学既有叶辛的《蹉跎岁月》，梁晓声的《今夜有暴风雪》《雪城》，老鬼的《血色黄昏》等激扬知青们理想主义和英雄主义的力作，也有史铁生的《我的遥远的清平湾》，描绘了在那贫困、愚昧的年代，一幅苍凉的陕北高原的风俗画；既有张承志的《北方的河》和《黑骏马》这样承续了当代文学浪漫主义血脉的杰作，也有钟阿城的《棋王》《树王》以平淡的叙述，将知青生活的痛苦淡化，最终走向参禅悟道，归于淡泊清冷的阴郁之作。

反思历史——1990年代初知青文学再度升温

　　但在1980年代中后期，知青文学一度沉寂。因为历史在前进，人们不能总沉溺在昨天的阴影和呻吟里。滚滚而来的改革开放大潮席卷这一代人，要求他们去熨平昨天的创伤，在生活的洪流中去寻找自己新的位置。但他们一直是驮着历史的重负在跋涉，这样，那段知青生涯注定成为他们解不脱的情结。经过多年的奋斗，他们中的不少人融入了社会的主流，开始在各个领域崭露头角，但蓦然回首往事，心境又怦然躁动起来。这样，到了 1990 年代初，知青文学又再度升温。

这次知青文学升温始于 1990 年底，那年北京知青举办了"魂系黑土地——北大荒知青岁月回顾展"。紧接着一部部知青生活纪实和知青文学作品纷纷问世，成为书刊市场的畅销书，一直到 1998 年适逢知青上山下乡 30 周年，各种形式的出版物佳作迭出，不断被搬上银幕和荧屏。

这时的知青文学将视角对准已经成为社会中坚的这一代人，抒写了他们在当前社会转型期的酸甜苦辣、喜怒哀乐，他们的成功与失败。虽然知青岁月已远离了他们，但昨天的阴影又常来困扰他们，这不仅仅是怀旧，而是一代人的艰难跋涉，是他们在新生活中的旷达。这表明经过 20 多年的历史与文化的积淀，他们已超越个人命运的局限，以深邃的目光去反思整个民族的历史，因为那段苦涩沉重的岁月不仅仅只属于这一代人。

叶辛的《孽债》以 1979 年云南知青大返城为背景，描写了 15 年后被遗留在当地的知青子女来上海寻找父母的经历，展示了五个家庭两代人的悲剧。好不容易结痂的创伤又被捅破，昨天的梦魇又来困扰他们已经平静的生活，而且使两代人心头流出脓血，这是令人尴尬的现实。

重塑"知青精神"——近期知青文学追寻的共同财富

近期的知青文学热对这一代人人生价值进行了重新认定，特别是知青中的老三届不少人赶上了 1977 年的恢复高考，改革开放为他们提供了施展才华的机遇和舞台，使他们在许多领域力擎大任，成为跨世纪的栋梁之材。但是成为精英的知青毕竟是少数，大多数知青人到中年，体力和精力正在走下坡路，对社会适应能力正在减弱，随着不少企业效益的滑坡，不少人还未到退休年龄就提前退休、下岗，又面临着重新择业的艰难，所以他们在思想感情上需要慰藉和社会的关怀。知青精神是唤起他们重新振作，在同代人的理解和关怀中获得新的人生拼搏的勇气和力量。

特别值得一提的是邓贤的《天堂之门》，这是一部引起争议的知青小说。作者讲述了一群从《中国知青梦》里走出来的老知青的人生故事。知青们以一种前所未有的激情与冲动投入商海大潮，但是时代毕竟不同于过去，他们不再是从前的理想主义者。他们怀着各自目的，以各种方式跃跃欲试，他们的灵魂在金钱、欲望、卑劣与崇高、心灵与肉体的漩涡里沉浮起落，从而上演了一幕幕生死恩怨、大起大落、大喜大悲的人生活剧。小说深刻地揭示了这一代人在商品经济大潮冲击下已经分化变异，正是由于这种个人命运的巨大差异才构成群体命运的波澜壮阔和曲折走向。1997年底在北京召开的这部小说的座谈会上，有人愤愤责问邓贤："为什么要将知青的家丑外扬？"该人的话引发广大读者，特别是当年的老知青冷静的思考："时代在前进，我们在对过去社会和历史进行反思与批判的同时，不容回避对自我的批判。"

二、近期知青文学走入低谷的原因

知青文学曾在1990年代红火了一段时间，但以后逐渐冷却。到了1998年正逢中国知青上山下乡运动30周年，知青文学再度涨潮，仅这一年全国各地出版的知青文学与知青纪实作品不下50余部，再度掀起一股知青怀旧潮，但热浪奔泻后再冷静地审视与沉思，这么多作品中除了邓贤的《天堂之门》、郝海彦主编的《中国知青诗抄》、李晶的《沉雪》和牛伯成的《最后一个知青》等几部作品外，大多系出版社和书商的炒作之作。平庸与矫饰者居多，令人失望，大多数作品缺少历史反思精神，仍沉溺在昨天的知青一代人理想主义与英雄主义的"自恋"状态中，从而在当年便引发了关于知青文学价值观的大争论，最具代表性的是张抗抗的《无法抚慰的岁月》一文的观点："我们这一代人曾经历的苦难，已被我们反复地倾诉与宣泄；我们这一代人内心的伤痛和愤懑，已激起了世人的广泛关注；我们这一代人对于历史和社会的质问，已一次次公之于众；然而临近 20 世纪末，我们这一代人，是不是能低头回首，审视我们自身，也对我们自己说几句真话呢？"另一位作家谢泳的观点则更直白："我们已经讲了不少青春无悔的故事，如果每个人的过错都可以归之于时代的话，那我们这个世界里就没有什么罪人了。"他认为，知青是那场灾难的参与者，要是没有个人的反省，对一个民族的进步是有害的。他们的观点在当年的知青群体中引起了震动，有赞同的，更多的是责难，认为这是一种自我否定，在感情上难以接受。

与此同时还出现了另一种现象，一些出生于 1960 年代，并无知青生活经历的青年作家们也开始涉足知青文学，如刘醒龙的《大树还小》，李洱的《鬼子进村》，韩东的《下放地》。他们的作品多半从农民的角度或隔代人的眼光来写知青生活，将那场浩劫写成农民是被伤害者，并抨击知青们独揽了话语霸权。对此有人叫好，认为这些"局外人"为知青文学融进了新意，但广大知青却感觉心理上被"蜇伤"了，怒斥他们是对历史真实的亵渎。

这场大争论已经过去五年了，惯常的那种大争辩引发的文学创作与文学批评的繁荣不仅没有出现，令人不解的是近几年知青文学的创作与相关的文学批评陷入一片沉寂冷落中。那些一度活跃于文坛上的群星灿烂的知青作家们，近年很难能听到他们的声音，在花花绿绿的书市或书摊上很难找到几本近年出版的知青文学作品，这是一种值得深思的文化现象。笔者认为造成近几年知青文学冷落的原因是多方面的。

一是与进入1990年代以来整个文学创作处于社会边缘化有关。处于社会转型期嬗变中的文学，由于受到商品经济大潮的冲击，全社会浮躁心态的影响，整个文化事业日趋功利化，具有时代反思色彩的严肃文学创作不再成为全社会的关注中心，而趋于被边缘化而受到冷落。而作为反映一代人生命历程为使命的知青文学在整个文学事业中一直处于非主流的地位，那么在这种社会大环境中，知青文学陷入沉寂是理所当然的。

二是任何一种类型的文学创作都具有其内在的规律性，有高潮也必有低潮，不可能呈直线发展。1980年代知青文学从当时的伤痕文学中脱颖而出，20年来经历了一个"三部曲"的过程，这使得许多知青作家步履维艰。因此近年来知青文学陷入低潮也是正常的，合乎文学创作的规律，低潮也正预示着具有历史深度与思想力度的知青文学的"高潮"即将到来。

三是与知青作家群体的现实心态有关。对近年知青文学的冷落，有人指责一些曾大红大紫的知青作家，随着社会地位的改变，受世风的影响，放弃了"为一代人立言"的社会责任与历史使命，趋炎附势，热衷于商业化的文化。这种"空穴来风"的责难，虽说是非理性的批评，但也表露了广大读者对知青作家近期创作乏力的失望。实际上许多知青作家对如何深化知青文学题材的开掘陷入痛苦的思索中，如果按照以前的老套路写下去，肯定会吃力不讨好。有一些自我感觉力不从心者觉得无法超越自我，再也写不出先前作品深度的，便退却放弃了。一些历史责任感较强的作家，认识到只有将知青文学置于文化大革命和社会转型期这两大时代背景下重新审视，对先前观念重新梳理，如知青这一代人与时代的关系，不仅仅是时代造成他们命运的坎坷曲折，在灾难面前他们是债权人，同时他们中的不少人也是历史的参与者，因此他们也是债务人，如此这就更要有一种自我批判的精神，作品方具有思想的深度，经得起历史的检验，这使得他们必须重新调整心态，对素材的积累和题材的选择也需要一段时间的磨合，目前他们正处于创作的酝酿阶段。同时也不能否认一批知青作家对社会的批判从知青群体而转向对整体社会的批评。1980 年代知青文学主将梁晓声转向了社会批判，其作品客观地剖析了中国社会各阶层的病态。张承志依然迎风独立，但一部《心灵史》，使他成为一个百年来备受蹂躏的荒原部落发言人，而史铁生则以平和的心态书写了一种超然的人生状态。人们相信，在历史惯性的驱动下，在新世纪以人为本的人文关怀精神的召唤下，这些当年知青文学的主将决不会逃避历史。

　　四是与知青这一代人所处的生存状态与心理需求有关。知青这一代人是当初从城市向农村整体移民社会实验的牺牲品，在进入新的历史时期，他们中的多数又成为社会转型及改革开放成本的承担者，随着年龄的增长，大部分已下岗或退休，即将整体退出中国社会的主舞台。他们中的许多人还在为生存而奋斗，对往昔的历史他们已不愿回顾，展望未来，他们感受到更多的是困惑与失落，与衣食饱暖、子女教育相比，文学作品的阅读与欣赏毕竟是奢侈的，但这并不意味着他们对文学的全盘拒绝与漠然，相反他们对知青文学的发展的要求是苛刻的，再倒几十年的苦水使他们腻烦，但粉饰他们的现状或无视这一代人存在更使他们愤慨，这使作家们在创作中又面临着新的挑战。

三、新世纪的知青文学只有从矫饰的自恋中"突围"才是出路

与共和国的命运同沉浮的知青这一代人，新世纪对他们来说惆怅与失落多于快乐，如果说30多年前，他们是八九点钟的太阳，今天则已是下午四五点钟的夕阳，感受到生命的惨愁与沉重。30多年前他们是文化大革命的牺牲品，上山下乡，别无选择，为国分忧。1979年知青大返城后，上山下乡运动画上了句号。他们差不多经过10年的奋斗，重新找到了生活的位置，恰好又碰到社会转型期，他们又面临社会角色的"分层与流通"（其中1970年代后期至1980年代中期为"隐性分流"，1980年代末至1990年代末为"显性分流"）。这期间中国的改革开放向纵深推进，各种机制之间的碰撞，各种利益之间的伸缩与消长，使这一庞大群体的大多数又一次别无选择，为国分忧，成为承担社会转型期成本的主体，下岗离岗，再一次扛起命运的沉重闸门。

新陈代谢是无情的社会发展客观规律，是不可抗拒的，但我们反思老知青这一代人与时代的关系，欲说还休的是，他们的生命历程是与当代中国重大历史事件相契合的，从这一代人生存状态而言，这一群体已进入社会的显性分流期。这是市场经济运作的结果，却不是市场经济运作的过错。市场经济是无情的，在社会转型的嬗变中，他们在观念上、能力上、心理上都呈现一种严重的不足，因此失落和被抛

弃感由此而生，他们中的许多人已被挤向社会的边缘和夹缝中。面对如此沉重的现实，如何引导他们走出心理上的失落，心理上的苍白，使他们以平常的心态，直面人生新的挑战，弥合与下一代人的"代沟"，这一使命历史地落在新世纪的知青文学上。

发轫于1980年代，在1990年代曾经辉煌的知青文学是以控诉与怀旧、人性回归为特征的，是对一代人自身价值的认同，它重新点燃了人到中年的这一代人的生活勇气和信心，是一种社会文化关怀，但它也产生了负面影响，促成这一代人沉溺在"自恋"的心态中。它的危害正如中央戏剧学院杨建教授所说的："这一代人的生命实践、思想历程，被归纳到一个又一个思想主体中，暴露了知青这一代人独立意志的缺失。长期以来，知青群体的集体主义光辉掩盖了个人精神的苍白，在群体实质已经不存在的情况下，许多人仍然被束缚在集体幻想与陈旧的思想方式中。"这是可悲的，新世纪的知青文学必须摆脱这种先验理念的束缚，进行深度的理性反思，去寻找现代的价值立场，从这种只有情绪却没有力量的自恋与矫饰的心理误区"突围"，回归当代社会，才能找到发展的出路。

我们欣喜地看到，在知青文学作品陷入萧条低谷的逆境中，一种久违的曾被鲁迅先生称之为"这是血的蒸汽，醒过来的人的真声音"的复苏现象已经出现，虽然作品寥寥，却令人瞩目。这些知青文学作品中，首推中国工人出版社的长篇纪实丛书《中国知青民间档案文本》，已出版的有《洋油灯》《无人部落》《狼性高原》等11本纪实小说。这套文本有心从矫饰与自恋中突围，深刻嵌入人类精神的真实处境，从而获得一种广阔而深远的历史感与人类感。它远离媚俗、拜金和拜权，把追溯一代人生命与精神的本真、本原作为目标，对中国知青精神作最诚实、最本色的探索。这套丛书尤重长篇非虚构写作，努力荟萃散失在民间的富有个人特质、精神容量和历史价值的东西，将历史的本真过程及其隐秘的角落还给历史，从历经 30 多年风雨剥蚀的民间记忆世界里抢救出蕴藏着中国知青最真实、原生态的精神文物，这套丛书一问世，便引起社会各界的强烈反响，这是新世纪知青文学的一次突破，显示了它不衰的生命活力。

2003 年是中国知青上山下乡运动 35 周年，由于众所周知的原因，这一年并没有出现人们所预期的知青文学出版热，只有人民文学出版社出版了邓贤的新作《中国知青的终结》，这部书主要是采写当年云南生产建设兵团知青越境去缅甸参加游击战的传奇故事，以叙述那场血与火交织的"革命输出"历史事件的幸存者的回忆及他们当下生存状态之无奈为主，已没有了当年他写《中国知青梦》那样具有惊心动魄的张力与气势，且有了叙事重复与演绎的不足。但值得一提的是，原插队在河北北洋淀的北京女知青潘婧写的小说《抒情年华》，因其采用独特的视角和生活体验，表达了丰富的哲理思考和深刻的自我反省，体现了独具一格的思想魅力，因而被选为上海市 2002 年度中长篇小说唯一的一等奖，也体现了新世纪"海派文学"海纳百川的博大胸怀。

《抒情年华》是知青女作家潘婧的第一部长篇小说，它讲述了 20 世纪 60 年代至 70 年代插队在白洋淀的一群知青的理想抱负与时代相碰撞的故事，这是一个先前知青文学中从未出现过的一个群体，他们是知青中的一群"精神贵族"，他们有意识地与农民群体保持着距离，与污浊的现实生活保持着距离，在普遍的贫瘠中保存着精神的独立与自由，由此出发，他们后来成为诗人、顽主和社会栋梁。小说的原名为《颓废的纪念》，作者一直认为不理想，读过手稿的朋友们想出十几个名字，但似乎没有一个能涵盖其内容的，最后只好借用昆德拉的小说《生活在别处》的原名《抒情年华》，这有点反讽的寓意，它暗含整个时代、整个人群的"失去生活"能力的精神症状，也许正是对生活的无力乏味的洞察，才使这位有灵性的女作家将那个让人难以命名的时代写进了小说，她以令人信服的坦诚和诗化的语言把人们带回"中国往事"、"我和我们的往事"之中。小说主要线索是"我"和一个诗人的情感纠葛，他们是那个时代的"另类"，在某种意义上他们是时代的反叛者。但作者并没有以意识形态化的方式去描述，而是从普通的日常生活，从凡俗的一面去摹写他们，以及他们对爱情和生活的态度，雕塑出那个时代环境的印痕与特色。他们在颓废与困顿中执拗地行走在偏激的人生与艺术之旅，他们的才情，不可避免地出现错乱，那种绝望感，反抗与屈从的矛盾，从而放大了那个时代的病态。总之，《抒情年华》是一部让人感到既遥远又亲切的小说，说它遥远，是因为那段历史至今已恍若隔世，说它亲近，是因为那段历史是一代人曾共同拥有的精神财富，我们来自那个时代，曾经拥有的苦难在神圣的光环笼罩下充满了悲壮与诗意，那是我们曾经拥有的"抒情年华"，那是一个值得记忆的年代。

笔者认为知青文学已走过 30 多年，它已构成反映当代中国社会变迁、一代人心路历程的特殊窗口，形成当代文学史上的独特景观。老知青们的生活轨迹仍在延伸，追踪他们的知青文学必将延续发展。知青文学是一个跨世纪的话题，是中国当代文学的丰富资源。知青文学的读者是一个巨大的社会层面，不仅包括当年的近 2000 万知青，还有他们的父母兄妹及子女，这个人数接近一亿人，知青题材尤其是反映后知青生活的作品仍是社会公众关注的焦点，如近两年放映这类题材的电影、电视剧有：《突围》、《遭遇昨天》、《重返石库门》、《梦醒何方》、《巴尔扎克与小裁缝》、《美人草》、《血色浪漫》等。

2004 年出版的知青文学寥寥无几，却有两部惊世之作，一是中国社会科学院近代史研究所刘小萌的《中国知青口述史》和姜戎的《狼图腾》。前者获得众口一词的好评，后者褒贬不一，在理论界引发了激烈的争论。

刘小萌在 1998 年出版的《中国知青史——大潮》是一部以翔实的史料和统计资料综述发生在"文革"期间的中国知青上山下乡的历史，极具学术研究价值。从那以后，他一直想写一部类似"落潮"的续篇，来反映知青返城 20 多年来的坎坷经历。知青返城后，实现了社会角色的转换，融入了社会各阶层，特别是近年来随着大批知青内退、下岗而成为新时期社会的弱势群体，使"知青"问题重新凸现出来。针对此种情况，他决定采用个人口述叙事的方式来完成这部续篇，在他之前海内外已有几位知青作家使用这种口述方式，如海外华人作家梁丽芳的《从红卫兵到作家——觉醒一代的声音》和田小野主编的《青春方程式——五十个北京女知青的自述》等。

在三年的时间里他采访了各种不同类型的知青近百人，然后从中精选出几类不同的典型予以介绍。第一类为当年知青典型，如上海的张韧，北京的曲折，内蒙古的柴春泽、安海燕，辽宁的刘继业、吴献忠。他们都曾是不同时期媒体宣传过的知青样板，尽管他们在起点上有着某种天然的联系，但以后的经历、目前的处境都大相径庭。如今典型的光环早已离他们而去，但作为当年上山下乡运动的象征，他们的身世沉浮，依旧令人关注。

第二类对象是知青中的民间领袖，他们是在"文革"结束后风起云涌的知青大返城风暴中脱颖而出的人物，所谓时势造英雄，如云南西双版纳农场的上海知青丁惠民，新疆农垦兵团的上海知青欧阳连、王良德、庄伟亮等。这些来自民间的知青，在历史的关键时刻振臂一呼，高举"我们要回家"的旗帜，以"不回家，毋宁死"的赴死勇气与胆识，掀起了雪崩似的知青大返城的狂潮，为中国知青上山下乡运动画上了句号。

第三类对象是一些默默无闻的普通知青，如福建晋江的知青郑梦彪，北京女知青张阴、小月等，他们的经历与大多数知青一样：下乡、返城、下岗、创业，演绎了同样的人生三部曲，但他们的经历又是典型的，在他们的种种坎坷磨砺中，实际上浓缩着不止一代人的人生体验。

刘小萌所采访的这三种不同类型的知青，家庭出身、文化背景、人生遭遇、政治观念各不相同，对上山下乡运动的评价和感受都带有极鲜明的个人色彩，因此他们的口述都极具个性。因为社会在前进，人们对那段历史的回顾必然带有今天的烙印，反映了因社会的发展带来的日益多元化的观念与需求，这部口述史围绕这些典型人物的回忆对那场运动和当时的社会大背景，加以多视角的深度再现。

细读这部口述史，我们深悟刘小萌对这些知青典型的采访，采取了多样式的角度。如对知青典型，一般是以围绕上山下乡生动讲述自己的经历；对民间知青领袖，则以重大事件的策划与参与的过程作专题性口述；对那些普通知青，多半以采访他们从童年时代的家庭遭遇到青年时代的生活挫折以及无奈的生活现状为主线索来叙事。

《中国知青口述史》的问世给知青和知青文学的研究开拓了新领

域，扩大了新视野，补充了新资料，这种非虚构的写作，更接近民众，接近现实，把握时代脉搏。这种口述的方法，使来自民间的长期被窒息的话语有了一方表述空间，使普通民众参与了历史的创作，使人们还能倾听到来自民间的声音，虽然他们"人微言轻"，但他们是历史的参与者、见证人，也是批判者，这是一种更真实、更富有血性的声音。

2005 年，长江文艺出版社的《狼图腾》被一些评论家称为"这是世界上迄今为止唯一描绘研究蒙古草原狼"的"旷世奇书"，是一部以狼为叙事主体的史诗般小说。该书作者姜戎（笔名）是一名北京知青，曾在内蒙古边境的额仑草原插队长达 11 年之久。他钻过狼洞，掏过狼崽，养过小狼，与狼拼杀过，也缠绵过。这部 50 多万字的长篇小说以几十个有机连贯的"狼"的故事一气呵成，情节紧张激烈而又新奇神秘，绘声绘色地描绘了狼的狡黠与智慧，顽强不屈的性格，狼的团队精神与家族责任感，狼对蒙古铁骑的训导和对草原生态的保护，游牧民族千百年来对狼的崇拜以及爱与恨。该书深刻反思了人与草原、大自然，人性与狼性，狼道与天道的依存关系，提出了在历史上究竟是华夏的农耕文明征服了游牧民族，还是游牧民族一次次为汉民族输血才使中华文明得以延续。评论家周涛评价此书："这是一部奇书，一部因狼而起的关于游牧民族生存哲学重新认识的大书。它直逼儒家文化民族性格的弱处，显示了我们正视自身弱点的伟大精神。"

从严格的意义上来说，《狼图腾》称不上是一部知青小说，因为作者煞费脑筋，刻意淡化，甚至回避小说所反映的那个时代内蒙古草原血腥、令人窒息的人与人之间的残酷斗争，如"内人党事件"对草原民众的迫害，以及老鬼《血色黄昏》中反映的在那种体制下，知青生活的苦难（艰苦的物质环境与政治上的受迫害），过度的垦殖对草原生态平衡的灾难性破坏等。有的读者评价这部小说借牧民对狼的崇拜反映了作者头脑中根深蒂固的封建帝王思想，他宣扬的是一种伪草原文化，他以狼的一系列传奇故事来诠释其观点：农耕民族是羊性的，游牧民族是狼性的，只有游牧民族的狼性才是推动历史前进的原动力。这无疑是对中华文明历史的亵渎，反映了作者崇尚强权与暴力的倾向，这是值得警惕的。（2005 年）

天山下的武汉儿女

1994 年初春，一群老知青在武汉市公关协会的组织下，在武汉展览馆举办了"武汉知青岁月回顾展"，在不到三个月的时间里有数万市民前来参观，他们中绝大多数是当年的老知青。在"文革"前和十年"文革"期间武汉市共有 43 万知青上山下乡。这是一个规模不大的展览，与其他展览不同，它的展品没有任何新意：破草房，旧蚊帐，斑驳的搪瓷杯，发黄的旧照片，它们只是 20 多年前那一段特定历史的粗糙再现。但是许多观众一进展厅就潸然泪下，只因为这里记录了他们的青春岁月。展厅的序言写道："知青岁月已经化为历史烟云，但是，却久久占据我们的心田，它是青春珍贵的回忆，它是我们摧肝揉肠的思念。"

我们注意到参观者中有一些是"文革"前去新疆支边的武汉知青，他们一个个发问："为什么没有我们这些去新疆支边知青的介绍？"我们被问住了，因为当时筹备展览时联系不上去新疆支边的武汉知青，根本无法知道他们的基本情况。我只知道在"文革"前有 10 万上海知青在《军垦战歌》和《西去列车的窗口》的感召下去新疆支边，根本不知道武汉还有一万多知青去新疆支边（当时还是一个毛估的数字），这不能不说是这次回顾展的一个缺失。从此开始，我就注意武汉知青中这个特殊的群体。

回顾展结束后，我和董宏猷、胡发云、周杰明、姜汉芸等筹备编写出版武汉知青回忆录《我们曾经年轻》。我开始向去新疆的支边知青约稿，和他们中的一些人有了较深入的交往，才了解到这个特殊群体的基本情况。当时大多数去新疆支边的武汉知青已经以各种方式调回武汉工作，其实早在 1970 年代末，就有不少人以病退、顶父母的职等方式回到武汉，有的回不到武汉，就采取曲线方式先调到武汉附近的县市，然后再找机会调回武汉。仍然留在新疆的已经不多，这些人有两种情况：在新疆已经有了非常理想的工作，甚至担任了各级领导干部；另一种就是生活状况非常差，根本没有能力回来。1996 年10 月，武汉知青回忆录《我们曾经年轻》出版发行，这本书收进了原新疆生产建设兵团农七师武汉女知青胡文娟的文章《沙枣花》。其实去新疆支边的武汉知青中人才济济，只是当时和我们这些编委联系不上罢了。还有一个原因，他们中的许多人刚刚回到武汉不久，一切刚刚安顿下来，还没有平静的心情写回忆录。但是，我知道他们已经建起了松散的联谊会，以加强当年兵团战友之间的联系。1997 年，他们成立了情系天山艺术团（现改为天山战友艺术团），当年 9 月 27日在湖北剧院为返汉的支边战友演出一场，节目并在湖北电视台播出，产生了较大影响。2000 年 9 月他们又编写了一册精美的《情系天山战友纪念册》，10 月 4 日下午数千名去新疆支边的武汉知青在汉口硚口体育馆相聚，共同纪念新疆维吾尔自治区成立 45 周年，纪念武汉知青赴新疆支边 35 周年。那天，我也应邀参加了，感受到他们浓郁得化解不开的"支边情结"。岁月的风霜染白了他们的青丝，然而他们对新疆的思念却与日俱增，无时无刻不在怀念美丽富饶的新疆。当年去新疆支边的生活情景历历在目：红柳、沙枣、地窝子、包谷糊、羊肉泡馍、戈壁沙滩、万里林带、天山雪峰，新疆的一草一木、一山一水使他们魂牵梦萦。返回武汉的新疆支边知青经过十多年的努力已经融入了大武汉改革开放的洪流，成为各行各业的骨干，新疆的艰难岁月磨练了他们。

进入 21 世纪，中国的经济开始高速发展，生活节奏的加快，社会的转型，各种利益的冲突，使得即将进入老年化的知青群体被边缘化，他们中的许多人成为国企改革下岗的主体，他们又一次"为国分忧"，扛起命运的沉重闸门！20 世纪 90 年代，武汉市轰轰烈烈的知青文化走向沉寂，已经听不到武汉知青（包括武汉赴新疆支边知青）的声音。而与此相反，在 90 年代知青文化一片沉默的大上海，在进入新世纪后，以 2003 年《上海知青》杂志的问世，上海知青网的创办为标志，知青文化如火如荼得到了开展。当年上海是输出知青最多的大城市，早在 1963 年，上海就有十万知青赴新疆支边，"文革"期间又有 113 万知青去黑龙江、吉林、内蒙古、云南、江西、安徽和市郊上山下乡，他们将先进的城市文化传播到老少边穷地区，为改变农村贫穷落后面貌贡献了巨大的力量。2008 年是中国知青上山下乡 40 周年，我作为知青作家和知青文化研究学者应邀去上海参加由上海社科院、复旦大学、上海知青网、上海青年运动研究所联合举办的"2008，上海知青学术研讨会"，来自海内外 80 余位知青学者与会，对中国知青上山下乡运动作了多学科研究交流。我在会上结识了上海知青作家谢敏干，他是 1964 年赴新疆支边的上海老知青，是位于阿克苏的农一师的。他耗费多年心血创作了《苦恋三部曲》，该书深刻反映了在新疆的上海知青的苦难。他向我介绍，近几年各地赴新疆的支边知青出版了不少回忆录，如天津知青王国正主编的《那梦牵魂萦的地方》，南京知青的回忆录《永远的胡杨林》，还有许多知青写的个人自述。当年武汉有一万多知青去新疆支边，为什么至今听不到他们的声音？他们为什么保持沉默？这一下把我问住了，因为我对此一无所知。我向他保证：回到武汉后，一定去寻找他们，敦促他们尽快编写武汉支边知青的回忆录，以不辜负上海和全国各地赴新疆支边知青的期望。

回到武汉后，我通过在湖北安徽商会担任宣传部长的叶琳华（新疆生产建设兵团农四师知青）找到王自仲（叶的丈夫，兵团工交部武汉知青，现任武汉天山战友艺术团团长），表达了上海知青们的期望。他们很快组建了编委会，推选曾经在新疆维吾尔自治区作家协会工作的著名诗人，以后调回武汉担任湖北楚天广播电台总编辑的田先瑶为主编，并且立刻启动在武汉的各师团知青联谊会，向广大知青征稿。老田将他的两本近作《平静的高峰》和《野蛮的婴儿》送给我，他是湖北走出去的诗人，在新疆 20 多年的生活，使他的诗有了与众不同的灵性与气势，大西北的天空与雪山、戈壁大漠，使他的诗视野开阔，大千世界与人的心灵碰撞、融合，给人很多思索、回味。有这样一位著名的诗人担任主编，我想这本回忆录的质量一定是上乘的。编委崔启建在农四师曾经担任一个糖厂的厂长，1986 年返回武汉后在武汉市广播电视大学的保卫处工作，他有比较强的文字表达能力。我们虽然初次见面，却一见如故。他在 2008 年参加了中共湖北省委党史研究室与新疆生产建设兵团党史研究室联合主编的《湖北二十世纪五六十年代援疆史料选辑》的编写工作，这本书使我们真正了解了武汉知青支边历史的来龙去脉，是具有权威性的历史文献。它使我们获悉在 20 世纪五六十年代，中共湖北省委、省人民政府按照中共中央、国务院的统一部署，先后三次大规模地组织动员青壮年劳动力、知青和技术人员赴新疆参加社会主义建设，总数达到 12 万人。他们与当地各族人民并肩战斗，屯垦戍边，在经济建设、民族团结、社会稳定、边防巩固等方面做出了重要的贡献。1958 年 8 月 29 日，中共中央做出《关于动员青年前往边疆和少数民族地区参加社会主义革命建设的决定》，决定有计划地从湖北、湖南、安徽、江苏四省调配 200 万劳动力援建新疆。湖北省是支援新疆的主要省份之一，从 1959 年开始，根据国家的安排，湖北省有计划地向新疆输出三批劳动力：第一批 48663 人，以青壮年为主，于 1959 年 6 月赴新疆。第二批 45756 人，以青年农民为主，于 1960 年入疆。第三批以武汉市女知青为主，总数为 7900 人，文化程度较高，于 1964 年、1965 年、1966 年分批赴新疆，安排在农四师、农七师、农八师等团场。

　　一年来，编委会的同志不辞辛劳，在武汉支边知青中广泛征稿，并且将每个星期三的上午定为编委会的工作日。主编老田对来稿的要求非常严格，有的文章甚至是数易其稿。每一位作者都非常珍惜自己的文章，因为这是在写他们自己的历史，这将是流传给后人的一笔宝贵的精神财富。因为在这个世界上，所有的金钱财富都将灰飞烟灭化为乌有，只有文字是能够保存并且流传下去的。

　　2010 年 4 月初，崔启建引一位从新疆石河子的知青朋友来拜访我，他就是至今仍然留在石河子的王可均，退休前担任石河子市 18 中的校长。他从数千里之外的石河子到武汉来的唯一目的就是为了完成他自传体回忆录，这是他一辈子的愿望。几个月来他在同济医科大学的一间房子里奋笔疾书，苦思冥想完成了一部 20 多万字的书稿《路上的故事》。我为他的精神所感动。我花三天时间读完他的书稿。他是一个思想比较正统，循规蹈矩，有远大理想的知青，但是出于对伟大领袖毛泽东的无限崇拜，全身心地投入到无产阶级文化大革命中，因此被卷入石河子地区两派你死我活的所谓路线斗争中，不幸身陷冤狱达七年之久，遭受许许多多不堪回首的磨难，一直到"文革"即将结束才获得自由。正是经过这种地狱般的痛苦折磨，使得他今天一吐为快。他的文字比较流畅，素材丰富，细节真实，书中比较吸引人的还有他和后来成为他妻子的四川女青年周晓慧的富有传奇色彩的爱情故事。我分章分节地对他书稿中存在的不足提出一些意见，供他修改时参考。他记住我这些意见，又熬了许多个通宵，才最终定稿。

　　2010 年 9 月 13 日，我应邀飞往乌鲁木齐，参加为纪念周恩来总理视察石河子垦区 45 周年而召开的"知青与边疆建设座谈会"。这是我第一次来新疆，来自全国各地的知青和知青学者 80 余人参加了这次座谈会。石河子是一个真正的花园城市，被联合国授予"世界最宜人居住城市"，谁能够想到 40 年前，这里还是一片戈壁荒滩，是广大新疆生产建设兵团的全体指战员以血泪和汗水浇灌了它。至今新疆生产建设兵团仍然十分感激上海、武汉、天津的广大知青，认为是他们以先进的城市文化改变了这里的面貌，他们推动了新疆的经济和社会发展。早在武汉时，我就电告王可均，我要来石河子开会，他非常高兴。我们到石河子的当天晚上，老王就来看我们，还带来了散发着油墨香味的书——他的自述已经由时代文化出版社出版了，速度真快呀！我是这本书的特约编审，书名也是我建议的《深浅在绿洲的脚印》。我为他愿望的实现而高兴。第二天晚上，可均和五位仍然留在石河子的武汉知青朋友在"丝路花雨大酒店"宴请我们。我把北京的岳建一、袁明，长沙的郭晓明，安徽的房涪陵也请去，大家欢聚一堂。与他们畅谈后我才明白他们为什么没有返回武汉？因为他们在这里生活得非常愉快，非常有尊严！他们在这里生活了40多年，有比较理想的工作，拥有一定的社会资源，获得当地人的尊敬，而且石河子的生活环境也是武汉无法比拟的。如果回到武汉市，这优越的一切都将失去，我为他们理性的选择感到高兴。他们已经把根深深地扎在这里了，他们是天山下优秀的武汉儿女！

到石河子的当天，东道主安排我们去参观军垦博物馆，我们都深受教育，深受感动。新疆是一个美丽富饶的地方，在拥有中国六分之一的广袤的土地上，生活着许多少数民族，大半个世纪以来，从全国各地来的移民是推动新疆经济与社会发展的主力军。他们包括进疆的解放军官兵、知青，还有从山东、湖南来的女兵——戈壁母亲，在1960年代"大饥荒"时盲流到新疆的各地的农民。当我们在军垦广场参观"军垦第一犁"雕塑时，一位坐着轮椅的中年人看见我们胸前挂着"知青座谈会"的标牌，便问我们："你们是来开会的上海知青吗？"我说："我不是上海的，我是武汉知青。"他立刻拉着我的手不放松，接着眼泪就流下来了。他叫蔡建华，他父亲是1959年首批援疆的新洲（当时属于黄冈地区）青年农民，后来在石河子的八一棉纺厂工作，现在已经70多岁了。他在上小学时，一次上体育课，不幸被沙堆掩埋，后被人从沙堆里扒出来，但是腰脊椎残废了，不能直立走路。他的父母一直没有放弃对他的治疗，跑遍全国许多地方求医，最后还是石河子当地的土医生用祖传的土方子使他能够坐起来。他以后成家立业，热爱生活，不抱怨自己的命运，热衷于当地的残疾人事业。他感到最伤心的是几十年来，由于他的残疾，一直没有回到新洲故乡看看。他经常望着南方，心中涌起思念故土的忧伤，所以今天见到家乡人格外激动。他的叙述感动了我们许多代表，纷纷与他合影留念，我记下了他的通信地址，他记住了我的手机号码。十天后，我回到武汉，立即给他寄去我的两本著作和合影照片，并向他的全家人问好。从那以后，我经常收到他发来的短信，虽然只是一句平常的问候，但我感到的是沉甸甸的乡情。

2011 年已经向我们走来，经过各位编委近一年的努力，武汉赴新疆支边知青回忆录《西眺烟云》的编辑工作已经尘埃落定，这本收进百余位武汉知青文字的反映他们苦难与风流、困惑与进取，长达30 万字的知青纪实作品即将付梓问世，它将成为记录中国知青人生历程，与共和国风雨同行的珍贵长卷，我们为这部展示天山下武汉儿女风采的大书的诞生而欢呼！（2010 年）

潮涨潮落：知青文化的历史与现状

知青，这个名词，是对具有特殊历史文化内涵一代人的称谓，它凝聚着与共和国命运一同沉浮的这一代人的坎坷经历和自强不息的奋斗精神。

知青文化是特指知青这一代人，在他们的知青时代和后知青时代以文学（包括回忆录）、美术、音乐、多学科的理论研究等各种表现形式为特征的文化创作与文化活动，并反映他们的生命历程与诉求的文化产品与文化现象。

自1950年代中期起，中国知青上山下乡运动开始，有了知青群体，就有了知青文化，虽然对每一个知青来说，上山下乡的经历只有那么几年，整个知青上山下乡运动早在1980年代已经结束，但是知青文化一直在发展延伸，成为当代中国特殊的文化现象。

知青文化的发展历史可以划分为以下五个阶段。

第一个阶段：知青文化的发轫期即知青时代的知青文化

从 1958 年到 1966 年"文革"爆发以前，为了解决城镇人口的增长与粮食供应、劳动就业的矛盾，政府有计划地动员大中城市的知青去农村插队，去边疆支边，在这几年共计有 129 万知青上山下乡。为了配合知青上山下乡，作家们创作了一批以理想主义和英雄主义为基调的小说如《边疆晓歌》、《军队的女儿》，长诗《西去列车的窗口》，电影《青山恋》，歌曲《军垦战歌》等，它们的作者并不是知青，但是这些作品对当时和日后的知青上山下乡运动起到了宣传和推波助澜的作用。

1966 年以后，"文革"高潮中出现的红卫兵诗歌，可以视为以后知青诗歌的滥觞。1968 年 12 月 22 日，伟大领袖毛泽东大手一挥，一夜之间，将几百万老三届变成知青，他们别无选择，只能上山下乡，一直到 1980 年全国知青上山下乡运动结束，在长达 12 年时间里，全国各地上山下乡的知青达到 1700 万，这是人类历史上最大规模的青年移民运动。在长达 22 年的知青时代，知青文化表现为主流文化和非主流文化两种截然不同的形式。

所谓主流知青文化是指在"文革"期间，在毛泽东的无产阶级专政下继续革命的理论指导下，与体制的主流意识形态保持一致的，由知青们创作的文学、美术、音乐作品。如以上海知青金训华的事迹为题材的小说《征途》，歌曲集《战地新歌》中的反映知青战天斗地的歌曲，知青画家们创作的知青题材的油画、版画、国画作品。与此同时，全国各地的知青们成为各地农村、农场毛泽东思想文艺宣传队的骨干，他们对这些地区的文化教育事业做出了巨大贡献。当年文艺宣传队表演的歌舞，在很多年之后，成为他们在后知青时代怀恋苦涩青春的载体。

这一时期，非主流知青文化则是指与主流意识形态不吻合，甚至唱反调的知青文学作品，大多数以口头或手抄本形式流传的知青诗歌、小说与知青原创歌曲。如南京知青任毅创作的《南京知青之歌》（作者为此曾经被判处死刑，后改为十年徒刑）以及各地知青创作的怀念故乡的歌曲，北京知青郭路生写的诗《相信未来》、《这是四点零八分的北京》以及以北京知青为主体的"白洋淀派"的诗歌创作，湖南知青张扬写的小说《第二次握手》等。这些作品主要表达知青们凄婉的思乡情绪和青春失落的感伤，在知青中广为流传，影响很大，成为他们宝贵的精神食粮。这些呈"地下"状态的知青文学作品及其环境成为以后知青文化的沃土，培育了日后一大批知青文化的精英。这是非常有趣的"种豆得瓜"文化现象。在漫长的知青时代，这两种截然不同的知青文化表现形式长期共存。

第二个阶段（1980—1990 年）：知青文学的崛起

十年浩劫后，知青文学成为新时期伤痕文学的重要组成部分。群星灿烂的知青作家群，以饱蘸血泪的笔墨，批判了作为"文革"伴生物的知青上山下乡运动的非理性。这一时期的知青文学代表作品既有叶辛的《蹉跎岁月》，梁晓声的《这是一片神奇的土地》、《今夜有暴风雪》等激扬着理想主义与英雄主义的力作，也有老鬼的《血色黄昏》，以感人的真实，唱了一首理想主义的挽歌；既有史铁生的《我的遥远的清平湾》，描绘了在那贫困的年代一幅忧伤的西北农村风俗画，也有钟阿城的《棋王》《树王》以平淡的叙述将知青的苦难淡化。知青作家们的鼎力创作展示了知青文化的强大生命力，为日后波及全国各地的知青文化热奠定了基础。

第三个阶段（1990—1998 年）：知青文化热的升温，走向辉煌

1990 年初，以北京知青举办的"魂系黑土地——北大荒知青岁月回顾展"为标志，知青文化热在全国各地升温，并且形成高潮。为什么知青文化热会在 1990 年代升温？自 1979 年全国知青大返城后，遍体鳞伤的知青们回到故乡，他们在返城后短短几年里，匆匆完成了在人生应该分几个阶段完成的就业、升学、成家立业、生孩子等重任。他们沉入社会的底层，努力去重新找回生活的位置，去适应社会。经过十多年的磨合，他们反思这一代人的命运与共和国的命运一同沉浮的历史，必然会从心底发出"青春无悔"的深情呼唤！这是走出苦难、迎接新生活的旷达乐观的人生态度。它表达了在纷至沓来的巨大社会变革面前，怀着强烈失落感和时间错位感的知青们，克服了颓废与迷惘，在心理与行为方式上做出调整，投入改革开放的大潮，体现了他们勇于拼搏、自强不息的知青精神，向时代和社会证明"我们是优秀的"。他们超越个人命运和历史的局限性，以一种向前看的目光，去创造新生活。

1990 年代出现的知青文化热表现出以下几个特点：

一是表现形式的多样性。各地的知青文化热，以知青岁月回顾展为主要平台，以大量的图片、实物和文字资料向公众介绍他们曾经的知青时代的苦和乐，基调是青春无悔。如北京、天津、广州、武汉、沈阳、重庆、成都、厦门、杭州、哈尔滨、西安等大城市都先后举办过这类展览，参观者主要是知青，还有许多年轻人，产生了较大的社会反响。但是，当年输出知青人数达 113 万的上海，却是一片寂然。

二是地区性的知青回忆录大量出版，林林总总达数十种，基本上是知青们对知青时代的集体回忆，基调是苦难与风流，一代人曾经同

有的酸甜苦辣。如北京赴北大荒知青出版了《北大荒风云录》，北京赴内蒙古知青出版了《草原启示录》，延安知青出版了《回首黄土地》，山西知青出版了《老插话当年》，重庆知青出版了《红土热血》，成都知青出版了《青春无悔》和《知青档案》，武汉知青出版了《我们曾经年轻》、《沧桑人生》等。这些不同地区的知青回忆录，以大量资料，比较全面地反映了知青上山下乡形象化的史实，为今后研究中国知青上山下乡运动的历史文化提供了比较翔实的资料。

三是各地知青纷纷成立知青艺术团，这些知青艺术团演出的节目大多数是当年红卫兵宣传队和农村毛泽东思想文艺宣传队演出的内容，具有浓厚的怀旧色彩。同时，作为一种民间的演出，这些保留了"左"的痕迹的内容，也是为了与体制的意识形态保持一致，现代人看了会产生一种"雾里看花"的困惑。

四是在一些城市出现了以知青为招牌的商业性的企业和产业，如知青酒店、知青酒、知青茶等，它们都试图以知青群体为消费者来进行商业运作，获得较大的发展。后来的事实证明，这些知青产业或企业大多数关门。因为市场经济的运作是以全体消费者为对象的，这种以一个特定的社会群体为对象，以怀旧情绪为切入点的商业运作，注定是"此路不通"的。

五是一大批具有深度的知青文学作品的问世，有力地推动了这一时期知青文化热的升温。进入1990年代的知青作家们在创作上更加成熟，无论是在选材上，还是在小说的结构安排上，人物形象的塑造，对社会和时代的批评力度更加深刻犀利。如叶辛的《孽债》，以1979年云南知青大返城为背景，描写了在15年后，被遗留在云南的知青子女来上海，通过寻找他们父母的经历，展示了两代人的悲剧。

梁晓声的小说《雪城》《年轮》以全视角的场景，犀利地揭示了大返城后的知青们在时代的大变革面前，他们的困惑与无奈，他们又一次不屈的抗争，使广大读者对这个在磨难中成长起来的群体肃然起敬，他们是好样的！邓贤的《中国知青梦》以1979年云南十万知青返城为主线，反映了中国知青史最悲壮的一页，令无数读者读罢放声痛哭！郭小东的《中国知青部落》三部曲写出了站在世纪末交接点上的老知青们，在社会的转轨期面临的困惑与选择。根据这些作品改编的电影和电视剧深受广大观众欢迎，它们将这一时期的知青文化热推向高潮，同时第一部知青诗歌集《中国知青诗抄》也得到正式出版。

六是开始出现从理论上研究中国知青上山下乡运动的著作。除了官方出版的《中国知青上山下乡始末》和《中国知青上山下乡大事记》外，这时期，最具有权威性的知青史研究成果是中国社科院定宜庄、刘小萌写的《中国知青史》(上、下两卷)，他们是内蒙古知青，该书填补了中国知青史研究的空白。同一时期，上海社科院的金大陆出版了国内第一部以知青群体为对象的社会学著作《世运与命运》。这是首部采用现代统计方法，对知青中的老三届群体的生存状态作系统的社会调查与分析研究，也是第一部获得国家社科立项的课题。这些理论著作的问世标志着知青上山下乡运动已经作为科学研究的对象，开启了理论研究的序幕，这是非常可喜的现象。

第四个阶段（1998—2008年）：知青文化从辉煌走向低谷时期

知青文化热在1998年，即纪念中国知青上山下乡30周年达到高潮，在这一年全国各地出版的知青文学与纪实作品不下50部，但是其中大多数作品缺少反思精神，仍然沉浸在昨天的知青一代人理想主义和英雄主义的"自恋"中，从而引发关于知青文化价值观的争论，如"青春无悔"与"青春有悔"之争,"丑陋的老三届"之争等。

与此同时还出现了另一种现象,一些出生在 1960 年代的并没有知青经历的作家也涉足知青文学。如刘醒龙的《大树还小》,李洱的《鬼子进村》,韩东的《下放地》等。他们的作品多半从农民的视角和隔代人的眼光来写知青,将那场浩劫写成农民是受害者,批判知青独揽了话语霸权。对此,有人叫好,认为这些局外人为知青文学融进了新意,但是在广大知青中,却认为这是对知青一代人的亵渎。

从 1998 年后,曾经辉煌的知青文化走向低谷。那些一度活跃在文坛上的群星灿烂的知青作家们,沉寂了,很少能听到他们的声音。在书市和书摊上很少能看到近几年出版的知青文学作品,一度非常热闹的知青艺术团演出也偃旗息鼓了。为什么知青文化走向冷落?我认为原因是多方面的。

首先,与这一时期的社会转型有关。从 1990 年代中期开始,中国社会大踏步地从计划经济向市场经济过渡,整个文化事业受到冲击。由于受到商品经济的冲击,全社会出现浮躁的心态,整个文化事业日趋功利化,具有反思色彩的严肃文学创作不再成为全社会关注的中心,作为反映一代人生命历程的知青文学和知青文化,在这种社会大环境的变迁中被边缘化是理所当然的。不少以"为一代人立言"的知青作家,受世风影响,开始热衷于商业化的时尚文化创作,有些知青作家对如何深化知青文学创作陷入痛苦的思索,认为如果按以前的老路子写下去,惨白乏力,吃力不讨好。一些责任感比较强的作家意识到,知青文学必须走出自恋,只有将知青题材放在"文革"和社会转型两大背景下审视才会有前途,此外更要有一种自我批评精神,如此知青文学和知青文化才能够突围。

其次，更重要的是知青文化的冷落与这一时期知青一代人的生存状态有关。在中国社会的转型期，知青们面临着社会角色的分层与分流，第一次是从 1970 年代末到 1980 年代中期的"隐性分流"，一大批知青通过接受高等教育，从而进入了社会的精英层；第二次是 1990 年代中期开始的"显性分流"，知青中的大多数成为社会转型的成本的承担者，他们又一次"为国分忧"，在国企改革中下岗，被迅速边缘化，成为贫困群体。新陈代谢是无情的社会发展的客观规律，是不可抗拒的，这是市场经济发展的结果，而非市场经济的过错。面对如此沉重的社会现实，如何引导知青一代人走出心理上的失落，启发他们以一种阳光心态，直面人生的新挑战，这一使命历史地落到新世纪的知青文化走向与发展上。

在这个长达十年的知青文化冷落期，知青文学创作也出现几部精品，如邓贤的《天堂之门》描写了一群从《中国知青梦》里走出来的老知青，以前所未有的激情与冲动投入市场经济大潮，从而上演了一幕幕生死恩怨、大起大落的波澜，写出了这个群体在商品大潮中的必然分化趋势，具有强烈的反思意义。

在这一冷落时期，令人可喜的是"另类知青文学"创作的兴起，虽然作品不多，但是却具有代表性，它们是对传统知青文学的颠覆与反叛。它们或在形式上标新立异，或在内容上巧取一隅，或者在思想上特立独行，或以最本真的面貌出现。这类作品反而比虚构的文本更加具有思想深度，其塑造的人物更具典型性。其中最有代表性的是获得 2001 年上海长篇小说一等奖的北京女知青潘婧创作的《抒情年华》，它刻画了一群在白洋淀插队的北京知青的理想抱负与现实冲突的故事。这是一个先前知青文学中从未出现过的一个群体，他们是知青中的一群"精神贵族"，他们有意识地与农民保持距离，在普遍的精神贫困中保持着独立与自由。天津女知青作家李晶写的《沉雪》描写北大荒女知青中的"同性恋"问题，反映了知青们在肉体和精神上的双重苦闷，是对人性的强烈呼唤。天津知青作家牛伯成的《最后一个知青》是一部具有震撼力的知青小说，该书描写了一个有意识地要脱离知青群体，要求融入农民群体的与众不同的知青，在一次次理性与野性的冲突后，由于文化背景的差异，他还是被农民群体拒绝了，他痛苦地徘徊在两者之间，成为一个特定时代的"多余的人"。

由岳建一主编的《中国知青情恋报告》《中国知青民间档案文本》和刘小萌的《中国知青口述史》也在这期间问世，他们是治学严谨的学者，本着还历史本真的责任感与使命感，试图搭建一个中国知青历史文化研究的平台。但是，因为众所周知的原因而归于寂然。

令人欣喜的是，在1990年代处于寂然的上海知青们此时却有了很大的动作。2000年上海知青网的创办，2002年《上海知青》杂志的创刊，使上海知青文化的发展有了空间，孕育了后来居上的上海知青文化研究热的兴起，由于信息的传播，其对2008年开始的全国知青文化热的再度升温起到了有力的推动作用。

第五个阶段（2008年以后）：全国各地知青文化热再度升温

新世纪之交最初几年，全国各地的知青文化虽然比较冷清，但是，由于网络时代的到来，信息的传播更加迅捷。在短短的几年里，各地出现了近百家知青网站，与此同时，在各地，各种民间性质的知青联谊会自发地诞生，为知青群体的沟通交流、联系友情提供了一个空间。在一些大中城市，知青文化热出现反弹现象。如当年曾经输出

113 万知青的大上海，以下乡地区的团营连，县、公社而聚合的知青联谊活动开始活跃起来，并且与接收地区的第二故乡建立了联系。而在重庆、哈尔滨、厦门等地，知青文化活动始终没有停止过，甚至与政府保持一种良性的互动。

与此同时，在各地，由于老知青群体在国企改革后，大多数人下岗，生活状况每况愈下。他们面临着退休、养老、医疗、住房等棘手问题，因此出现了知青维权活动。经过较长时间的磨合，大多数知青相信政府"为民执政"，会妥善解决他们的实际困难。

2008 年是知青上山下乡 40 周年，从 2008 年开始至今，全国各地的知青文化活动不仅没有降温，反而越来越红火，出现再度升温的可喜现象！这是令人始料未及的。

从 2008 年开始，全国各地的知青文化再度升温有以下几个特征：

第一，是参与的广泛性，这成为各地构建和谐社会的重要内容。由于各地知青联谊会的有效组织，知青网站、杂志的传播沟通，各地知青积极参加各种形式的知青文化活动，既有小范围的联谊活动，也有跨地区的知青文化活动，参与这些活动的知青的人数大大超过 1990 年代第一个知青文化热。如厦门知青从 1980 年代后几年开始，每年都有不同主题的知青文化活动，还于 2001 年、2004 年和 2009 年先后举办了全国性的知青文化周和两届知青文化年活动，他们以"红土地—蓝海洋"为主题，先后十多次组织当年在闽西插队的数千厦门知青回访闽西的第二故乡，到闽西捐建"希望小学"，捐修乡村道路，最为突出的是举办各种各样的乡村文化活动，为闽西的文化事业做出应有的贡献，并慰问一直留在闽西的厦门知青。他们的知青文化活动与政府保持着良好的互动，成为构建和谐厦门不可或缺的力

量。宁波知青于 2004 年和 2009 年组织一千多知青乘火车专列返回北
大荒的第二故乡。2008 年 9 月，昆明与重庆知青组成旅游专列从昆
明出发，沿途经过重庆、西安、大寨、北京、北戴河等地方，他们遍
游祖国大好河山，向社会展示知青们意气风发的精神面貌。

　　重庆知青文化活动非常活跃，有五个知青联谊会，即重庆知青公
会，重庆支边知青联谊会，重庆知青联谊会（它联系着重庆周边区
县的知青），"文革"前下乡的重庆老知青联谊会，重庆女知青联谊
会。它们之间的活动有分有合，参与的人数几乎涵盖了所有的重庆知
青。今年 4 月，他们还组织 400 多知青重返云南第二故乡，受到云南
农垦系统员工的热情接待。其中，重庆知青公会在每一个区都有分
会，拥有自己的活动中心和网站、杂志。重庆市的大足县有四千多知
青，大多数文化水平不高，知青联谊会的几位会长都具有奉献精神，
他们深入底层的知青中了解他们的困难，积极地向政府有关部门反
映，妥善解决了这些贫困知青的"老有所养"问题。他们开展的知
青文化活动深受市民们的欢迎。

　　第二，活动形式的多层次性，呈现多元化的特点。现在，各地的
知青文化活动最经常最活跃的是大众化的知青文化活动，即各地的知
青联谊会不定期组织各种知青联谊活动，吃饭喝酒，唱歌跳舞，在一
起旅游，这虽然没有多少文化内涵，但是它营造了一种浓厚的知青文
化氛围。已经退出工作岗位的知青们还不能完全融入城市的社区文
化，而知青文化活动使得有过共同人生经历的知青们形成一致的人生
感悟和价值观念，有共同语言，精神上也能做到相互慰藉。

　　具有丰富文化内涵的知青文化活动长年得到开展，如各地组建的
知青艺术团，多年来活跃在当地的群众文化舞台上，其中不乏佼佼

者。如湖南知青艺术团多次出国演出，他们在维也纳金色大厅演出获得一等奖，为国家为广大知青争了光。北京的阳光健身知青艺术团，北京的牧人合唱团，天津的金钟合唱团等都是非常优秀的知青艺术团。

特别值得肯定的是厦门知青开展的高文化内涵的活动。厦门知青在谢春池和他的团队的努力下，20多年来策划了一系列的高水准的知青文化活动。他们为了提高已经进入老龄化的知青们的文化素质，创办了知青艺术团、知青文学沙龙、书画沙龙、摄影沙龙、老三届登山大队等，定期开展活动。请知青出身的专家学者为知青们讲课，辅导他们写作，并且出版"厦门知青文库"和多达14册的知青习作集《凤凰花文丛》。他们不定期举办"知青美术与摄影作品展"，真正使知青们"老有所学，老有所乐，老有所为"。2009年12月底，他们还举办了"中国知青诗歌论坛"，"纪念知青之歌诞生40周年"等活动，邀请各地知青参加，使他们分享了精神领域探索的盛宴。厦门知青的文化活动还延伸到抗战文化、闽南文化，组织知青们去做义工，以人道主义的情怀去关爱社会的弱者等。今年，厦门知青还访问了金门岛的文化部门，进行海峡两岸的文化交流。厦门知青的文化活动在全国可谓一枝独秀，令人敬佩。

第三，当年接收地区政府的积极支持有力地推动了知青文化的升温。知青上山下乡已经成为历史，知青们上山下乡的经历大多数不超过十年，40年过去了，已经进入老年的知青们，还不时地回望那块他们为之付出汗水与血泪的土地，惦念着在困难的环境下，曾经在一起战天斗地，曾经给予他们温暖的父老乡亲们。

随着时间的积淀，知青们当年上山下乡的接收地区的政府和父老乡亲，蓦然回首，深深感受到，知青们对当地经济与社会发展所做出的巨大贡献将载入史册。如新疆生产建设兵团认为新疆的发展变化，首先要归功于当年支边的上海、天津、武汉、浙江等地的 20 多万知青，他们把先进的城市文化和生活方式带到新疆，他们的青春和热血洒在边疆，将戈壁沙漠改造成为绿洲。延安的老百姓说，陕北贫穷落后，近百年来，对这块贫瘠的土地贡献最大的人是：当年的"闹红"者（红军）和"文革"期间三万北京知青娃。云南的西双版纳现在已经成为旅游胜地，当地老百姓说，对云南发展做出贡献最大的是十万来自上海、重庆、成都、北京、昆明的知青，他们开发建设了橡胶林，才有了今天西双版纳的快速发展，当地人永远忘不了他们！西双版纳的东风农场 2008 年建立了农垦博物馆和知青纪念碑，2004 年还在"龙泉公墓"中建立"知青公墓"，将在农场去世的 78 位知青安葬在这里。在北大荒垦区许多城市都建立了知青纪念碑，当地政府高度评价了来自全国各地的知青对北大荒和黑龙江省发展所作的巨大贡献。2008 年 8 月，黑河的中国知青博物馆落成，黑河市政府邀请来自全国各地近两千知青参加了开馆典礼。这些地区的政府对每一批回访第二故乡的知青都给予热情接待。2010 年在上海举办的世博会期间，这些省的省馆开馆都邀请了数百位当年的上海知青作为贵宾参加，以肯定知青为当地经济与社会发展做出的巨大贡献。

从 2008—2010 年，山西昔阳县政府连续三年举办"回望大寨，情系农村"的主题活动，每次邀请近百位知青参加。知青们上山下乡是正逢全国"农业学大寨"时期，大寨人"自力更生，艰苦奋斗"精神激励着知青们顽强拼搏。

第四，知青上山下乡多学科理论研究有了突破。由于众所周知的原因，中国知青上山下乡的多学科理论研究一直是一个弱点。主要是理论界还没有将知青上山下乡作为社会科学研究的对象，一直没有形成一个多学科研究的团队，研究的力量没有整合，理论研讨活动一直没有开展。这种状况在 2008 年有了突破。2008 年 12 月 20—21 日，由上海社科院、复旦大学、上海青年运动史研究会、上海知青网等发起在上海召开了"2008，上海知青学术研讨会"。来自海内外近 80 位知青学者与会，这是 40 年来在中国召开的影响力最大的关于中国知青上山下乡的多学科理论研讨会。在短短的两天时间里，与会者畅所欲言，分别从政治学、历史学、社会学、文学的角度深入研讨了中国知青上山下乡运动产生的复杂原因，它对中国社会发展产生的深层次的影响，后知青时代知青的生活状况，知青文化与知青文学的发展走向等。一批 80 后的硕士生、博士生参加了研讨会，出现了可喜的知青历史文化研究后继有人的局面。这次研讨会整合了国内外中国知青上山下乡运动理论研究的力量，形成了一个多学科的研究团队，与会者从研究的战略目标、区域性的合作研究、研究资源的共享、研究方法的认同达成共识。这次研讨会有力地推动了各地知青问题的理论研究。这次研讨会促成上海社科出版社出版了《中国知青上山下乡研究论文集》，这部文集的出版具有里程碑式的意义。经过长期的努力，2011 年 3 月 27 日经官方批准的"上海知青历史文化研究会"成立，为知青上山下乡运动的理论研究提供了一个理想的平台。上海地区有志于知青历史文化研究的学者们正在对知青档案资料进行整理，进行系统的研究，并且具有"学院派"的研究风格。

2010 年 9 月，经过在新疆的上海知青张志尧的多方努力，在新疆天业集团、农八师的支持下，"知青与边疆建设座谈会"在石河子市隆重召开，来自全国各地近百位知青名人、学者与会，他们对40多年来知青上山下乡对边疆建设的巨大贡献作了全面评价。这次座谈会使来自各地的知青学者对知青上山下乡运动的理论研究有了一个比较广泛的交流，有共识，也有不同见解，充满民主气氛。

可以预言，随着知青文化活动的广泛开展，各地的知青问题的理论研究将启动。现在，经过努力，上海、沈阳、镇江已经成立了知青历史文化研究会，许多省市也在积极筹备成立知青历史文化研究会，相信在今后几年里，各地会出现一批知青文化理论研究的成果。

第五，各地知青文化活动的发展呈现不平衡性。由于各地文化环境的不同，各地知青文化的发展呈现明显的不平衡性，一般来说，在生产建设兵团和国营农场知青较多的地区，知青文化活动比较活跃，并且成规模化，这是因为生产建设兵团和农场的准军事化组织，使得知青们形成一种团队精神，虽然上山下乡的年代已经成为遥远的过去，但是，知青间这种团队精神形成的凝聚力依旧存在，使得知青文化活动能够充满朝气与活力。而各地的分散插队知青就缺乏这种团队精神，难以形成凝聚力，不容易组织成规模、有声势的知青文化活动。当然，一个地区的知青文化活动，也与组织者的个人影响力、乐于为知青奉献的不计得失的牺牲精神及个人的人格魅力是分不开的。

第六，知青出版物日益增多，但是，有思想深度、批判力度的作品较少。在2008年后兴起的知青文化热中，各地的知青出版物很多，知青回忆录在1990年代是以知青们的集体记忆为主，以"青春无悔"为基调，现在，出版物多以个人口述和个人记忆为主，其主题有了比较深刻的反思，不再是倾诉个人的苦难，而是冷静地将上山下乡运动置于文化大革命的背景下加以客观的叙述，还历史以本真，以更具史料价值。知青们比较趋同一致的观点是：上山下乡已经过去40多年了，如果再倒苦水，已经毫无意义，现在，我们应该有自省意识，在历史的大潮流中，反思我们曾经也有过失与不足。现在最重要的是，必须理直气壮地总结知青上山下乡对中国社会发展所做出的不可磨灭的巨大贡献，这一代人曾经两次别无选择地承担了国家的灾难，为中国的改革开放做出了牺牲与奉献，国家理应感谢他们。

自进入 21 世纪以来，知青文学创作陷入低谷，知青作家们没有创作出像 1990 年代出现的那么多杰出的优秀作品，令人失望。知青时代和后知青时代的生活素材，这一代人的人生经历，他们的情感，他们的思想，这些可为中国当代文学提供极其丰富的资源。我们期望知青作家们和没有知青经历的年轻一辈的作家们能够创作出反映这一代人生命历程的横空出世的知青文学作品来。（2011 年）

中国知青上山下乡多学科研究的里程碑

在广大知青的期盼中,《中国知青上山下乡研究论文集》近期终于由上海社会科学出版社出版了。

这部 80 万字分上、中、下册的宏大著述填补了 40 多年来中国知青上山下乡理论多学科研究的空白,成为中国知青历史文化的一座新的里程碑。诚如沈国明先生为本书写的序言中所说:"《文集》收入了上世纪 80 年代,90 年代至 2009 年这三个时期关于知青上山下乡问题的代表性论述,以期还原当年的历史并予以剖析。我有幸在成书之前,遍读了所选文章,深切感受到众多作者积极向上的人生态度、犀利深邃的学术思想和深沉负重的历史使命感。我相信,作者们精彩纷呈的见解,将对关心这段历史,关心共和国命运的青年一代产生正面影响,具有启迪作用。同时,也有助于推进此领域的相关研究,充实已有的成果库。"

对中国知青上山下乡的理论研究始于 20 世纪 70 年代,而且是"墙里开花墙外香"。当时,欧美与港台一批学者掀起"中国大陆知青研究热"，其中最重要的一部著作是美国学者托马斯·伯恩斯坦于1977年出版的《上山下乡》（这本书的中文译本1993年才在中国出版），该书的译者评价说："以不带任何政治偏见的客观态度，对上山下乡的起源、目的、政策、过程、结果以及这场运动所体现的政治色彩，社会冲突和价值观念作了精细的分析和精辟的议论，通览全书，我们不能不为一位西方学者对中国社会的政治、经济和文化特征的准确把握而信服。"

国内第一篇可称为真正意义上的理论研究文章是中央党校张化在1985年写的《试论"文化大革命"中的知青上山下乡运动》，她认为"文革"前的知青上山下乡是劳动就业的措施之一，而这种措施在"文革"的特定历史条件下却演变成为史无前例的政治运动的组成部分，这是应予以否定的。

自20世纪80年代开始，知青文学的创作非常繁荣，知青文学成为新时期"伤痕文学"的重要组成部分。40年来，知青文学先后经历了"呼唤人性"、"反思历史"、"重塑知青精神"三个发展阶段。它已经构成反映当代中国社会变迁、一代人心路历程的窗口，成为当代文学史上的丰碑。

20世纪90年代初，在全国范围内掀起了一股以怀旧为特色的"知青文化热"，自1979年全国知青大返城后，知青一代人立刻融入改革开放的大潮，去熨平昨天的创伤，在新生活中寻找自己的位置。但是，他们一直是驮着历史的重负在前进，知青岁月注定要成为他们解不开的情结。当他们好不容易将命运之舟泊进平静的人生的港湾，蓦然回首往事，心境又怦然而动。经过30年的历史和文化的积淀，这一代人反思这段个人命运与共和国命运一同沉浮的历史，必然会从心底发出"青春无悔"的呼唤！这是一种走出苦难、迎接新生活的旷达乐观的人生态度，表达了在纷至沓来的巨大社会变革面前，怀着强烈失落感和时间错位的知青们，在心理和行为上的调整，体现了他们勇于拼搏、自强不息的精神，并向时代和社会证明"我们是优秀的"。在长达十年的知青文化热中，除了一大批知青文学作品外，主要是各个地区的以纪实为特点的知青回忆录，知青集体的记忆与知青个人的口述具有较强的史料价值，它们是留给后世研究知青历史文化的弥足珍贵的历史资料。

美中不足的是，对中国知青上山下乡的多学科理论研究陷入冷寂。除了体制问题外，也与知青学者们的参与不够有关。最早问世的知青运动理论研究专著是成都的木火（刘文杰）的《光荣与梦想》，天津杜鸿林的《风潮荡落——中国知青上山下乡运动史》，成都费声的《热血冷泪——世纪回顾中的中国知青运动》，成都邓贤的《中国知青梦》，他们基于不能坐视局外人评价我们这一代人历史的初衷，以翔实的史料，从不同的视角来分析中国知青上山下乡运动的起源及其发展的各个历史阶段，评价了知青运动的必然性及其功过得失。但是，我认为它们还不是真正意义上的历史学著作。1998 年由中国社科出版社出版的定宜庄的《中国知青史·初澜》，刘小萌的《中国知青史·大潮》才是比较成熟的关于中国知青上山下乡史学著作。他们对中国知青上山下乡历史过程进行了详细的论述和理论探索，资料丰富而翔实，特别是引用的官方的关于全国各地知青上山下乡的各种统计资料，极具说服力，因而被学界评价为迄今为止在此专题研究上的集大成者。上海金大陆撰写的《世运与命运》，这是国内首次对知青中的老三届生存状况的系统而动态的调查报告，作者采用现代统计方法，通过问卷与访谈相结合的方式就老三届人的基本状况、经济生活、政治态度、人生态度、业余生活以及与年轻一代的关系等问题收集了大量的数据，作了深入的分析，这本书也是国内最早获得国家社科立项的课题。与此同时，原国务院知青办副主任顾洪章主编的《中国知青上山下乡始末》和《中国知青上山下乡大事记》于1997年出版，这两本书代表了官方的观点和立场，虽然披露了一些以前鲜为人知的资料，但是，许多知青读者认为，这两本书对中国知青上山下乡历史的一些重大事件与人物语焉不详，其真实性不被广大知青认可。

对知青文化中多学科理论研究的缺位与冷寂引起许多知青学者的关注。从1994年到1998年，在北京的知青学者在中国青少年研究中心青运史所先后召开了三次理论研讨会，即1994年底召开的"知青研究的现状与未来"，1996年10月初召开的"知青与社会转型研讨会"（我有幸参加了这次研讨会），1998年底召开的"中国知青上山下乡30周年笔会"，其中以第二次研讨会的意义最为深远。在这次研讨会上60多位知青学者提出知青问题研究是当代中国史研究的一个重要课题，需要认真地从社会学、政治学、历史学，以及其他相关学科出发进行综合研究，与会者一方面强调"对文革中的知青上山下乡运动要作冷静的分析，给与一个正确的定位"，另一方面也指出"对知青运动的研究不能仅仅停留在对它的评价上，而要为社会进步与发展服务"。自1998年以来，学者们对中国知青上山下乡理论的多学科研究有了长足的发展，许许多多具有分量的从社会学、历史学、政治学、经济学、文学视角研究中国知青上山下乡的理论文章纷纷问世，它们主要发表在各地高校的学报和理论刊物上，具有了一定的影响力。但是，这些知青学者们都是各自为战，一直没有形成一个多学科研究的团队。由于研究力量没有整合，所以知青上山下乡的理论研究相比较知青文学和以个人口述的纪实作品，一直显得薄弱，这种状况一直延续到2008年底。

2008年是中国知青上山下乡40周年，在上海知青网的努力下，由上海社科院历史研究所、上海社科院文学研究所、复旦大学历史系、上海青年运动史研究会等共同发起在2008年12月20—21日在上海社科院和复旦大学召开了"2008，上海知青学术研讨会"。来自海内外近80名知青学者和年轻一代学子与会。这是40年来在中国召开的影响力最大的关于中国知青上山下乡的多学科的理论研讨会。在短短的两天会议上，与会者畅所欲言，分别从政治学、历史学、社会学、文学的角度深入地研讨了中国知青上山下乡运动产生的复杂的深层次的原因，以及它对中国社会发展产生的深刻影响，后知青时代的知青生活状况，知青文化的现状及发展走向。研讨会分五个专题来梳理中国知青上山下乡理论研究的思路与方法：知青与社会互动，30年来知青文学历程，知青与知青事件，知青研究学科发展，毛泽东和知青上山下乡运动。这次研讨会硕果累累，主要表现在以下几个方面：一、这次研讨会整合了国内外中国知青上山下乡理论研究的各方面力量，形成了一个多学科的研究团队，它巨大的凝聚力将指导中国知青上山下乡理论研究走向一个良性发展，从研究的战略目标、区域性的合作研究、研究资源的共享，到研究领域的拓宽、研究方法的认同，将会形成一种整合。可以预计，在这次会议后的几年内将出现一系列的研究成果，包括不同地区的协作。二、研究者队伍呈现多元化，既有老一辈的学者，也有有知青经历的政府官员、教授学者、企业家，还有来自社会底层的研究者。更可喜的是一批来自高校、科研所的 70 后和 80 后的年轻学子，他们也在专注中国知青上山下乡的理论研究，出现了中国知青上山下乡理论研究后继有人的可喜局面。

三、形成多种声音的融合。首先是国内学者与国外学者的和谐交流，由于研究的空间与土壤不同，研究思路与研究方法的不同，中外学者在中国知青上山下乡理论研究上存在许多差异，通过这次会议进行深入交流，求同存异，体现了一种学术自由的精神。其次是来自高校、科研院所的学者与来自社会底层的学人在同一学术平台上有了交流的机会，共同的知青经历使他们有了共同的感觉与认知，形成对许多问题的共识。知青学者们与新一代学子，通过这次会议的互动，弥合了代沟。年轻一代活跃的思维，以及所处时代的完全不同，而形成的不同立场与视角，对知青学者们有了崭新的启发，而知青学者们执着的社会责任感与严谨的治学态度也给新一代学子很深的触动。最后这次研讨会也是京派文化与海派文化的交流融合，这是第一次来自北京的学者和来自上海的学者在一起对中国知青上山下乡理论进行广泛深入的交流，各种不同观点的交锋，各抒己见，气氛和谐，学术自由的空气浓厚，作为东道主的上海学者们表现了"海纳百川"的风范。

这次研讨会促成《中国知青上山下乡研究论文集》的出版和上海知青历史文化研究会的即将诞生。在这次研讨会上，华东师大历史系的朱政惠教授提出建立"知青学"的主张，得到与会者的热烈响应。他非常清晰地归纳了知青问题研究思路的八个方面：知青历史研究、知青社会研究、知青史料研究、知青文学研究、知青研究史研究、后知青问题研究、知青研究数据化和物化问题研究、知青研究的学科建设和方法论。这八个研究方向展示了知青问题研究的广阔空间，因此，作为知青学者，我们肩负的责任重大，任重道远。

我是一个安徽老知青，1968—1975 年我在皖南的南陵县插队七年，这段充满艰难与抗争的人生经历影响了我一辈子。1977 年底，我参加了"文革"后恢复的高考，成为大学末班车的"乘客"。从1993 年开始，我对自己的人生和治学方向重新定位，将知青文学创作与知青文化活动与研究作为自己奋斗的事业。自 1993 年以来我参与策划了武汉知青回忆录《我们曾经年轻》（1996，武汉出版社出版），主编了《沧桑人生》（1998，湖北人民出版社出版），创作了一系列知青上山下乡理论文章：《青春无悔的深情呼唤》（1994，《通俗文学评论》），《知青文学三部曲》（1998，《长江日报》），《我读〈大树还小〉》（1998，《长江日报》），《不要为苦难加冕》（1999，《中国知青人生感悟录》），《从辉煌走向低谷的知青文学路在何方》（2004，《厦门文学》），2007 年出版了我的自传体文集《曾经同饮一江水》（国际华文出版社）。1998 年我采访了福建莆田的李庆霖先生，写了反映这位可敬的老人向毛主席告御状哭诉广大知青无米之炊的报告文学《一个改变知青命运的小人物》（1998，《今古传奇》）被国内 20 多家报刊转载。2001—2002 年我采访了近百位参加 1978—1979 年初云南西双版纳知青大返城运动的亲历者，广泛收集关于云南生产建设兵团的资料，写成 50 万字的纪实文学《我们要回家》，海内外评论它是"以宏大叙事，展示令人震撼的历史真实的史诗"，现在它已经成为许多云南知青的珍藏品。

参加"2008，上海知青学术研讨会"和 2009 年 8 月中旬"黑河知青博物馆开馆典礼"以及"2009，黑河中国知青论坛"是我宝贵的人生经历。参加上海知青文化活动，使我找到了学术的家园，感到

格外的温馨与充实。先前，我有一种错觉，认为纪念知青上山下乡
40 周年是即将整体退出中国社会舞台的知青一代人的最后谢幕，通
过参加上海和其他地方的知青文化活动，才知道我的估计错了。因
为，知青这一代人虽然大多数已经到了退休的年龄，但是，这一代人
对中国社会产生的影响并没有消失。在今天的中国，知青这个庞大的
社会群体的凝聚力是令人难以想象的（另一个社会群体是海归派），
所以我们决不能自我放弃话语权，我们这一代人的声音还不能消失。
同时，作为绝大多数已经进入老龄化的知青们，应该以一种阳光心态
来谱写我们今后岁月的履历，做到"老有所养，老有所学，老有所
乐"。所以，我们可以预计在今后 5～10 年里多种形式的知青文化活
动将极其活跃，其中，知青问题的理论研究将走向成熟，这正是我们
所期待的。（2010 年）